D1617944

Jiří Kratochvil

Femme fatale

Roman

Jiří Kratochvil

Femme fatale

Roman

Aus dem Tschechischen
von Julia Hansen-Löve
und Christa Rothmeier

braumüller

Der Verlag dankt dem Ministerium für Kultur der Tschechischen Republik
für die Förderung dieser Übersetzung.

Die Originalausgabe erschien 2010 unter dem Titel *Femme fatale* bei Druhé
město, Brünn. Übersetzung aus dem Tschechischen von Julia Hansen-Löve und
Christa Rothmeier.

Bibliografische Information der Deutschen Nationalbibliothek
Die Deutsche Nationalbibliothek verzeichnet diese Publikation in der
Deutschen Nationalbibliografie; detaillierte bibliografische Daten
sind im Internet über http://dnb.d-nb.de abrufbar.

1. Auflage 2011
© 2011 by Braumüller GmbH
Servitengasse 5, A-1090 Wien
http://www.braumueller.at

Coverfoto: Shanika Körber
Druck: Ferdinand Berger & Söhne Gesellschaft m.b.H., A-3580 Horn
ISBN 978-3-99200-050-0

Zwischen uns und dem Himmel, der Hölle oder dem Nichts liegt nur das Leben mit seiner außerordentlichen Gebrechlichkeit.

Blaise Pascal

1. TEIL
DIE NÄCHTLICHE SONNE

Wir sitzen auf allem, was hier aufzutreiben war, auf Bänken, Stühlen, Kisten, zusammengepfercht in dem Raum, in dem im Haus der Kunst immer das Theater an der Schnur spielt. Soeben spricht über die Situation in Prag so eine kleine Person mit einem Pflaster auf der Wange und mit zerzausten schwarzen Haaren und jemand richtet einen Bühnenscheinwerfer auf sie. Dann streiten wir, schreien wild durcheinander, stellen Vermutungen an, ob die nicht alles wieder rückgängig machen wollen und ob sie dazu überhaupt imstande wären. „Das würden sie gerne, mit der Armee, den Arbeitermilizen, aber sie haben nicht mehr den Mut dazu, das ist nicht mehr aufzuhalten!" „Aber Vorsicht, aufgepasst, Ratten haben einen Wahnsinnsmut, wenn man sie in die Ecke treibt ..." Das kleine schwarzhaarige Mädchen fuchtelt mit den Händen, will noch was sagen, was in dem Geschrei jedoch untergeht, und so setzt sie sich.

Wir gehen sehr spät auseinander, kurz vor Mitternacht. Irgendwer vom Personal, der sich auch an der Versammlung beteiligt und auch seine Stimme erhoben und auch gestikuliert hat, lässt uns jetzt in die kalte Nacht hinaus. Auf dem Platz vor dem Haus der Kunst fahren die Autos los, aber eines, bemerke ich, wartet auf mich. Jetzt sehe ich bereits, dass es ein ehemaliger Klassenkamerad ist, ein Zahnarzt aus Tišnov. Dass er ebenfalls dort war, war mir in dem Gedränge gar nicht aufgefallen.

„Aber du fährst doch in die andere Richtung, oder nicht?"

„Quatsch, ich bring dich zum Mendel, das ist ein Katzensprung für mich."

Aber da holt uns schon das kleine Mädchen ein. „Jungs, nehmt mich mit."

„Und wo willst du hin?", fragt Mirek. „Wir fahren jetzt zum Mendel."

Das Mädchen nickt, dort wolle sie auch hin. Das wundert uns gar nicht in diesem Moment. Es ist das Mädchen, das uns die neuesten Nachrichten aus Prag mitgebracht hatte und das bei der Demonstration dort verprügelt worden war, und wir empfinden beide unermessliche Sympathie für sie und mehr interessiert uns jetzt nicht. Mirek stellt die Heizung an, und kaum rollt das Auto los und verlässt den Malinowskiplatz, setzen wir unsere wilden Vermutungen, was als nächstes und übernächstes kommen würde, schon wieder fort. Keiner von uns hatte so etwas bisher erlebt und wird es auch nie mehr erleben, dieses unbezwingbare Bedürfnis, die geradezu leidenschaftliche Gier, alles sofort und auf einmal auszusprechen und aus sich hervorsprudeln zu lassen, und in einem gewissen Augenblick wird uns bewusst, dass wir sogar in diesem Auto genauso schreien wie dort in dem großen Ausstellungssaal und dass wir hier genauso plötzlich verstummen, damit einer von uns mit langsamer und ruhiger Stimme zu einer Art Zusammenfassung ansetzen kann, ohne damit allerdings weit zu kommen, kurz darauf schreien wir alle drei schon wieder. Und einmal bleiben wir sogar stehen und Mirek stützt sich mit dem Ellbogen

3

aufs Volant und dreht den Kopf zu uns, zu meinem Kopf und dem Kopf dieses kleinen Mädchens, das sich mit dem Kinn abstützt auf dem Sitz hinter mir. Und wir sprechen jetzt dermaßen grundlegende Dinge aus, dass man auf ihrem Fundament ein neues Gebäude der Organisation der Vereinten Nationen oder wenigstens ein Terrarium zur Alligatorenzucht errichten könnte. Dann setzen wir die Fahrt durch die finstere, nasskalte Spätnovembernacht wieder fort, ohne dass dies der Leidenschaftlichkeit unserer Reden Abbruch getan hätte. Als aber Mirek für mich am unteren Ende der Úvoz-Straße anhielt, in der Nähe des riesigen, nun bereits nächtlichen Schattens der gotischen Kathedrale, sagte das kleine Mädchen, auch sie würde hier aussteigen.

Mirek jedoch bot ihr sofort an, er könne sie bis zum Bahnhof mitnehmen, das läge ohnehin auf seiner Strecke. Das kleine Mädchen aber sagte, sie würde nicht nach Prag zurückkehren. Und beide legten wir das so aus, dass sie, wenn sie hier, am Mendel aussteigen möchte, selbstverständlich ihre Gründe dafür hat, die uns nicht zu interessieren haben. Und daher ließ Mirek die Rücklichter aufblinken und empfahl sich in den Smog und ich drückte diesem Mädchen die Hand und lächelte sie an und ging auf das hässliche Mietshaus in der Mitte des wenig geglückt planierten Mendelplatzes zu. Aber das kleine Mädchen wich nicht von meiner Seite.

Noch im Auto hatten wir uns alle geduzt, nun jedoch kam mir das unpassend vor. Ich fragte: „Also Sie haben hier wen? Am Mendel?"

„Ich hab hier niemanden", sagte sie und verkroch sich noch mehr in ihren roten Manchestermantel mit Kapuze und begann vor Kälte zu zittern. „Ich war hier noch nie."

„Mirek hätte Sie zu einem Hotel fahren können. Aber wissen Sie was", schlug ich vor, „ich bring Sie gern zu einem."

„Ich hab kein Geld für ein Hotel. Und ich will in kein Hotel."

„Aha", sagte ich, weil ich nicht wusste, was ich sagen sollte. Ich blieb stehen und schaute sie an. Wie sie da stand, eine große schwarze Tasche über die Schulter gehängt. Ihr einziges Gepäck.

Katkas *Fallstricke* waren, obwohl es sich bloß um ein Erstlingswerk handelte, schon längst ausverkauft. Im Jahr 1990 kam eine zweite, diesmal bereits sechzigtausend Stück hohe Auflage dieser Erzählungen heraus und bereits im März unterschrieb der Verlag *Pfeffer und Salz* für die Autorin – die sich gerade in New York aufhielt – einen Vertrag über neun weitere ausländische Ausgaben. Jene, die was davon wussten oder was zu wissen glaubten, stimmten darin überein, dass die *Fallstricke* eines der typischen Länder des einstigen sozialistischen Blocks beim Eintritt in die kapitalistische Welt darstellten und dass dies in einer Mischung aus brutal realistischen und magisch traumhaften Bildern geschähe. In meinen Augen ist das allerdings eine ziemlich simple Charakterisierung. Meiner persönlichen Meinung nach handeln die *Fallstricke* von Jungs und Mädchen, die sich von der Kette losgerissen hatten und sich jetzt so wild wie eine Herde asiatischer Wildziegen gebärdeten. Katka hatte das Glück, ihr Werk vorausblickend noch vor dem Fall der Berliner Mauer abgeschlossen zu haben, und dass der jetzt noch hungrige Buchmarkt es sofort nach der Wende verschlang. Und nach der Erzählung *Du begehrst deines Nächsten Haus* hatte man in einer französisch-tschechischen Koproduktion schon im Juli einen Film zu drehen begonnen.

Im September kam Katka von einem sechsmonatigen New Yorker Literaturstipendium zurück. Dozent Kvaš war extra nach Prag gefahren, um sie vom Flughafen abzuholen. Aber kaum hatte sie bei ihm zu Hause vorbeigeschaut, rannte sie gleich am nächsten Tag schon in die Pension *Jenewein*. Dort bestaunte ich dann ihre glatt rasierte Möse.

„Das ist dort jetzt ein Modetrend. Keine Angst, bald wirst du das daheim auch haben."

„Hast du den Roman geschrieben?"

„Verdammt, was geht dich das an? Zum Kümmern hab ich einen Ehemann. Und wo hast du gehört, dass man bei einem Stipendium in New York einen Roman schreiben kann?"

„Und was ist mit Aids?"

„Ich bin doch nicht verrückt. Sämtliche New Yorker Lover hab ich mir vorher gründlich durchgekadert."

Und dann ging ich mit diesem ungeheuerlich talentierten Biest Abend essen. Ich bin bloß ein Sportlehrer, der von Literatur nur „... das Täubchen rief zur Lieb herbei" im Gedächtnis hat, aber durch eine mysteriöse Schicksalsfügung war es dazu gekommen, dass ausgerechnet ich vom ersten Augenblick an Katka ans Herz gewachsen war, womit ich nicht mehr sagen will, als dass sie in jener aufgewühlten nachrevolutionären Zeit mit mir am liebsten vögelte. Aber ihre *Fallstricke* hatte ich, gleich als sie zum ersten Mal herauskamen, am Abend im Bett zu lesen begonnen, dann die ganze Nacht darin gelesen und beim ersten Hahnenschrei ausgelesen gehabt.

„War ja sowieso umsonst. Was sollte gerade dir davon im Kopf hängen geblieben sein?"

Wieder kotzte sie mich an, wie nur sie es konnte. Ich hatte schon längst bemerkt, dass sie nach dem System Zuckerbrot und Peitsche arbeitete. Mit Riesenlust trat sie dir in die Eier, um sich dann hinzuknien und dir einen zu blasen. Aber genau so waren auch ihre Erzählungen. Erst nach ihrer genüsslichen Lektüre dämmerte einem, dass man es lieber hätte bleiben lassen sollen und dass man die *Fallstricke* besser gar nicht erst in die Hand genommen hätte. Das ganze Buch, die maschinenschriftliche Fassung dieses Buches, hatte sie bereits in jener großen schwarzen Tasche in jener Novembernacht mitgebracht, als ich sie zum ersten Mal sah. Damals wurde so ein Manuskript noch nicht zu einer winzigen Diskette komprimiert, sondern es hatte die Hauptlast der Tasche ausgemacht, in der sie darüber hinaus nur ein bisschen Unterwäsche, Papiertaschentücher, Kamm, Taschenspiegel und Föhn hatte. Sie war buchstäblich mit nacktem Hintern zu uns gekommen aus der hunderttürmigen Metropole, aber ehe sich noch zwei Vollmonde gerundet hatten, hielt dieser weibliche Homeless Hochzeit in der Sankt-Peter-und-Pauls-Kathedrale und ihr literarisches Schaffen gab an der Uni bereits den Stoff für mehrere Arbeiten ab.

Ein kleines Mädchen mit einem ausdruckslosen, wächsernen Gesicht und keinerlei Möpsen, schlicht ein Mädchen, nach dem sich nie auch nur ein einziger Mann auf der Straße umdrehte, das aber jetzt, gleich zu Beginn einer neuen Epoche, oder, wie damals fälschlicherweise gesagt wurde, genau am Ende der Geschichte, die Hälfte der europäischen Leserschaft zu begeistern verstand. Geschrieben hatte es das Buch noch während des Totalitarismus und damals ohne die geringste Chance, dass es jemand herausbringen könnte, und dabei handelte es sich absolut nicht um einen Schreckensbericht über die damalige, heute bereits längst vergangene Zeit, so was hätte nicht viele Leser gefunden. Dieses auf den ersten Blick nichtssagende Mädchen trug eine unglaubliche Gabe in sich: *die prophetische Gabe der unheilverkündenden Sibylle und den legendären Schatz der Königin von Saba.*

Gleich an diesem ersten Abend hatte sie mich in Verlegenheit gebracht, wie übrigens viel später noch unzählige Male. Aber an diesem ersten Abend hegte ich noch Sympathie für sie als zu dem Mädchen, das uns die neuesten Nachrichten aus Prag gebracht und das die Bullen bei der Novemberdemonstration verprügelt hatten. Und deswegen beschloss ich, mich in jener ersten Brünner Nacht um sie zu kümmern, und weiter werde man sehen.

In dem hässlichen Mietshaus am Mendelplatz bewohne ich mit meiner Familie eine Dreizimmerwohnung. Eine meiner Töchter (Kamila) lebt schon verheiratet am anderen Ende von Brünn und die zweite (Danka) hat hier noch ihr Zimmer. Obwohl wir mitten in der Nacht kamen, waren Jana und Danka noch nicht im Bett: Sie verfolgten gleichzeitig Free Europe und das Wiener Fernsehen. Ich stellte die Bettgeherin vor und sie nahmen sich ihrer gleich an. Und während Katka Rührei mit Zwiebeln speiste, trugen wir die Couch aus dem Wohnzimmer ins frühere Kinderzimmer und den Kram, den wir dort lagerten, schleppten wir raus.

Das Zimmerchen besaß einen eigenen Eingang vom Vorzimmer, sodass es abseits des Familienbetriebs lag, was für ein Kinderzimmer immer ziemlich ungünstig, für die Bettgeherin nun aber ideal war. Ich suchte sie noch auf mit der Armbanduhr, die sie im Badezimmer vergessen hatte, wo sie in den Dampfschwaden die Nacht schlecht überstanden hätte. Ich klopfte und sie forderte mich auf einzutreten. Ich öffnete die Tür, wollte sie allerdings mit einer Entschuldigung gleich wieder zuschlagen, aber sie zwang mich mit der Frage, ob ich noch nie eine nackte Frau gesehen hätte, einzutreten: Durch eine geschlossene Tür zu antworten, sei nämlich schwierig.

„Keine Angst, am Klopfen hab ich eindeutig erkannt, dass du das bist."

In Verlegenheit brachte sie mich auch damit, dass sie weiterhin auf dem Duzen bestand, das ich ursprünglich nur als gelegentlichen Ausdruck unserer der Samtenen Revolution zu verdankenden Solidarität aufgefasst hatte, was in der wenig revolutionären Situation hier aber nichts mehr zu suchen hatte. Hatte mich allerdings, wenn auch nur kurz, das Gefühl beschlichen, auf ihr Duzen jetzt lieber doch mit ostentativem Siezen zu reagieren, wich es alsgleich der Scham, nachdem ich – ich stand an die geschlossene Tür gelehnt und Katka schlüpfte vor meinen Augen in ein großes, wahrscheinlich von ihrem Großvater stammendes Hemd – gesehen hatte, dass ihr ganzer Körper von blauen Flecken übersät war, wie man sie dort auf dem Wenzelsplatz mit Gummiknüppeln verprügelt hatte.

Sie zeigte mir, wo ich die Uhr hinlegen sollte, und als ich mich an ihr vorbei zur Tür zurückquetschen wollte, griff sie nach mir und machte mich darauf aufmerksam, dass sie sich, wenn sie als Kind im Pionierlager war, immer ein Gute-Nacht-Bussi vom Lagerleiter holte. In dem Moment gelangte ich schnell zu der Überzeugung, sie morgen, so große Achtung ich ihr gegenüber auch hegte angesichts ihrer hohen Samtenen-Revolutions-Moral, so schnell wie möglich loswerden zu müssen.

Und am Morgen frühstückte sie selbstverständlich noch mit uns. Es gab Brot mit Aufstrich, kernweich gekochte Eier und Kaffee. Katka benahm sich während des Frühstücks wie eine echte Dame. Sie plauderte ein wenig mit meiner Frau und dann wieder ein wenig mit meiner Tochter, mir schenkte sie nur ein Lächeln und das kernweich gekochte Ei öffnete sie mit einem Messerchen mit einer Eleganz, die sie sich nur an einem Königshof hatte abschauen können. Nach dem Frühstück blätterte sie in einem winzigen Kalender und äußerte mit einer Entschuldigung die Bitte, ob sie telefonieren dürfe. Ich ließ sie im Vorzimmer allein. Ich tippte auf ein Gespräch mit irgendeinem Brünner Bekannten, der sich ihrer jetzt, hoffentlich, annehmen würde. Und tatsächlich, sie zog ab und volle zwei Monate, bis zum Februar des darauffolgenden Jahres, wusste ich nichts von ihr und hatte auf ihre Existenz fast vergessen.

Ein Klassenkamerad aus dem Gymnasium, Adam Dvojbradý (ja, Doppelkinn, er heißt echt so, ihr findet ihn im Telefonbuch), hatte in Královo Pole, also in Königsfeld, die Pension *Jenewein* eröffnet, benannt nach einem Maler des 19. Jahrhunderts, der eine Zeitlang in Brünn gewirkt hatte. Nach Jeneweins Namen gegriffen hatte er, weil er von seinen Eltern ein imposantes Bild (er beschrieb es so:

Blick aus der Vogelperspektive auf eine Stadt, in deren Straßen lauter weiße Fahnen wehen) geerbt hatte, welches ihm sehr gefiel und das er im Empfangsraum seiner Pension anzubringen gedachte. Ja, er hatte es sogar schon dort aufgehängt. Und gerade in jenen Tagen begegneten wir einander in der großen Fleischerei in der Kobližná, wohin uns beide die große Auswahl an Meeresungeheuern gelockt hatte. Etwas bisher bei uns Unerhörtes und etwas, was sich früher politisch Zuverlässige von Zeit zu Zeit von so weit weg wie vom Wiener Naschmarkt holen durften. Ich blickte bezaubert auf das riesige Aquarium, in dem sich große Hummer faul bewegten, einander mit den Barthaaren abtasteten und die Scheren von sich streckten, und ich nahm diese eingesperrten Wesen (paradoxer- und lustigerweise!) als endlich zu uns herpilgernde Freiheitsboten wahr und konnte mich nicht satt sehen an ihnen. Aber zurück zu Adam. Und so erfuhr ich von ihm nicht nur von der Pension, die er in Královo Pole eröffnet hatte, und nicht nur von dem Jenewein-Bild, sondern auch dass dieses Bild Teil eines Pest-Zyklus sei.

„Obwohl ich überhaupt nicht abergläubisch bin, ein Bild der Pest würde ich mir nie in einen Empfangsraum hängen."

„Da müsstest du's zuerst mal sehen. Es ist ein richtiggehend zauberhaftes Bild. Du würdest nie sagen, dass es zu einem Pest-Zyklus gehört."

„Aber das muss dem Bild ja nicht anzusehen sein. Es reicht, dass es so heißt. Worte können furchtbaren Unfug anrichten. Davon kann ich als Sportlehrer ein Lied singen."

„Komm und schau's dir an und du wirst dir ein Urteil bilden."

„Solange du dort die Pest hängen hast, bekommst du mich, lieber Adam, nicht zu Gesicht."

„Stünde aber dafür zu kommen, zum Beispiel schon aus dem Grund, dass es eine ebenso einzigartige Pension ist, wie es diese Meeresungeheuer hier sind. Es ist nämlich nach langer Zeit wieder das erste Stundenhotel in Brünn."

Drei Tage später rief er mich an: „Die Pest hab ich abgenommen. Fünfzehn dezent ausgestattete Zimmerchen. Im Erdgeschoss möchte ich ein Fitnesscenter einrichten. Ich würde mich gern mit dir beraten, was seine Ausstattung betrifft."

Es war so ein unausgegorener Februartag, von dem man zu Recht nichts erwartet. Ich unterrichtete jetzt Leibesübungen, und um mich überhaupt durchzubringen, gleich an zwei Schulen. Eine von ihnen befand sich in Královo Pole, im Prinzip nicht weit weg von der Pension *Jenewein*. Also entschloss ich mich, heute dort vorbeizuschauen. Adam Dvojbradý war im Gymnasium mein bester Freund gewesen. Im Rückblick kommt es mir unbegreiflich vor, dass die Lehrer uns, die wir einander physisch so unähnlich waren, andauernd verwechselten. Schon allein deswegen, nämlich in Wertschätzung unserer falschen Doppelgängervergangenheit, sollte ich ihm einen Besuch abstatten.

Nach drei Stunden Turnunterricht duschte ich mich und verkrümelte mich schnell aus der Schule. Aber kaum war ich aus der Vackova in die Charvátská rübergegangen, passierte etwas höchst Seltsames. In der Charvátská, jedoch auf dem gegenüberliegenden Gehweg, stand ein kleines Grüppchen, das ich überhaupt nicht zur Kenntnis genommen hätte, hätte sich nicht plötzlich eine Frau davon abgesondert, die ich zuerst nur am äußersten Rand des Blickfelds flüchtig erfasste. Da allerdings registrierte ich bereits, dass sie auf dem gegenüberliegenden Gehweg zu laufen begann, mich überholte, um dann ein Stück vor mir auf meine Seite herüberzuwechseln, und hier machte sie dann kehrt und ging mir entgegen. Und schon versperrte sie mir den Weg, stand dicht vor mir, stellte sich auf die Zehenspitzen und küsste mich auf den Mund. Und ich wusste natürlich schon, woher ich dieses kleine Mädchen kannte. Diesmal schwarze Lederjacke, schwarze Jeans, ein grimmig funkelndes Armband und als ich die Augen niederschlug, bunte Schnürsenkel.

Sie zeigte auf das Grüppchen dort hinten, auf dem anderen Gehweg. „Das ist mein Dozent Kvaš und irgendein Kollege von ihm. Mit der Zeit stell ich euch vor. Aber jetzt hab ich einen besseren Einfall. Wolltest du nicht wohin?"

„Ja und nein", sagte ich wahrheitsgemäß, weil es mich nicht gerade in die Pension zog.

„Warte, ich bin sofort wieder da." Sie drehte sich um und lief wieder zu dem Grüppchen. Und ich sah, wie sie schnell was erklärte, und dann kam sie, diesmal schon gemächlichen Schritts, wieder zu mir zurück.

„Gleich um die Ecke gibt es ein neues, sehr nettes Lokal. Es heißt *Wohlleben*. Ich bin dir ein Abendessen und ein Frühstück schuldig für damals bei dir daheim dort am Mendel. So eine Einladung kannst du nicht ablehnen."

Jedes Treffen mit Katka – von denen mich später noch eine lange Reihe erwarten sollte – war immer mehr als ungewöhnlich, aber dieser Abend ist ja dennoch, um es so zu sagen, die Initiation für alle weiteren gewesen und hatte mich über die schnellste Abkürzung, im nachgerade rasenden Galopp durchgegangener Pferde, direkt ins Zentrum von Kateřinas Welt geführt.

Wir suchten uns einen Tisch vor einem Gobelin, auf dem ein Satyr zu Füßen einer schönen Nymphe saß, und aus der Krone der Eiche über ihren Köpfen starrten uns sieben Schleiereulen an. Und wir ließen uns beraten. Der Ober kannte Katka, sie war hier offensichtlich Stammgast, und vertraute ihr an, das beste seien heute die Ungarischen Rouladen und man müsse nicht auf sie warten (sonst nämlich würde ihre Zubereitung – vom Klopfen der Kalbsschnitzelchen bis zur geradezu ästhetisch ausgefeilten Endgestaltung mit Speck, Erbsen, Tomaten und Eidottern – eine hübsche Portion Zeit verschlingen), schon vor zwanzig Minuten nämlich hätten neun andere Gäste gleichzeitig Rouladen bestellt, sodass die zehnte – und der Ober verbeugte sich in Richtung Katka – und die elfte – und der Ober verbeugte sich auch vor mir – bereits problemlos in ihrem Geleit kommen könnten.

In der Zwischenzeit ließen wir uns das Bier in den großen Bayerischen Humpen schmecken.

Nie erfuhr ich, warum und wie es sie nach Prag verschlagen und was sie dort erlebt hatte. Vor Prag wurde einfach der Vorhang zugezogen und Katka, die sonst durch fast schon gespenstische Offenheit brillierte, fasste, als ich nicht locker ließ, Prag zusammen in den einzigen Satz, sie sei dort vom Jahre 1987 bis zu besagtem Novemberende gewesen, als wir uns im Brünner Haus der Kunst begegnet waren. Dafür jedoch offerierte sie mir bei den Ungarischen Rouladen (und anschließend bei einem gefrorenen Soufflé, von dem noch die Rede sein wird) in mustergültiger Zusammenfassung alles, was seit jenem Morgen geschehen war, als sie mit uns frühstückte und noch von mir aus telefonierte und dann für zwei Monate verschwand. Sie hatte damals den Bruder irgendeines Assistenten von der Philosophischen Fakultät angerufen und ihm die Maschinenschrift der *Fallstricke* gebracht und sich für eine Zeitlang zu ihrer Mama nach Vyškov abgesetzt und dort in der Gewissheit, lange warten würde sie nicht, geduldig gewartet. Nicht mal eine Kopie ihres Buches besaß sie damals, und in jenen stürmischen Zeiten hatte diese selbstbewusste Fatalistin sich darauf verlassen, der Assistent würde ihre Maschinenschrift vielleicht rein zufällig auf irgendeiner Seite öffnen und sie dann nicht mehr aus der Hand legen. Und genau so war es dann auch. Und jener schicksalhafte Ort war, wie der Assistent Katka später belustigt erzählte, sogar ein Fakultäts-WC. Immer wenn er ahnte, er würde ein Weilchen drin hocken, zog er sich nämlich aus dem Haufen, der dort bei ihm auf dem Schreibtisch lag, irgendeinen Band zum Durchblättern heraus.

Fakultätsintern tobte gerade ein Kampf und es stand gerade die Entscheidung an, ob die Fakultät es schaffen würde, sich rechtzeitig aus kommunistischer Vereinnahmung zu befreien, sich jener Kollaborantenmeute zu entledigen, und gerade jetzt hatten sich gerade alle in der Aula versammelt und jede erhobene Hand war bei der Abstimmung wichtig. Und Oberassistent Klofáč war nicht auffindbar.

„Also das ist ja zum Kotzen, du liest hier auf dem Klo irgendeinen Schrott, und in der Fakultät geht's im Moment um alles!"

Klofáč verlor kein Wort und rannte, ohne die Maschinenschrift wegzulegen, in die Aula. Und nachdem er dann, wo er sie heben sollte, die Hand gehoben und in dem Moment, als er sie sagen sollte, ein paar entscheidende Worte gesagt hatte, verdrückte er sich sofort wieder unauffällig in eine Ecke der Aula und schlug die Maschinenschrift an der Stelle auf, wo er seit dem Augenblick, als er aus der Klokabine getreten war, die ganze Zeit den Daumen gehalten hatte.

Nach ein paar Tagen zirkulierten die *Fallstricke* dann schon in frischen Kopien in der Fakultät und allen war klar, dass dieses Manuskript ein mit all dem, was jetzt in Bewegung war, vergleichbares Ereignis war.

„Anfang Jänner schloss der Verlag, der mir das attraktivste Honorar und auch einen fetten Vorschuss anbot, also *Pfeffer und Salz*, mit mir einen Vertrag ab, ich zog von Vyškov in eine Garçonnière, die ich in Alt-Brünn gemietet hatte. Dort allerdings hielt ich mich nicht lange auf, weil sich bereits Mitte Jänner Dozent Kvaš hoffnungslos in mich verknallte, und ich heiratete unverzüglich und Ende Jänner kam nach Brünn auch der Agent einer New Yorker Stiftung angereist, die sich in den einstigen sozialistischen Ländern rührig die überzeugendsten jungen literarischen Talente heraussuchte, und schloss mit mir einen Exklusivvertrag für die amerikanische Ausgabe der *Fallstricke* ab und bot mir ein Halbjahresstipendium in New York an. Und so werd ich schon nächsten Monat der Freiheitsstatue die Zunge zeigen."

„Fein und wie wär's vielleicht mit Fremdsprachen?"

„Ich büffle schon Englisch seit einem Monat, von früh bis spät, heute sieben Stunden, gestern und vorgestern je zwölf. Und Kvaš hat für mich einen Muttersprachler für die Konversation aufgetrieben. Zdeněk, du kennst mich überhaupt nicht. Wenn ich will, dann durchstoß' ich mit diesem Köpfchen jede Wand."

Als dann der Ober als Aufmerksamkeit des Lokals ein gefrorenes Soufflé mit Ahornsirup und Nüssen brachte (man sah, sie suchten hier mit allen Mitteln Katkas Gunst zu gewinnen, genau wissend, wer sie war, und sie wissen lassend, dass sie es wussten), blickte ich dieses kleine Mädchen an, das ganz verwandelt war, und lauschte ihrem selbstbewussten Geplapper und konnte nicht glauben, dass es sich um dieselbe Person handelte, die ich damals in jener Novembernacht zu uns mitgenommen hatte wie ein aus dem Nest gefallenes Vögelchen.

Die Straßen waren menschenleer, entleert wie ausgeschüttete Kartoffelsäcke, um es ziemlich respektlos zu sagen. Dafür jedoch konnte man hier noch die Sterne sehen, etwas in einer richtigen Großstadt schon längst Undenkbares.

„Ich wohne am Slawischen Platz. Aber die Begehung meines Haushalts heben wir uns für ein anderes Mal auf, was meinst du. Du hast es ja ursprünglich irgendwohin eilig gehabt."

„Ist aber nichts Wichtiges. Ich hab einem Klassenkameraden versprochen, einmal hier bei ihm vorbeizukommen und mir seine Pension anzusehen. Na keine ganz normale Pension. Er versucht nämlich, die Institution des Stundenhotels zu erneuern."

„Die grundlegende Sache ist die", empfing uns der Klassenkamerad, „dass ich hier eher tagsüber als in der Nacht tätig bin. Die Leute kommen zum Beispiel während der Arbeitszeit oder in der Mittagspause auf einen Sprung zum Bumsen her. Das heißt, Entschuldigung" (entschuldigte er sich augenblicklich bei Katka), „das ist nicht gerade ein Job, mit dem ich vor einer Dame prahlen sollte, mit dem ich mich vor Ihnen in die Brust werfen sollte."

„Werfen Sie sich ruhig in die Brust vor der Dame", ermunterte ihn Katka, „und suchen Sie uns das beste Zimmer aus."

Der Klassenkamerad schaute mich ein wenig überrascht an, zwinkerte mir dann aber gleich zu, als würde er sich entschuldigen, nicht sofort kapiert zu haben.

„Hier hing ursprünglich ein Bild des Malers Jenewein", er zeigte auf die leere Wand der Rezeption, „aber Ihr Freund" – erklärte er Katka – „hatte Einwände dagegen, obwohl es" – das konnte er sich nicht verkneifen – „ein sehr schönes Bild gewesen ist."

Ich jedoch hatte es in der Zwischenzeit schon geschafft, mich in meine unerwartete Rolle hineinzufinden, und ließ meinen Klassenkameraden merken, dass er uns nur mehr aufhielt. Im ersten Stock zögerte er, in welches Zimmer er uns führen sollte. Am Ende aber entschied er sich für die Vier. Die Dame schlüpfte ohne zu zögern hinein und ich folgte ihr.

„Die Ausstattung ist, wie der Architekt es nennen würde, minimalistisch. Aber in einigen Zimmern, die für exquisitere Besuche bestimmt sind, habe ich immer ein antikes Möbelstück hinzugefügt. Hier zum Beispiel diesen kleinen Empiretisch."

Katka ging direkt zum Radiator: „Pusten Sie uns ein wenig heißen Dampf her, Hausherr."

„Selbstverständlich, wird gleich gemacht. Ich wünsche einen angenehmen Abend. Aber wollt ihr euch nicht" – er zögerte noch – „was raufbringen lassen … ich hab einen hervorragenden Chardonnay bei mir unten."

Katka schüttelte den Kopf und der Klassenkamerad machte mir hinter ihrem Rücken eine aufmunternde Geste und verschwand. Ich mag es nicht, wenn Damen so schnell die Initiative übernehmen. Man kann sagen, dass ich es richtiggehend hasse. Aber da hatte ich bereits auch verstanden, dass das anders gar nicht geht mit diesem kleinen Mädchen.

Als dann jedoch alles, was geschehen sollte, geschehen war, lagen wir einfach nur mehr eine Weile da und lauschten, wie der Februarwind die kahlen Äste an die Fenster des Stundenhotels schlug.

„Willst du mein Zuhälter sein, Zdeněček?"

„Entschuldige, jetzt hab ich dich wohl nicht verstanden."

Sie lachte. „Oh doch. Du wirst mich mit Männern bekannt machen, bevor ich mich hier allein zurechtfinde. An der Philosophischen Fakultät hab ich schon alles sondiert. Also dort ist das nicht so der Hammer. Aber keine Angst. In drei Wochen flieg ich in dieses New York. Womit du ein halbes Jahr Aufschub hast."

Ich wohne, wie wir bereits wissen, am Mendel, was von Královo Pole mehr als eine Stunde Fußmarsch entfernt ist. Trotzdem beschloss ich, den Weg auf mich zu nehmen. Und zeitweise mit dem Februarwind im Rücken. Und der jagte mich dann durch die leere Straße wie das Segel einer alten Zeitung, um sich gleich wieder aus der Gegenrichtung gegen mich zu stemmen, und ich musste um jeden Meter mit ihm raufen. Ich ging zu Fuß, um meine Gedanken zu ordnen. Aber während der Scharmützel mit dem Wind war das einfach unmöglich. Nur wollte ich so sehr gleich jetzt verstehen, wer um Himmelswillen dieses kleine Mädchen war. Diese zweite Begegnung mit ihr war genauso wie die erste voller unverständlicher Momente und man kann wohl sagen auch Rätsel gewesen. Aber erst jetzt, beim zweiten Mal, war mir das richtig aufgefallen. Zum Beispiel verblüffte es mich, dass ich mir vom Liebesspiel mit ihr etwas, was ihrer herrlichen Vitalität, Spontaneität, diesen lebhaften Gesten und ihrer leidenschaftlichen Wildheit entsprach, erwartet hatte, sie vorläufig jedoch bloß sachlich auf ihren Orgasmus hinarbeitete. Und so war es, als würden zwei Katkas existieren: die beim Vögeln und dann jenes wundervolle weibliche Wesen vor dem Liebesspiel und nach dem Liebesspiel. Da allerdings spreche ich jetzt nicht mehr nur von jenem ersten Gejeneweine.

Ich bin ein altes promiskuitives Schwein, auch wenn nicht mein ganzes Leben darauf aufgebaut ist. Kein Frauensammler, aber trotzdem spielt Sex in meinem Leben eine sehr wichtige Rolle. Meine Frau weiß das vermutlich, obwohl ich meine Abenteuer sorgfältig vor ihr verberge. Die übrigen Frauen nämlich brauche ich nur zur Appetitauffrischung. Vielleicht rede ich mir das aber nur ein. Doch wie dem auch sei, beim Ficken mit Katka konnte ich mich des Eindrucks einer Art böser Leere ihres Gefühlslebens nicht erwehren.

„Heute warst du supergut, Zdeněček", lobte mich meine Frau. „Ob ich aber nicht bloß das Dessert zu deinem heutigen Hauptgang bin?"

„Ach wo, Jani", wehrte ich mich, „ein Dessert hatte ich schon. Ein gefrorenes Soufflé mit Ahornsirup in so einem neuen Lokal, dem *Wohlleben*. Eingeladen hat mich ein ehemaliger Klassenkamerad, der sich grad eine Pension eröffnet hat und einen Rat brauchte, wie er sein Fitnesscenter im Erdgeschoss ausstatten soll."

Es war Vollmond. Er beleuchtete deutlich das ganze Zimmer, als ich aus dem Bett stieg und mir ein Glas Wasser holte. Aber ich sah überhaupt nichts, ich bewegte mich in schwärzester Dunkelheit. Ich stolperte über einen Hocker oder was Ähnliches und Jana rief mir zu: „So mach doch das Licht an, du wirst ja noch zum Krüppel."

KAPITEL DREI

Ich leide an einem besonderen Typ von Nachtblindheit, der die Fachleute in Verlegenheit bringt, statt ihre Neugier zu wecken. Es bereitet mir keine Probleme, eine von Laternen miserabel beleuchtete Straße zu durchschreiten, aber in einer klaren Mondnacht, in der alle nahezu wie bei Tage sehen, bin ich verloren, wenn es gar kein künstliches Licht gibt. Ich sehe zwar hoch über meinem Kopf die Scheibe des Mondes, sein Licht aber nehme ich nicht mehr wahr: überall um mich herum nur undurchdringliche, breiige Dunkelheit.

Mit Katka traf ich mich regelmäßig unregelmäßig in der Pension *Jenewein*. Ich wusste auch von ihren weiteren Liebhabern, weil sie keineswegs ein Geheimnis daraus machte, und es störte mich überhaupt nicht, wenn sie von ihnen erzählte, ich war bloß froh, dass am Ende nicht ich sie ihr besorgen musste, dass sie damit alleine zurecht kam.

Sie durchlebte jetzt ihre gesellschaftlich extensivste und intensivste Phase (es existierten keine Zeitungen und Zeitschriften, in denen nicht wenigstens ein kurzes Interview mit ihr aufgetaucht wäre, bevor die große Sonne der Literatur bei uns definitiv unterging, schaffte sie es noch ihr Gesicht zu belichten), und auch fürstliche Honorare streifte sie ein. Ihre Medialisierung verbreitete berauschende Pheromone, ihr bis zu der Zeit nichtiger Sexappeal gewann schnell an Graden, sodass ein Schwarm Drohnen und Fickchampions sie zu bestürmen begann.

Sie erklärte mir ganz sachlich, um gut schreiben zu können, benötige sie die permanente sinnliche Erregung, was im Sex für sie ein spezifisches und breites Repertoire bedeutete, vom „Goldregen" bis zu all den noch sophistischeren Ferkeleien, für die ich nicht mehr den Magen habe, in dem Punkt bin ich ein sehr konservativer Herr. Wie allerdings schon angedeutet, dem ganzen obszönen Humbug um sie herum zum Trotz war sie durchaus keine phänomenale Geliebte, wenigstens wie ich es durch meine konservative Brille sehe. Vielleicht ging es ihr wirklich nur um diese „sinnliche Erregung": Möglicherweise war der Sex lediglich ein Werkzeug im Dienst ihres literarischen Talents. Das heißt, ich weiß es nicht, ich verstehe nichts davon, wage es nicht zu beurteilen. Was mich an ihr wirklich interessierte, war eher ihre etwas freche spontane Persönlichkeit, das Plaudern mit ihr, ihre fantastische Fähigkeit, sogar von banalsten Dingen wie von galaktischen Expeditionen oder von den Punischen Kriegen zu erzählen. Übrigens war der Sex ja auch gar nicht so sehr der Grund, warum sie sich mich als Liebhaber hielt: Ich hatte schnell begriffen, das ich etwas wie ihr Beichtvater war, jemand, mit dem sie in aller Offenheit und ohne Skrupel über alles reden konnte. Vielleicht nur über Literatur nicht besonders, aber dafür hatte sie wieder andere Leute. Und vor allem, ich war in keiner Weise abhängig von ihr. Wäre sie total verschwunden aus meinem Leben, hätte ich das nicht als besonderen Verlust empfunden. Andererseits jedoch, bot sich die Gelegenheit, mit ihr auch längere Zeit zu verbringen, und vielleicht sogar irgendwo anders als im *Jenewein*, wehrte ich mich nicht dagegen.

Meine Frau (ausgestattet mit einem außergewöhnlichen Sprachtalent: perfekt Englisch, Deutsch, Spanisch, Russisch) sollte einen Job als Pressesprecherin antreten in einer Kette von Supermärkten, die gerade in Brünn eingeführt wurden mit jener Gründlichkeit, die für diese uns bislang unbekannte Welt der Großunternehmen charakteristisch war. Und so fuhr sie zu einem fünftägigen Kurs nach München, wo prompt ein Schulungszentrum für PR-Frauen aus dem ehemaligen Ostblock eingerichtet worden war. Und unsere jüngere Tochter Danka nahm sie mit. Ich begleitete sie zum Zug (sie fuhren über Wien), und als ich dann vom Bahnhof heimkam, fiel mir ein, dass ich schon seit zwanzig Minuten in der Pension sein sollte: Katka erwartete mich dort. Irgendwie hatte ich alles schlecht koordiniert im Durcheinander um Janas und Dankas Abreise. Ich traf daher mit beträchtlicher Verspätung ein, aber Katka saß trotzdem noch da. Mit meinem Klassenkameraden in seinem Büro, und als ich bei ihnen auftauchte, zwinkerte sie mir zu und beendete akkurat den Satz in dem netten Gespräch, das sie dort führten, und nahm den Schlüssel von unserer Vier und ich wiederum zwinkerte dem Klassenkameraden zu und wir gingen nach oben.

Und als ich dann mit meiner Ejakulation fertig war und Katka mit ihrem Orgasmus, plauderten wir. Sie war gerade von einem Stipendium im österreichischen Krems zurückgekommen. So verbrachte sie jetzt ihre Zeit: Lesungen im In- und Ausland, Auslandsstipendien und Vorträge wie auch Seminare bei den sich an unseren Schulen langsam einspielenden Kursen Kreativen Schreibens. Ihr

Stern strahlte jetzt am intensivsten, obwohl von ihrem in Vorbereitung befindlichen nächsten Buch, dem Roman *Gegen den Strich*, fürs erste nur zwei ganz kurze Auszüge an die Öffentlichkeit gelangt waren. Aber darüber redeten wir nicht, für Gespräche über Literatur hatte sie, wie schon gesagt, ganz andere Partner. Und als ich erwähnte, meine Frau sei mit meiner Tochter nach München gefahren, fragte Katka, für wie lange denn.

„Also bist du eigentlich frei. Dann lass uns für ein paar Tage aus der Stadt verschwinden."

Genüsslich beobachtete sie mein Zögern. Bisher hatten wir uns nur hier getroffen. Nachdem ich den Schuldienst quittiert und auf das Fitnesscenter in der Pension umgesattelt und es von meinem Klassenkamerad gemietet und mit den notwendigen Geräten ausstaffiert hatte, wurde die Pension *Jenewein* zur zweiten Heimat für mich und ihre festeren Kunden auch zu meinen Klienten, weil sie sehr schnell verstanden hatten, dass die geistigen Werte aus dem ersten Stock (das Rammeln mit schönen Damen) ergänzt werden mussten um die physischen vom Erdgeschoss (das Rammeln mit meinen Fitnessgeräten). Ich fühlte mich dort einfach zu Hause und Katka gehörte auch schon fast zum Hausinventar, und deswegen scherte obiger Vorschlag gewaltig aus all dem aus. Aber, wie ich schon sagte, ich wehrte mich nicht dagegen.

Bevor ich mich jetzt allerdings über meine Exkursion mit Katka zur Talsperre und zum Wochenendhaus ihres Dozenten Kvaš (von dem sie nie als von ihrem Mann, sondern immer nur als vom Dozenten Kvaš sprach) auslasse, sollte ich vielleicht zwei Vorfälle erwähnen, deren Bedeutung möglicherweise nichtig ist, die mir aber, wie ich gestehen muss, in gewisser Weise doch ein wenig unter die Haut gegangen sind. Aber das ist jetzt eine Übertreibung, ich nehm's zurück. Einfach ein bisschen mehr beschäftigt haben sie mich.

Nun, als ich vor kurzem über den Slawischen Platz ging, fiel mir ein, dass hier ja irgendwo Katka mit ihrem Dozenten Kvaš wohnte. Aber ich hatte keine Zeit mich damit zu befassen, weil im gleichen Moment ein Junge über die Straße lief und ein Auto ihn anfuhr und er durch den Aufprall in die Luft flog und auf der Motorhaube des Wagens landete und von dort auf den Boden fiel. Ich stürzte zu einer Telefonzelle: ich befürchtete das Schlimmste. Aber ehe der Krankenwagen eintraf, stand der Junge schon längst wieder auf den Beinen, lächelte vielleicht sogar und erklärte allen rundherum, er hätte wo was abzugeben. Wir ließen ihn jedoch nicht gehen, bis dieser Krankenwagen da war, um ihn abzuholen. Vašek hieß der Junge. Ich erinnerte mich, letzte Woche etwas Ähnliches in den Fernsehnachrichten gesehen zu haben. Ein sechsjähriger Bub war aus einem Fenster im fünften Stock gestürzt und es war ihm überhaupt nichts passiert, bloß irgendwelche Prellungen. Unglaublich, unerklärlich, aber angeblich passiert mitunter genau das.

Aber da bin ich schon mit dem zweiten Vorfall da.

Ich ging mit Katka über den Šilingerplatz, als ich in der Arkade an der Ecke zur Dominikanergasse eine Trommel und eine Gitarre hörte und gleich darauf erblickte. Irgendjemand klimperte dort auf der Gitarre und sang dazu, neben sich eine Trommlerin: Sie passte sich ihm an. Wir näherten uns dem Paar in der Arkade. „Guck mal, Katka, das Mädchen dort, die ist dir ja echt wie aus dem Gesicht geschnitten." Und tatsächlich, die schwarzhaarige Trommlerin sah mindestens wie Katkas Schwester aus. Sie machte bereits den Mund auf, um die Trommlerin anzusprechen, als ich ihre Hand packte: „Stör nicht, sie spielen so schön. Sieht aus, als ob das deine Doppelgängerin wäre. Wusstest du, dass jeder von uns in jeder Gesellschaftsschicht einen Doppelgänger hat?"

Und ich legte eine Handvoll Münzen in die Mütze und wir traten ein Stück zurück und hörten noch eine Weile zu und dann setzten wir unseren Weg auch schon fort, dorthin, wohin wir ursprünglich unterwegs gewesen waren: in die Weinstube *Zur Ausgestopften Robbe*.

Ich bin aber nur abgeschweift und werde nun aufmerksam diese merkwürdige Exkursion zur Talsperre schildern, und was mich mit Katka dort erwartete.

Anfang Juli und das fantastischste Wetter, das wir uns ausdenken konnten. Dozent Kvaš' Wochenendhaus war perfekt gelegen unterhalb der Trnůvka, nicht zu weit weg von der Restauration *Zum Beredten Hecht* und dabei in der Nähe des Nudistenstrands und am Waldrand. Ich (ein bis vor kurzem noch bettelarmer Lehrer, der vorrangig sein Fitnesscenter ausstatten musste) hatte mir immer noch kein Auto zugelegt und daher brachte uns Katkas Fiat hin. Ich staunte, wie rasend schnell jenes kleine Mädchen alles beherrschte, was sie für ihr neues Leben brauchte. Sie war nicht nur reichlich versehen mit einem, wie sie selbst sagte, Talent schön wie ein Smaragd in einer

Königskrone, einem Talent, das sogar ich, für den Literatur ungefähr so viel bedeutete wie Bikinis für einen Yeti, zu würdigen verstand, sondern sie war auch sehr gelehrig, schnappte rasch alles auf, was ihr je dienlich sein konnte, und obwohl sie in die Welt, in der sie sich jetzt bewegte, fast wie eine Obdachlose, die nichts hatte, um ihren Kopf darauf zu betten, getreten war, erwarteten sie hier jetzt zweifellos sogar schon Himmelbetten.

Das Wochenendhaus des Dozenten war mit allem Unentbehrlichen, aber auch mit einer Menge Firlefanz ausgestattet, womit Akademiker wahrscheinlich ihr eintöniges Leben verschönern. Nicht zuletzt allerdings auch mit einem bequemen Bett. Zwar ohne Baldachin, aber dafür mit echt feiner Federung, die auszuprobieren ich gleich die Möglichkeit bekam.

„Wo denkt dein Gemahl, dass du jetzt bist?", fragte ich, meinen respektablen Marathon für einen Moment unterbrechend.

„Mit dir hier."

„Ja willst du damit sagen, dass du ihm mitgeteilt hast, dass du mit mir in sein Wochenendhaus fährst?"

„Es ist wichtig, dass er weiß, wo ich gerade bin, falls ich irgendeine wichtige Post oder ein wichtiges Telefonat bekomme. Und vorläufig interessiert es ihn auch immer noch, mit wem ich gerade bumse. Und tachinier mir nicht rum und beende das angefangene Werk!", und sie klatschte mir auf den nackten Hintern.

Am Abend setzten wir uns in die Restauration *Zum Beredten Hecht* und erst dort wurde mir bewusst, wie wenig und wie bruchstückhaft nur ich Katka kannte.

Obwohl sich bei mir der Eindruck ziemlich verfestigt hatte, bereits gut in Katka hineinzusehen, weil wir in der Pension die Zeit vor dem Vögeln ewig nur mit Gesprächen über sie verbrachten (ein anderes Thema fesselte sie nur ausnahmsweise), realisierte ich erst hier während dieses Abends beim *Beredten Hecht*, dass noch ziemlich viel Unentdecktes in ihr war, was mir da eröffnet werden sollte und mir dann einiges Kopfzerbrechen bereitete. Wir hatten also Platz genommen und Katka wählte sorgfältig das Essen aus, obwohl es hier nicht viel zur Auswahl gab. Ich bestellte ein Matrosengulasch und Katka entschied sich schließlich für eine Forelle auf Müllerinart, nachdem sie sich vorher ausführlich erkundigt hatte, wie sie sie zubereiten, und sie erst die Versicherung zufriedengestellt hatte, dass das im Grunde das sei, was die Franzosen truite à la meunière nennen. Worauf die noch sorgfältigere Auswahl des Weines folgte. Aber dabei hatte sie Glück, das Angebot war erstaunlich groß. Sie wählte, passend zur französischen Forelle, natürlich einen französischen Weißen, irgendeinen Clos des Murs, falls ich mich richtig erinnere. Sie ließ ihn sich in einem Gefäß mit Eis kredenzen, kostete mit Kennermiene und nickte.

Hier aber stopp! Noch bevor man uns das Abendessen serviert und noch bevor wir uns den Wein in die Gläser gießen und noch bevor sich Katka ein Päckchen Marlboro bringen lässt und noch bevor ich ihr die erste Zigarette anzünde, kehren wir ein Stück zurück.

Eine unangenehme Situation nämlich, die ich nicht übergehen darf. Also zurück:

Während ich mit dem Klassenkameraden besprach, wie der Betrieb des Fitnesscenters für die zwei Tage zu gewährleisten sei (irgendein Verwandter von Adam hatte mich während meiner Ausfälle immer bereitwillig vertreten), holte Katka schnell ihr Automobilchen. Aber ehe wir aufbrachen, fiel uns ein, dass wir uns für die zwei Tage hier in der Stadt mit Vorräten eindecken sollten, weil wir, sollte es uns dort grad mal nicht nach einem Gasthausbesuch gelüsten, am Stausee nur auf Imbissstände und Buffets angewiesen wären. Und so sperrten wir uns mit einem Zehnkronenstück einen Einkaufswagen auf und fuhren zwischen die Regale des nächsten Supermarkts. Aber wir kamen nicht weit. Vor der Theke mit den Fleischwaren hielt Katka ein hoch aufgeschossener Jüngling mit einem Gesicht, das an einen etwas kultivierteren Schimpansen erinnerte, an. Er versperrte Katka jetzt den Weg und ich hörte, wie er sie mit leicht gedämpfter Stimme bat: „Kati, ich lieb dich immer noch wahnsinnig, wenn du willst, dann sterb ich für dich. Willst du's sehen?"

„Du bist verrückt", sagte Katka leise, „scher dich zum Teufel!"

„Aber du kannst mich doch nicht einfach so wegwerfen!", schrie der Jüngling mit einer prächtigen Fistelstimme und ich, obschon ergriffen von der anmutigen Schönheit dieser Fistelstimme, hatte schon blitzartig überrissen, dass ich jetzt wohl oder übel würde eingreifen müssen. Als ich ihn resolut wegstieß, glitzerten Tränen in seinen Augen und einen Augenblick kam es mir vor, er würde mich anspringen, aber ich sagte ihm ruhig und freundschaftlich: „Lass gut sein, Kumpel, so ist das Leben nun mal."

„Verzeih", entschuldigte sich Katka dann bei mir, „das war der schlimmste Irre, dem ich je begegnet bin."

„Na, ziemlich lustig", winkte ich ab und schmiss unseren Einkauf auf den Rücksitz. Als wir wegfuhren, drehte ich mich um und der Irre stand hinter der Supermarktauslage und schaute uns nach.

Der Wein war erstklassig, sofern ich das zu erkennen vermag. Und die Forelle auf Müllerinart trudelte kurz nach dem Matrosengulasch ein. Und Katkas Zunge löste sich kurz nach dem ersten Gläschen. Nicht dass sie sie sonst vielleicht zugeschnürt getragen hätte, aber der Wein und die Zigaretten, sie waren der Treibstoff jenes langen Monologs. Und nie zuvor und nie danach habe ich je wen mit solch einem Feuer reden gehört, und dabei ist die Welt voll von uferlosen Schwätzern. In dem Moment begriff ich einmal mehr, warum sie sich mich hielt und warum ich ihr tollster Freund war, dem sie alles frei heraus sagen konnte.

„Du hast mich gefragt, wie ich meinen Mann kennengelernt habe."

„Hab ich nicht", wandte ich ein, aber sie hörte mich gar nicht mehr.

„Als die Maschinenschrift meines Buches in der Fakultät kursierte, gelangte sie selbstverständlich auch zu Dozent Kvaš. Und der hat dann den frisch aus dem Ei geschlüpften Privatverlag *Pfeffer und Salz* kontaktiert und sein Wort als das eines Experten für moderne Literatur hat auf dem Verlegerschreibtisch die Stöße dort wartender

Manuskripte hinweggefegt. Später sagte mir der Chefredakteur von *Pfeffer und Salz*, erst nachdem er auf die *Fallstricke* gestoßen war, habe sich in ihm das Gefühl verfestigt, dass diese Verlegerei irgendeinen Sinn haben würde, und er hätte an seinen glücklichen Stern zu glauben begonnen. Sie zahlten mir einen Vorschuss aus, unter dem mir schier die Knie einknickten. Und selbstredend wusste ich, hätte nicht Dozent Kvaš *Pfeffer und Salz* das Buch angeboten, hätte es wer anderer getan und von mir aus einem anderen Verlag: Dieses Manuskript hatte nicht die geringste Chance, in der Versenkung zu verschwinden. Trotzdem suchte ich Dozent Kvaš auf, um mich bei ihm zu bedanken. Das heißt, ich kannte ihn schon von einer flüchtigen Begegnung, aber erst jetzt wurde mir bewusst, was für ein merkwürdiges Menschlein das ist. Er war vor ein paar Jahren kurz verheiratet gewesen und ein oberflächlicher Beobachter hätte gesagt, er sei misogyn. Jedenfalls bewahrte er formal Distanz zu mir, was er den ganzen Dezember vorigen Jahres durchhielt. Erst nach Neujahr lud er mich zu einem Abendessen ein. Das Abendessen im Intercont zog sich bis in die späten Nachtstunden hinein und dabei stellten wir beide fest, dass wir von grundsätzlichen Dingen noch gar nicht gesprochen hatten. Da wohnte ich bereits einige Zeit in der gemieteten Garçonnière. Er rief ein Taxi und brachte mich hin, und als ich ihn zu mir hinauf bat, entschuldigte er sich. Dann aber wiederholten wir dieses Abendessen ein paar Tage später. Wir blieben dort wieder bis zur Sperrstunde hängen, aber diesmal brachte uns das Taxi zum Slawischen Platz, zu seiner Wohnung. Und danach schrieb er mir einen langen Liebesbrief. Und ich antwortete ihm, dass er der fantastischste Mann sei, dem ich je begegnet war, und dass ich vor Rührung heulen würde, dass mir das ermöglicht worden sei, und dass er mich aus jener merkwürdigen wartenden Einsamkeit herausgerissen hätte, jener existenziellen Not und panischen Angst vor dem Tod, an der ich von Kindheit an leide, und dass er der sei, von dem ich immer träumte, jemand furchtbar Naher, der, mit dem sich diese Angst überleben ließe. Und dann hab ich nur mehr sehr kurz in dieser Garçonnière gewohnt. Und dann hat er mich geheiratet und wir sind aus dem kalten Jänner in Brünn auf Hochzeitsreise nach Ägypten abgeschwirrt. Und dann kamen wir in das immer noch kalte Brünn zurück und ich begann ihm untreu zu werden, weil es gleich nach diesem Ägypten mit ihm den Bach runter ging. Aber ich hab ihn über jeden Liebhaber ausführlich informiert, weil ohne Aufrichtigkeit zwischen uns alles den Sinn verloren hätte. Bloß dass er das nicht ertragen hat. Und da ist er ihm dann nicht mehr gestanden", witzelte sie, „nicht mal wenn sie um Mitternacht im Radio die Hymne spielten."

„Das ist aber alles irgendwie sehr schnell abgelaufen", machte ich sie aufmerksam. „Binnen eines einzigen Monats seid ihr zusammengekommen, habt geheiratet, einen Blick auf die Pyramiden geworfen und schon hast du's geschafft, einen Eunuchen aus ihm zu machen."

„Von wegen Eunuch! Er ist schwul, damit du's weißt, bloß, dass er es nicht zugeben will, und so hat er sich erst ein Weilchen bemüht. Aber nach dem Ägypten hat er schon aufgehört sich zu bemühen. Nur ist Sex ja gar nicht das Wesentliche. Dieses bisschen nichtige Ficken, das ich mit jedem machen kann, der grad einen Steifen hat und nicht wie ein Affe aussieht. Mich jedoch sicher aus einem Lokal nach Hause führen, wenn meine Beine schon schlapp sind, das kann nur mein Dozent Kvaš."

Hier drängten sich mir zwei Fragen auf, die ich jedoch nicht stellen konnte, weil sie mich nicht mehr zu Wort kommen ließ. Die erste hätte gelautet, warum es ihr dann, wenn's nicht mehr als ein bisschen nichtiges Ficken ist, warum es ihr dann die Zerstörung einer Ehe wert ist? Geantwortet hätte sie mir allerdings vermutlich, sie würde doch keine Ehe zerstören, wenigstens nicht die ihre, die würde ganz im Gegenteil halten wie der kalvinistische Glaube. Und dass Sex für sie letztlich doch nur das Werkzeug zur Erreichung jener „sinnlicher Erregung" sei, was mit Ehe nichts gemein habe. Und die zweite Frage hätte gelautet, warum sie es denn, wenn sie's mit jedem, der *nicht* wie ein Affe aussieht, machen kann, auch mit diesem hoch aufgeschossenen Jüngling getan hat, der praktisch das Ebenbild eines Schimpansen war?

Wir saßen im kleinen Gastgarten vor der Restauration und schauten auf die Wasserfläche, die noch die drei letzten, bereits ziemlich lahmen Segelschiffe trug und gleichzeitig schon die ersten langen Schlieren des Abendrots spiegelte, die an dünne blutige Schwerter erinnerten. Katka quasselte unverdrossen weiter, weihte mich darin ein, wie ihr Dozent etwas wie Fluchtanfälle zu bekommen pflegt, wie er sich schlicht und einfach zusammenpackt und für zwei Tage auszieht zu seiner Mutter ans andere Ende von Brünn, nach Židenice. Und hätte ich zufällig gefragt, warum er das tut, dann hätte sie mir erklärt, die Gründe für diese Trotzaktionen seien stets ziemlich belanglos, entweder weil ihr ein schärferes Wort entschlüpfe, sie sich ein wenig über ihn lustig mache, es gäbe nämlich nichts Leichteres und nichts Verlockenderes, als ihn ein wenig aufzuziehen, oder sie würde ihren neuesten Liebhaber vor ihm erwähnen. „Am meisten daran kotzt mich an", beklagte sie sich, „dass er dann alles brühwarm seiner Mama erzählt. Was soll dann die alte Dame von mir denken?!"

Der Kellner brachte uns eine weitere Flasche und Katka verlangte, man möge das Eis im Kühlgefäß nachfüllen. Über den Stausee flog ein Hubschrauber mit eingeschaltetem Punktscheinwerfer, der Restaurationsgarten begann sich langsam zu leeren, aus dem nahen Zoologischen Garten auf dem Mönchsberg ertönte Löwengebrüll und hallte friedlich durch die einbrechende Nacht, während dieses kleine Mädchen immer noch versuchte, irgendjemandem die immens charmante Beziehung zwischen ihr und ihrem Ehemann zu erklären. Das heißt mir bereits nicht mehr. Ich hörte ihr nicht mehr zu. Ich langte nach ihrem Marlboropäckchen, klopfte mir eine Zigarette heraus, und als mir, der ich ein Sonntagsraucher war, vom Nikotin der Kopf aufstrahlte wie eine Gaslaterne, war ich mit den Gedanken schon irgendwo weit weg, wo es keine klugen, wunderbar talentierten, jedoch gefühllosen und selbstgefälligen kleinen Mädchen gab und wo die Welt einfach und freundschaftlich war. Was tu ich hier eigentlich und was verbindet mich mit ihr?

„Ich denke, wir brechen auf", schlug ich vor. Die Nacht legte sich bereits auf die Landschaft wie eine riesige schwarze Kuh, unmittelbar darauf zwängte sich jedoch der Vollmond aus den Wolken heraus und in diesem Moment traten wir auch den Rückweg an zu Dozent Kvaš' Wochenendhaus.

„Was hast du?", wunderte sie sich. Ich erklärte es ihr. Ich würde an einem besonderen Typ von Nachtblindheit leiden, könne problemlos eine Straße langgehen, die von mir aus bloß miserabel von Laternen beleuchtet ist, doch wehe mir in einer klaren Mondnacht. Ich würde zwar den Mond sehen, sein Licht aber nicht mehr, nur undurchdringliche, breiige Dunkelheit umgäbe mich jetzt.

„Keine Angst, ich führ dich", versprach sie und nahm mich an der Hand und wir starteten zurück zum Haus ihres Mannes. Sie hatte eine Menge getrunken, schließlich hatte sich mit dem zunehmenden Tempo ihrer Beichte, oder was das war, auch ihre Fähigkeit Gläser zu leeren vervielfacht, und ihr Schritt war jetzt anfangs unsicher. Das amüsierte mich: Den Blinden führt eine Besoffene! Doch erstaunlicherweise glich sich ihr Schritt bald aus und weiter führte sie mich dann schon mit überraschender Zuverlässigkeit.

Bei Tag vergegenwärtigt man sich gar nicht, was für ein langer Weg das ist. Und wenn ich ihn jetzt unumwunden mit dem Weg durchs Leben vergleiche, legt das bitte nicht aus als etwas, was nur der Speichel auf die Zunge gebracht hat (obwohl dem sicher auch ein wenig so ist, weil ich bei übermäßigem Alkoholkonsum fast wate im eigenen Speichel), sondern suchen wir darin doch auch etwas von dem bangen Gefühl nicht bloß des langen Weges in breiiger Dunkelheit, sondern auch jener *existentiellen Not* wegen, wie es Katka in dem Restaurationsgarten und noch beim Konzert der Grillen genannt hat.

Ich bin beim Ausfall meines Sehvermögens überhaupt nicht gewohnt, mich allein mit Hilfe der restlichen vier Sinne, jener bemühten, aber ungeschickten Stellvertreterorgane, zu orientieren. Denn ich bin bedacht, den Folgen meiner Nachtblindheit tunlichst aus dem Weg zu gehen, um Situationen wie die jetzige zu vermeiden. Ich roch den Duft von Nadelreisig und auch von etwas Würzigerem, was sich mir auf den Magen schlug, und ich hörte den Wald und ertastete unter meinen Füßen die Knoten und Krampfadern jenes Waldwegs, und jetzt hatte ich sogar das Gefühl, auch das Plätschern von Rudern zu hören: Bestimmt war der Weg nicht weit entfernt vom Ufer des Stausees, wer allerdings würde jetzt in der Nacht und wohin wohl mit einem Boot fahren? Und so war es, als würde mich jener Blindenmarsch genau an der Grenze der Unwirklichkeit entlang führen.

Als wir die Erholungsanlage Fruta erreichten, lag noch nicht mal die Hälfte des Weges hinter uns. Es brannte dort Licht, aber das Licht war aus der Ferne nicht zu sehen, weil das Haus hinter einer Wegkrümmung, hinter einem Fichtenwall stand. Erst als wir näher kamen, war es, als hätte mir jemand ein schwarzes Tuch von den Augen genommen, und ich erblickte ein hell erleuchtetes Erdgeschossfenster und wie dort Urlauber (mit dem Queue in der einen und einem Glas Bier in der anderen Hand) Billard spielten. Vor allem aber sah ich, wie ich mich an die Hand dieses kleinen Mädchens klammerte und wie sie mich führte. Darin konnte sich niemand irren und ich zweifelte nicht daran, dass es auf den ersten Blick offensichtlich war, dass nicht ich sie führte, sondern sie mich. Augenblicklich ließ ich sie los. Aber nur kurz. Dann tauchten wir wieder ein in die Dunkelheit und Katka streckte die Hand aus und berührte die meine und ich packte sie wieder wohl oder übel. Es war mir bisher noch nie passiert, eine so lange Dunkelheit zu durchqueren. Wir gingen und schwiegen und ich stolperte ab und zu, aber das kleine Mädchen hielt mich stets fest, wir gingen und wieder roch und hörte ich den Wald und auch das, was ich ursprünglich für das Plätschern der Ruder eines in unserem Tempo am Ufer entlang gleitenden Bootes gehalten hatte, was aber wahrscheinlich aus dem Wasser springende Fischchen waren. Abzuschätzen, wie lange wir gingen, ist mir unmöglich, aber plötzlich blieb sie stehen und brachte dadurch auch mich zum Stehen und einen Augenblick lang standen wir dort so da und dann sagte das kleine Mädchen: „Ich hab dich sehr gern. Sehr, sehr, sehr …"

Gleich im ersten Moment erschrak ich. Es war ein Vorstoß aus der Dunkelheit und ich wusste nicht, was darauf folgen würde. Solche Dinge sagten wir einander nämlich nie. Um solche Dinge ging es ja nicht zwischen uns. Sie war ein unglaublich interessantes kleines Mädchen und meistens fand ich es angenehm, mit ihr zu plaudern, auch wenn es sich vorwiegend um sie betreffende Gespräche handelte. Und als Bonus schenkten wir uns dazu noch ein bisschen Sex. Und das war auch alles. Aber nach dem, was ich heute von ihr in dem Restaurationsgarten vernommen hatte, konnte man von dem, was sie mir soeben gesagt hatte, wirklich in Panik geraten. Schließlich wusste ich bereits, wie sie mit jenen, die sie liebte und die sich in sie verliebten, verfuhr.

Alles kam selbstverständlich von der besonderen Situation, in der ich mich befand. Und weil ich meistens allen Manifestationen meiner lunaren Nachtblindheit erfolgreich aus dem Weg gegangen war, verblüffte es mich jetzt umso mehr, was mir hier dank ihrer widerfuhr. Katka geleitete mich sicher durch diese undurchdringliche Finsternis und ich war von ihr abhängig, ich, der von jeher die Abhängigkeit von Frauen hasst, aber jetzt und hier verspürte ich nicht bloß diese Abhängigkeit, sondern auch etwas mehr. Genau, es bereitete mir ein gewisses Lustgefühl, wie das kleine Mädchen mich an der Hand hielt und sicher durch die Finsternis führte, aber auch was sie mir gerade gesagt hatte und wie sie es gesagt hatte. Ohne zu bezweifeln, dass alles einzig und allein mit jener Dunkelheit und meiner dadurch verursachten außergewöhnlichen Situation in Zusammenhang stand, fürchtete ich mich doch eine Weile ganz ernsthaft, oder anders: Ich begann mich wirklich fast zu fürchten, auch mir würde widerfahren, was vielleicht allen widerfahren war, die die Lust, sich in dieses kleine, unansehnliche Mädchen zu verlieben, hatten kosten wollen. Und so fürchtete ich mich kurz fast ernsthaft vor diesem Fliegenpilz in dem roten Mäntelchen und mit den kurzen Beinchen.

„Was ist los? Ich hab dir versprochen, dich sicher hinzuführen, und ich hab dich sicher hergeführt, oder? Also was ist los?", wunderte sich Katka, zu mehr kam sie aber nicht mehr, als ich sie brutal auf den Boden warf, auf Dielen, auf denen statt eines weichen Teppichs nur so eine große raue Matte lag, ihr wütend die Kleider vom Leib riss und sie im Grunde vergewaltigte. Aber ätsch! Ich wäre nämlich hocherfreut gewesen, hätte es sich um eine Vergewaltigung gehandelt. Solche Lust hatte mich erfüllt, sie möglichst grausam, möglichst brutal zu behandeln, um damit gleichsam, na klar, alles, was mir mit ihr unterwegs widerfahren war, zu löschen. Doch wie ihr schon erraten habt, schlug das absolut fehl. Weil Katka mir bereits nach ein paar Augenblicken entgegenkam (mir beim Herunterreißen der Kleider half) und gegen Ende dieses von meiner Seite wohl feindseligen Aktes die Augen weit öffnete und mich mit den strahlendsten Augen, die ich je gesehen hatte, anblickte. Ein solches Strahlen hatte ich bei ihr bisher noch nicht erlebt. Bei einem normalen Fick begannen ihre Augen nie so zu leuchten.

„Mein Rücken wird ganz zerkratzt sein von der Matte", lächelte sie.

„Entschuldige."

„Kommt nicht in Frage. Ich zahl's dir beim nächsten Mal heim. Falls du's noch nicht überrissen hast, was ich da unten habe, ist in Wirklichkeit ein Piranha."

Zeitig am Morgen zog ich mich schnell an, und als sie erwachte, erwischte sie mich noch dabei, wie ich meine Sachen zusammensuchte.

„Du hast doch gesagt, deine Frau kommt erst Ende der Woche aus München zurück."

Ich hatte überhaupt keine Lust, mir eine Ausrede auszudenken. Ich schwieg.

„Hör mal Zdeněk, bist du nicht auch ein wenig plemplem?" Sie stieg aus dem Bett, stand in der Tür und schaute mir nach, wie ich auf dem Weg zurückeilte, auf dem sie mich in der Nacht hergeführt hatte.

Ich war mir fast sicher, dass dieser Ausflug zur Talsperre unter alles einen Schlussstrich gezogen hatte, dass es meine letzte Begegnung mit Katka gewesen war. Und obwohl mir die Gründe, sich nicht mehr mit ihr zu treffen, jetzt aus der Distanz von sechs Tagen (aus der Distanz, aber immer noch unter der sengenden Julisonne, die in dieser Woche die Straßen aufheizte, sodass sie glühten wie diese großen Schneiderbügeleisen) doch ein wenig kurios und überstürzt vorkamen, nahm ich das bereits als ein Faktum hin, an dem ich nicht mehr rütteln wollte. Doch wurde alles wieder schnell gegenstandslos.

Als ich das Fitnessstudio aufsperrte (es besitzt einen eigenen Eingang von der Straße), hörte mich mein Klassenkamerad, verließ die Pension, lief zu mir und wies mit einem Nicken zur Zimmerdecke. Ich verstand nicht.

„Sie ist schon oben. In eurer Vier. Sie ist in der Nacht gekommen. Ungefähr um zwei. Sie hat mich mit verzweifeltem Läuten und Klopfen geweckt."

„Besoffen?"

„Geh ruhig rauf. Ich hab schon Kája angerufen. Er löst dich gleich bei der Arbeit ab."

Einen Augenblick stand ich da wie belämmert. Dann nahm ich aus der Schublade das Schild *Komme gleich* und schloss das Fitnessstudio wieder ab und gab ihm den Schlüssel. Er sah ihn aufmerksam an, drehte ihn in der Hand herum und erklärte mir dann, dass er in der Nacht keinen Arzt holen wollte. „Ich hab sie recht und schlecht selbst verarztet und alles Weitere wirst du ja sehen. Ich glaub, gebrochen hat sie sich nichts."

Ich lief hinauf, öffnete die Tür und sah sie dort liegen. Sie schlief zur Wand gekehrt, ich machte leise hinter mir zu und ging näher, doch da trat ich auch schon auf irgendwelche auf den Boden geworfene Kosmetika (sämtliche ihrer Kosmetika waren explosiver Natur), sie drehte sich um und hatte ein Pflaster auf der Wange, lächelte mich aber etwas schief an und setzte sich auf und zog sich die Steppdecke runter. Darunter war sie nackt und fürchterlich, ganz schauderhaft verprügelt. Das ließ sich aber gar nicht vergleichen mit den paar blauen Flecken, mit denen ich sie vor sechs Tagen im Wochenendhaus des Dozenten bedacht hatte. Es sah aus, als hätte sie die Nacht in der wirbelnden Trommel einer Waschmaschine oder Wäscheschleuder verbracht.

„Und was ist von dem Auto übrig?"

Wieder lächelte sie schief: „Falsch gefragt. So ist es nicht. Das hat mir nicht mein Kumpel Fiat angetan." Und sie streckte die Hand nach dem Stuhl aus, wo das Häufchen ihrer Kleider lag.

„Bleib liegen, deck dich zu, ich bring dir ein Frühstück. Und den Hausherren werd ich ersuchen, dir ein bisschen heißen Dampf herzupusten." Es war nur so ein ratloser Versuch eines Scherzes. Während draußen bereits wieder ein weiterer heißer Julitag wütete.

„Sie hat dir also noch nichts gesagt?", wunderte sich mein Klassenkamerad. Ich stand neben ihm in der kleinen Küche und besprach alles mit ihm, und seine tizianrote Frau mit dem großen Fuchsschwanz, der ihr über den

44

halben Rücken hing, lächelte mich auch an. Dieser Morgen war voller debiler Lächeln.

„Brot mit Aufstrich und kernweich gekochte Eier?", fragte sie, womit sie wiederum mich erheiterte, hatte doch ausgerechnet dieses Frühstück meine Frau Katka an jenem Novembermorgen bei uns am Mendel angeboten. Dass ich mich so genau daran erinnere? Sieht ja aus, als sei mein Gedächtnis aus irgendeiner Laune heraus auf Katka eingestellt.

„Jemand hat sie brutal verprügelt", meinte der Klassenkamerad.

„Warte, also dir hat sie's erzählt?"

„Das sieht man doch wohl."

„Denkst du an einen Überfall auf der Straße?"

Er zuckte mit den Schultern und ging, um der ersten Schicht Ehebrecher aufzuschließen. Seine tizianrote Frau stellte mir inzwischen das Frühstück für Katka auf ein mit Servietten gedecktes versilbertes Tablett. Für mich waren eine Tasse Kaffee und ein Stamperl Slibowitz dabei. Vor der Treppe unten stand ein lüsternes Pärchen und der Klassenkamerad erledigte mit ihnen die Formalitäten. Dieses Prozedere, am Fuß der Treppe, zog der Klassenkamerad dem Büro vor, wo die illegalen Paare sich nicht besonders wohl fühlten, auch wenn sich dort nichts anderes abspielte als hier an der Treppe: Sie bezahlten die Bespringungstaxe und ein Teil der beiden stellte seine Personalausweisnummer zur Verfügung. Die zwei vor der Treppe traten auseinander und machten mir den Weg frei, als sie mich mit dem Tablett bemerkten, und der Duft von Kaffee und Slibowitz verlieh dem unwirtlichen Vestibül (wo nach der Entfernung des Jenewein-Bildes an der Wand immer noch eine leere Stelle war) sogleich eine heimeligere Atmosphäre, sodass auch die beiden mich debil anlächelten.

Als ich mit dem Tablett ins Zimmer trat, saß Katka schon angezogen da. Und wie ich sie jetzt mit dem Pflaster im Gesicht erblickte, tauchte plötzlich das Bild von Ende November 1989 im Haus der Kunst vor mir auf, wo ich sie zum ersten Mal gesehen hatte, als sie zusammengeschlagen von den Bullen aus Prag zu uns gekommen war.

„Entschuldige, dass ich dich in diesem Zustand hier aufsuche. Du bist der einzige Mensch auf der Welt, dem ich alles sagen kann."

„Falls es kein Vortrag wird, wie man Romane schreibt, dann leg ruhig los." Und ich stellte das Tablett mit dem Frühstück auf das Empiretischchen und schob es näher und schaute, wie sich ihr Gesicht vor Schmerz verzerrte, als sie versuchte, sich zu diesem Tischchen hinunterzubeugen.

„Moment mal, warte." Und ich setzte mich neben sie aufs Bett, nahm das Tablett mit dem Frühstück auf den Schoss, schlug mit einem Messerchen den Eiern ihre aparten Hütchen ab und machte mich daran, Katka zu füttern. Aber sie schüttelte den Kopf und zeigte vorher auf mein Stamperl Slibowitz. Leichten Herzens überließ ich ihr das Gläschen und erst dann holte ich mit einem Löffelchen Eigelb und Eiweiß heraus und begann dieses Luder zu füttern. Die Brotschnitte hielt sie schon selbst und sie biss auch selbst davon ab. Als wir fertig waren mit der Fütterung, legte ich das Löffelchen weg und wischte ihr mit einer Serviette das Eigelb vom Mund.

„Und jetzt kannst du erzählen."

Sie nippte am Kaffee. „Ich bräuchte eine Zigarette."

„Aber du rauchst doch nur am Abend und zum Wein."

„Richtig. Ich bräuchte auch was Alkoholisches."

„Ich hol dir Wein von unten."

„Weißt du, Zdeněček, wenn ich ‚was Alkoholisches' sage, mein ich damit nicht wirklich Wein." Und sie zeigte auf den Schnaps.

Ich brachte vom Klassenkameraden ein Fläschchen Slibowitz. Ob ich richtig handelte, war ich mir keineswegs sicher. Genauer gesagt war ich mir absolut sicher falsch zu handeln. Es war ihr anzusehen, dass sie die Fortsetzung dessen brauchte, woraus ich sie für eine halbe Stunde herausgerissen hatte. Also hätte ich sie eigentlich wieder ins Bett stecken und mich leise verziehen müssen. Aber eine unbezähmbare Neugier bewog mich, ihr stattdessen eine Zigarette anzuzünden, ihr einzuschenken und zu wiederholen: „Und jetzt kannst du erzählen ..." Sie eliminierte den Slibowitz zwar nicht in dem Tempo wie Wein, aber bestimmt in einem Tempo, das einen Elefanten das Leben gekostet hätte, während dieses zerbrechliche kleine, verdroschene Mädchen, schien es, dadurch im Gegenteil am Leben erhalten wurde. So war mir bereits zum wiederholten Mal wieder einmal klar, dass ich von diesem kleinen Mädchen immer noch nichts wusste. Aber jetzt bekam ich wirklich die Gelegenheit, eine Menge zu erfahren.

Nachdem ich mir dann allerdings angehört hatte, was mir anzuhören bestimmt war, entsetzte mich das gehörig.

Unter meinen ehemaligen Klassenkameraden gab es nicht nur den Besitzer eines Stundenhotels, sondern auch einen hervorragenden Psychologen, von dessen Qualitäten beispielsweise zeugte, dass er sogar in Zeiten, wo es den Gürtel enger zu schnallen galt, auf eine umfangreiche Klientel verweisen konnte. Und nachdem sie mir alles erzählt hatte, was sie mir zu erzählen beschlossen hatte, kam ich daher auf diesen Klassenkameraden zu sprechen.

„Spinnst du?! Ich brauch keinen Irrenarzt.“

„Das ist kein Irrenarzt. Das ist ein Psychologe.“

„Reiz mich nicht wieder, Zdeněk. Ich hab kein Problem mit Kerlen, sondern die Kerle haben Probleme mit mir. Die sind's, die einen Irrenarzt bräuchten. Und mit meinen Depressionen weiß ich mir immer selbst zu helfen. Für mich gilt das Gleiche wie für Hemingway: Meine Schreibmaschine ist mein Psychoanalytiker.“

Aber ich konnte nicht widerstehen zu fragen: „Und hat dein Hemingway nicht zufällig Selbstmord begangen?“

„Davon weißt du einen Scheiß. Halt dich an deine Sprossenwände, Hometrainer und Crosstrainer und sei so nett und steck deine Schnauze nicht in die Literatur.“

Das Zimmer war bereits geschwängert von Zigarettenrauch, obwohl das Fenster sperrangelweit offen stand, und Katka erhob sich, sie müsse ins Bad aufs WC, aber schon nach zwei Schritten taumelte sie, und so musste ich sie stützen und ins Badezimmer führen. Und dort erleichterte sie sich oben wie unten, und als ich sie dann wieder zurückgeführt und ihr geholfen hatte, sich wieder zu entkleiden und hinzulegen, schlief sie augenblicklich ein. Ich stand noch ein Weilchen vor ihr da und schaute sie an. Sie war das seltsamste Wesen, dem ich je begegnet war. Sie lebte ein so wildes Leben, wie ich es mir nicht einmal in den fantastischsten Träumen vorstellen konnte, und all das verkraftete sie wie diesen Slibowitz: Es machte ihr ein wenig zu schaffen, aber sie entleerte sich schnell, entledigte sich schnell dessen, was sie plagte, schlief sich davon aus und konnte gleich wieder in die nächste Wahnsinnsorgie starten.

Also so sieht die Ordination eines Psychologen beziehungsweise Psychotherapeuten aus. An der Wand eine große farbige Reproduktion eines Bildes von Paul Klee, eine Bibliothek mit irgendwelchen Seelenklempnerkapazitäten, von denen ich gerade mal Freud kannte, daneben ein Schreibtisch, reich an Schubladen wie ein Bienenstock an Waben, und eine Kommode mit Ordnern, darin offenbar die Materialien der Patienten, die Oldřich Klienten nennt, zwei Armstühle, eine Couch, ein Stuhl und ein sich drehender Ventilator auf der Kommode.

„Setz dich doch und wiederhol mir noch mal, was du am Telefon alles auf mich losgelassen hast."

Ich wiederholte alles langsam und gründlich und ergänzte es noch um verschiedene Details, die mir jetzt einfielen, und beobachtete dabei, wie er dort saß mit Bleistift und Block und mich ansah. Aber er machte sich keine einzige Notiz, berührte nicht mal mit der Bleistiftspitze das Papier. Dann legte er den Block beiseite und lächelte mich an (die debilen Lächeln zu zählen, mit denen die Welt mich heute andauernd beglückte, hatte ich schon aufgehört).

„Weil ich's nur aus zweiter Hand habe und weil du mir darüber hinaus auch ihren Namen nicht verraten willst, kann ich dir fast nichts dazu sagen. Aber fast nichts heißt nicht gar nichts. Ich kann dir nur ganz Allgemeines, nichts, was in die Tiefe geht, dazu erzählen. Nun, es gibt Frauen, die nicht durch Schönheit glänzen, und wenn sie auf der Straße gehen, dreht sich kein einziger Männerkopf nach ihnen um. Und dennoch sind es die unglaublichsten Femmes fatales. Ausgestattet mit einem wirklich außergewöhnlichen Intellekt, aber dabei keine Blaustrümpfe, wie man früher weibliche Intellektuelle ohne jegliche Spur von weiblicher Sinnlichkeit genannt hat. Im Gegenteil, der Intellekt dieser Sorte der Femme fatale steht ganz im Dienste ihrer Sinnlichkeit. Respektive haben sie so viel von diesem Intellekt, dass sie damit auch ihren Sex entfachen können. Auch wenn es sexsüchtige geile Nymphomaninnen sind, die auf Schritt und Tritt ihr Geschlecht demonstrieren, ihre Mösen zur Schau stellen und jedem Mann gleich in die Hose kriechen, besteht ihr Gipfelerlebnis in etwas anderem als im Koitus. Du hast selbst gesagt, dass deine Bekannte beim Beischlaf fast auffällig sachlich ist, einzig auf ihre Orgasmen hinpaddelt und -steuert und dass sie vor dem Akt und nach dem Akt weitaus interessanter sei. Aber das Gipfelerlebnis dieses Frauentyps hängt mit Sex selbstverständlich eng zusammen."

Und Oldřich erhob sich ein wenig, beugte sich vor und öffnete eine der Schubladen des Schreibtisches und forderte mich auf, mich zu bedienen. Die Lade war komplett ausgelegt mit Bonbonnieren, von Pralinen bis zu Mozartkugeln. Nach kurzem Zögern nahm ich mir eine Praline.

Erneut forderte er mich auf, ich solle mich nicht genieren und noch einmal zugreifen, bevor die Tore sich wieder schließen würden. Also bediente ich mich noch einmal aus dem reichen Angebot, aber kaum war es mir gelungen, einen Bonbon herauszufischen, klappte die Lade knapp unterhalb meiner Finger hart zu.

„Klar hängt ihr Gipfelerlebnis eng zusammen mit Sex. Und jetzt pass auf. Also vor allem, sie suchen sich immer nur in gewisser Weise defekte Männer aus, womit ich sagen will, dass sie Typen mit einem Handicap, einem sichtbareren oder auch nicht gleich so ins Auge springenden Defekt interessieren, solche, die sich aus irgendeinem Grund nicht gerade auszeichnen durch erotisches Selbstbewusstsein, zum Beispiel schon ältere oder unansehnliche oder solche, die sich vor lauter Bauch die Schuhbänder nicht zuknüpfen können, oder von etwas in ihrem Leben bedrückt, von irgendeiner schlimmen emotionalen Katastrophe verkrüppelt sind, und unsere Femmes fatales verstehen es, sie zuverlässig aufzuspüren, sie haben stets einen Riecher für sie, das gehört schon zu ihrer Ausstattung. Und auf ein solches Opfer fixieren sie sich dann, tun ihm zuerst selbst ihre Liebesgunst kund, fesseln es an sich mit einer gewaltigen Kampagne falscher Emotionen, die sie so lange steigern, bis der Betreffende ihnen wie einer tödlichen Krankheit verfällt. Diese emotionale Bearbeitung führen sie meisterhaft durch, in gewisser Weise ist das ein Kunstwerk. Und wäre irgendein wirklich wunderschönes weibliches Wesen mit einem so destruktiven Intellekt ausgestattet, dann wäre es mit jedem von uns, die wir da sitzen oder von mir aus von Kairo nach Singapur fliegen oder im Garten Weichseln pfropfen, dann wäre es ist mit allen von uns Männern aus. Aber der Herrgott ist vielleicht weise genug um zu wissen, dass er keiner betörend schönen Frau eine derartige Ausstattung geben darf. Nicht einmal der berühmtesten Femme fatale des zwanzigsten Jahrhunderts, Alma Mahler-Gropius-Werfel, hat er sie gegeben, wie wir durch die Bilder ihres Liebhabers, des Malers Oskar Kokoschka wissen. Der hat einen ziemlich abstoßenden Akt von ihr gemalt, aber auch die Aktfotos, die er vorher von ihr angefertigt hatte, zeigen sie als eine ausdruckslose, unschöne Frau. Und die offiziellen Portraits von ihr, das sind immer nur Proben von Kosmetikwundern. Und ich würde wetten, sie ist nicht mal beim Geschlechtsakt extraordinär gewesen. Das, wodurch sie faszinierte, war eine Art magnetisches Fluidum ihrer Persönlichkeit. Aber zurück zu unserer Fatalen. Wenn sie nämlich einen Liebespartner bereits mit der stärksten Bindung an sich gefesselt, wenn sie ihn bereits abhängig und manipulierbar gemacht und wenn sie ihn bereits benutzt und ausgenutzt hat, wie er sich am besten benutzen und ausnutzen ließ, dann macht sie in der nächsten Phase einen Eunuchen aus ihm. Wie sie ihn kastriert? Ganz einfach. Es reicht vollkommen, wenn sie ihm rücksichtslos alles über ihre Liebhaber anvertraut, kein suggestives Detail dabei verheimlicht und ihm auf diese Weise vor Augen führt, was für ein Versager er ist, wenn er die eigene Partnerin nicht so zu ficken vermag, dass sie keinen anderen mehr nötig hat, und dieser andere, diese anderen sie im Gegensatz zu ihm königlich ficken, wie er es nie vermocht hätte. Und so löst sie neben quälender Eifersucht auch ein starkes Schuldgefühl in ihm aus: Trägt er allein doch die Schuld daran, dass sie mit anderen ficken muss! Und wenn dieser arme Kerl sich dann in größter Verzweiflung von ihr loslösen, davonlaufen, verschwinden will, beeilt sie sich augenblicklich zu betonen, dass trotz allem er derjenige sei, an dem ihr am meisten liege, und dass die, mit denen sie es jetzt treibe, ihm nicht einmal bis ans Knie reichen würden und dass sie zwar nicht mit ihm, sondern mit einem jeden anderen ficke, dies jedoch nur so ein läppisches Rammeln sei, das keinerlei Bedeutung besäße, weil sie in Wirklichkeit nur ihn gern habe. Und so tritt sie ihn einmal brutal, um ihn sogleich aber wieder an sich zu binden. Sie erniedrigt ihn sexuell auf die brutalste Weise, hält ihn dabei jedoch die ganze Zeit fest und lässt ihm keine Möglichkeit zu entschlüpfen, von ihr wegzugehen. Diesen Wechsel von Erniedrigen und Streicheln betreibt sie in so schneller Folge, dass es wie eine Gehirnwäsche bei rasendem Getrommel ist, bis sich der Betreffende, bildlich gesprochen, selbst die Eier abschneidet. Aber glaub mir, dieses bildliche Abschneiden ist genauso schmerzhaft."

Er blickte auf die Uhr, wie viel Zeit er noch hätte bis zum nächsten Patienten. Und er erhob sich und ging zur Bibliothek und fuhr mit dem Finger über die Buchrücken und zog dann einen der Bände heraus, schob ihn jedoch nach einem kleinen Zögern wieder zurück.

„Schmink es dir ab, dass ausgerechnet ich hier Licht reinbringen könnte. Also so eine Leuchte, mein Freund, bin ich nicht. Das ist was für einen ganzen Roman, oder wenigstens für eine lange Novelle. Sicher allerdings ist, dass sie, wenn sie sich mit ihrer intuitiven Unfehlbarkeit hypersensible Neurotiker aussucht, als Kompensation dazu dann den absoluten Gegentyp braucht, hartgesottene Kerle und diese Fickchampions. Von Zeit zu Zeit greift sie aber auch nach einem wirklichen Gewalttäter, einem echten Brutalo, und das kann dann eine sehr schmerzhafte Kompensation für ihre kastrierten Neurotiker sein. Die Kehrseite ein und derselben Medaille. Sie erniedrigt und kastriert mit größtem Genuss und braucht es zugleich, von Zeit zu Zeit selbst erniedrigt und aufs Brutalste geschlagen zu werden. Du hast sie ja rasch in beiden Rollen kennengelernt. Verprügelt von einem ihrer Prager Brutalos ist sie nach Brünn gekommen und binnen dreier Monate hat sie es in Brünn dann bereits geschafft, gleich mehrere ihrer naiven Liebhaber zu kastrieren. Aber jetzt noch zu dir. Deine Position ist nämlich ziemlich eigen. Du nimmst einen Sonderstatus ein unter ihren Lovern: Du bist weder ein Neurotiker noch ein harter Kerl, sie hat weder vor einen Eunuchen aus dir zu erzeugen noch so einen Fickchampion oder gar eine brutale Dreschmaschine. Ich würde sogar wagen zu behaupten, dass Sex in eurer Beziehung eine völlig untergeordnete Rolle spielt. Er ist vielleicht nur so eine Art Bonus zu dem, was sie bei dir sucht. Ich würde beispielsweise meinen, der Schlüssel liegt darin, was sie dir gleich am Anfang gesagt hat: Sei mein Zuhälter, Zdeněček! Und das hat in Wirklichkeit nicht bedeutet, dass du ihr Liebhaber beschaffen solltest, dass sie für dich anschaffen gehen würde, sondern sie wollte von dir, ja so sehe ich es, sie wollte von dir, dass du sie behütest, dass du zu ihrem Hirten wirst. Und das ist ein wesentlicher Unterschied. Ein Hirte, das ist in dem Fall was Biblisches. Sie sucht in dir einen, der ihr hilft, wenn sie sich sehr schlecht fühlt, und dabei zugleich einen Beichtvater, der ihr wiederum zum Beispiel hilft, sich in sich selbst zu orientieren. Doch ist auch das abermals nur eine Interpretation von mir. Was für eine Rolle du in ihrem Leben haben sollst, darauf musst du von alleine kommen. Eins hingegen weiß ich sicher: Egal welche Rolle es sein wird, keine davon würde ich dir empfehlen. Im Gegenteil, vielleicht solltest du noch beizeiten aus ihrer Reichweite verschwinden. Das ist freilich nur eine oberflächliche Auslegung anhand der paar Indizien, die du mir zugespielt hast. Vielleicht verhält sich alles ganz anders."

Und als hätte der Summer auf dem Schreibtisch schon gewartet auf diesen Schlusssatz seiner brillanten Analyse, stieß er ein warnendes Röcheln aus. Und da komplimentierte mich Oldřich bereits schnell hinaus. Ich konnte gerade noch zur Kenntnis nehmen, dass es dort zwei Summer gab, einen mit einem gelben Lämpchen und einen zweiten mit einem blauen. Und so stellte ich mir, während ich durch die Tür mit der gelben Klinke hinausging, vor, irgendwo auf der anderen Seite der Therapeutenpraxis gäbe es eine Tür mit einer blauen Klinke, einen zweiten Eingang, durch den soeben ein Klient einträte. Ich verstand, dass ein soeben eintreffender Klient nicht mit einem die Praxis verlassenden zusammentreffen sollte. Und eigentlich mit gar niemandem. Nur so gewann Oldřichs Klientel die Garantie der Diskretion. Das also, was die Klientel von Adams Stundenhotel vorläufig vermisste. Und da fiel mir noch was ein. Es hatte die Form eines Bildes, das mir durch den Kopf schoss, als ich die Kreuzung beim Lužánky-Park überquerte. Ich stellte mir nämlich vor, dass jener Klient, den Oldřich jetzt in sein Arbeitszimmer hereinließ, Dozent Kvaš sei. Und dass er jetzt dort sein Sakko auszieht und mit einem Zipp seine Brust öffnet, um Oldřich sein brennendes, von Katka in Brand gestecktes Herz zu zeigen.

„Weiter, weiter!", pickte mich jemand zornig in den Rücken, als ich gedankenverloren mitten auf der Kreuzung stand und die sich dahin wälzende Menge behinderte.

Es überraschte mich überhaupt nicht (und sollte es das?), dass Katka sehr wenig dazu brauchte, um sich wieder aufzurappeln. Während ich in Oldřichs Ordination saß, um mich mit irgendwelchen Kenntnissen über diesen Typ von Femme fatale vollzustopfen (und während Oldřich mir diese mit solcher Gründlichkeit dämonisierte), brachte sie es fertig, sich in den knapp zwei Stunden ausreichend auszuschlafen und sich wundersam schnell zu regenerieren wie irgendeine supertaffe Hexe oder die babylonische Lilith. Und dann aufzustehen, sich anzuziehen und in die Rezeption hinüberzugehen und dort wieder mit Adam zu quatschen.

Es war eine Stunde nach Mittag und es herrschte gerade Hochbetrieb. Es ging hier – stellte ich mir vor – zu wie in längst vergangenen, idyllischen Zeiten irgendwo am Korso, nehmen wir an am Prager Graben. Herren und Damen pendelten hinauf und hinunter, das heißt zwischen der Rezeption und den Zimmerchen im ersten Stock. Der wesentliche Unterschied zu einem Korso bestand allerdings darin, dass nie ein Pärchen zusammen mit einem anderen stehen blieb, um sich zu begrüßen und ein paar Brocken Konversation fallen zu lassen, im Gegenteil, sie bemühten sich, einander nicht zu sehen. Wenn also ein schon im Weggehen begriffenes Pärchen die Treppe herunterkam, wartete das andere, das gerade zu den Zimmerchen hinaufgehen wollte, inzwischen mit der Treppe zugewandten Rücken unten ab. Und weil sich die Zahl der sich unten in Wartestellung befindlichen Pärchen derzeit schon auf fünf belief, standen sie mit nicht nur der Treppe, sondern auch einander zugewandten Rücken da, rund um das kleine Vestibül verteilt und mit den Gesichtern zur Wand, als würden sie Verstecken spielen. (Sie riskierten ja, einander zu kennen. Würden allerdings ein paar Jahre oder vielleicht nur Monate ins Land gegangen sein, würde sich diese Scham oder vielleicht nur Scheu durch die Hintertür verabschiedet haben.) Ich darf jedoch nicht vergessen, nachher in den Kalender zu schauen, welcher Heilige die heutige, besonders auffällige sexuelle Geilheit und Lüsternheit als Patron beschirmt.

„Ich möchte dir zeigen, wie ich jetzt wohne. Mein Alter ist in einer zweistündigen Rückenreha. Wir haben noch ein wenig Zeit."

„Was, wo ist er?"

„Sitzt du auf den Ohren? Er geht jede Woche um diese Zeit in die Rückenreha."

„Verstehe." (Aber ich verstand es auf meine Weise: Ich sah die Tür mit der blauen Klinke vor mir!)

Sie ging kurz nach oben, um die Handtasche mit dem Schlüssel zu holen, und ich schaute inzwischen ins Fitnessstudio, wie mein Vertreter mit allem zurande kam. Dann überquerten wir zwei Straßen und schritten am imposanten Schulgebäude am Slawischen Platz vorbei und blieben vor einem Jugendstilmietshaus stehen und Katka zeigte auf zwei Fenster im dritten Stock.

Aber ich war jetzt für einen Augenblick in einer sekundenschnellen, überraschenden Erinnerung gefangen. Gerade hier, vor diesem Haus, war ja unlängst das mit dem Jungen passiert, der über die Straße gelaufen und gegen ein Auto geprallt und durch diesen Stoß in die Luft geflogen und auf die Motorhaube und von dort auf den Boden gefallen war, aber es hatte danach ausgesehen, als ob ihm alles in allem nichts geschehen wäre. Genauso wie in diesen Fernsehnachrichten, wo ein sechsjähriger Junge aus einem Fenster gestürzt war und nur ein paar Prellungen abbekommen hatte. Es war natürlich Zufall, dass das gerade hier, vor diesem Haus, passiert war, aber weil Oldřich mich heute mit so vielen sophistischen Irrationalitäten vollgefüllt hatte, war ich geneigt, auch dem da irgendeine, sich vielleicht erst irgendwann später offenbarende Bedeutung beizumessen. Vašek hatte der Junge geheißen.

„Weiter, weiter!", pickte Katka mich in den Rücken und wir traten über die Schwelle dieses Hauses und fuhren mit dem Aufzug hinauf. Und bevor sie den Schlüssel ins Schloss steckte, tippte sie auf die Klingel, von drinnen antwortete ihr jedoch nur trübsinnige Leere.

In Dozent Kvaš' akademische Ordnung, hier repräsentiert von einer verglasten Mahagonibibliothek, einem soliden Empireschreibtisch voller Papierstöße, beschwert mit gusseisernen Briefbeschwerern in Form mythologischer Ungeheuer, sowie von glasgeschützten Diplomen an den Wänden und zwei Netík-Bildern, einem Sonnenuntergang über der Brünner Talsperre und Hahnenkämpfen, war Katka nicht nur mit ihren Proprietäten, die überall verstreut waren wie bei einem Ball herumkollernde Glasperlen, eingefallen, sondern vor allem mit elf ihrer sowohl im Wohnzimmer als auch in des Dozenten und in ihrem eigenen Arbeitszimmer verteilten Porträts. Fünf davon waren Fotografien, wozu sich vier Ölbilder und zwei schwungvolle Tuschzeichnungen gesellten. Aber auf der ganzen Elferserie sah Katka unvergleichlich besser aus als in Wirklichkeit. Und das lag offenbar nicht nur daran, dass die Porträtisten sich wahrlich Mühe gegeben hatten, sie als Miss der Tschechischen Literatur zu verewigen, sondern allein schon daran, dass die Porträts, wie ich es verstand, gleich am Beginn dieser blendenden Eruption von Katkas literarischem Ruhm entstanden waren, und man bekam dadurch die Gelegenheit, sich bewusst zu werden, welch beträchtliche Veränderungen ihr Gesicht in der seither vergangenen (und gar nicht so langen) Zeit erfahren hatte: Ihr wildes Leben einer Sexbestie und ihr Suff hatten es bereits geschafft, sie zu zeichnen.

Auf ihrem Schreibtisch stand ein Computer: Kein Slušovicer Monstrum, das sich schon Ende der achtziger Jahre in einigen Büros ausgebreitet hatte, sondern ein teurer deutscher PC, wie ihn hier vorerst kaum wer besaß.

Ich klopfte mit dem Knöchelchen meines Zeigefingers drauf: „Also da drinnen wohnt jetzt dein Roman?"

„Einen Dreck", erklärte sie mir. „Nur ich weiß es, und jetzt auch du, dass ich nie einen Roman schreiben werde. Wir leben in einer Zeit, die Romanen nicht hold ist. Diese unsere Zeit ist wie ein glitschiger glatter Boden, sie lässt sich nicht fassen."

„Dann verleg halt deine Romanstory irgendwohin in die Vergangenheit, wenn sich die Gegenwart nicht fassen lässt."

„Du lässt also nicht locker, heiliger Coelestin. Für sämtliche andere bin ich auch weiterhin die Schriftstellerin, von der man ihr Opus Magnum erwartet, aber nur ich und jetzt auch du, wir beide wissen, dass ich nichts als ein brutal zusammengeschlagenes Mädchen bin und mehr nicht. Und weiter geht's, die Exkursion wird fortgesetzt."

Und sie führte mich ins Schlafzimmer, welches in dieser Ausgestaltung zweifellos erst unter ihrem Taktstock entstanden war. Alles war einem einheitlichen Stil untergeordnet, der mich, in dem Punkt ein Ignorant, an ein Unterseeaquarium erinnerte, in dem ich jeden Moment nur mehr die flinken Bewegungen weißer Haie erwartete. Ich wunderte mich überhaupt nicht mehr über den Dozenten, dass er das Bedürfnis hatte, von Zeit zu Zeit von hier in die Sicherheit, ans andere Ende Brünns, zu flüchten, sich unter den Fittichen seiner Mutter zu verstecken. Er, der offenbar zeitlebens die Arglist des weiblichen Geschlechts sorgfältig gemieden und dem es rasch gelungen war, aus einer Ehe zu fliehen, war jetzt in dieser Haifischfalle geendet.

Katka ging zum Fenster und zog den Vorhang auseinander und ich erblickte an der Wand, neben dem Kopfteil der breiten Bettbank, auf dem sie mit ihrem impotenten Kvaš zu ruhen pflegte, ein Foto von ihr in Lebensgröße. Ein Autoporträt. Auf einem langen, an der Wand aufgeklebten senkrechten Streifen posierte die nackte Katka mit einem Fotoapparat in der Hand. Sie war nass, so wie sie wahrscheinlich kurz vorher der Dusche entstiegen war, und über ihren ganzen Körper hinab rieselte Wasser. Katka bedeutete mir mit einem Nicken, mich umzudrehen, woraufhin ich gleich an der gegenüberliegenden Wand einen hohen Spiegel erblickte. Einen hohen senkrechten Glasstreifen, in dem sie sich offensichtlich fotografiert hatte. Und jetzt spiegelte sich darin Katkas Autoporträt wider. Und so standen sie sich dort nackt gegenüber, jede an einem anderen Ende des Schlafzimmers, die Fotoapparate aufeinander gerichtet.

Die Fotografie endete ein Stück weit über dem Boden und daher holte Katka jetzt einen Hocker, schob ihn vor die Wand und stellte sich mit dem Gesicht zu mir darauf und verdeckte so mit ihrem Körper ihr Foto und zog sich schnell aus und stand auch schon nackt auf dem Hocker. Und ich sah jetzt deutlich, das heißt, ich hatte das Gefühl, es deutlich zu sehen, wie genau dort, wo auf der Fotografie das Wasser an ihrem Körper hinabrieselte, ihren lebendigen Körper blaue und blutige Flecken bedeckten, als ob jetzt ihr lebendiger Körper nur eine Fotokopie dieser Fotografie unter ihm sei, oder noch genauer: Als ob diese Fotografie jetzt ihren Körper durchdringen und die Wasserströme, -bächlein und -spritzer sich nur blau und rot verfärben würden. Gleichsam verzaubert sah ich, wie sie dort auf dem Hocker stand und wie ein Hund an einem Eckstein ein Bein hob und wie sie mich jetzt so mit dem traurigen Blick dieses einen, schnell nass werdenden und hochkant stehenden Auges anschaute. Und wie sich dieses traurige Auge in dem langen senkrechten Spiegel widerspiegelte und wie sie sich jetzt so ansahen, jedes an einem anderen Ende des Schlafzimmers, zwei nass werdende, tieftraurige Augen. Und dabei kam mir zum ersten Mal der Gedanke, dieses kleine Mädchen könnte vielleicht verrückt sein und wäre es vielleicht immer schon gewesen.

„Also verdammt, mach schon, auf was wartest du, fick mich!", schrie sie wütend.

Das heißt, so hatte sie es sicher sagen wollen, sagte es aber nicht, die Konsonanten hatten sich verschoben, sie verplapperte sich und schrie stattdessen: „... auf was fartest du, wick mich!"

Ich begann zu lachen. Und auch Katka sprang nach kurzem Zögern vom Hocker und begann zu lachen. Und mit dem Lachen löste sich die Spannung in uns. Diese Konsonantenverwechslung nahm für eine Weile den Fluch von uns. Aber ich hatte keine Lust mehr weiterzumachen.

Ich drehte mich um, fest entschlossen schnell zu verschwinden, und eilte aus dem Schlafzimmer und durchs Wohnzimmer ins Vorzimmer, aber es gelang mir nicht, dem zu entkommen, was hier schon von Anfang an zeitlich genau geplant gewesen war. Klar, im Vorzimmer rasselte nämlich in der Tür das Schloss. Dozent Kvaš, dessen Gesicht noch von einem seligen Lächeln übergossen war (wie es ihm offenbar vor Kurzem mein Klassenkamerad, der Psychotherapeut, sorgfältig hinordiniert hatte), erstarrte jetzt wieder und ich musste ihn vorsichtig packen und hochheben und beiseitestellen, um durchgehen zu können.

Draußen war immer noch dieser heiße Julitag. Aber ich holte tief Luft und verspürte eine Riesenerleichterung. Dieses kleine Mädchen würde bald schon der Teufel holen und dabei muss und will ich nicht mehr zugegen sein.

In den letzten Wochen war ich in eine geradezu frenetische Arbeitsaktivität verfallen. Ich war zu der Überzeugung gelangt, dass ich das Fitnessstudio um zusätzliche, hinzuzubauende Räume erweitern musste. Schon bisher war hier alles fast zu beengt gewesen. Und in dem Maß, in dem ich weitere Ausstattungsgegenstände beschaffte, von Kraft- bis zu Entspannungsgeräten, hatte sich der Raum dramatisch verengt und verkürzt. Und in Bälde hätte man sich hier nicht mehr rühren können, was wohl das Schlimmste ist, was einer zur physischen Aktivität bestimmten Einrichtung widerfahren kann. Auch die Garderoben und Duschkabinen waren von Anfang an unzureichend gewesen und ich hatte schon lange an eine Art „Ruhezone" gedacht, wo es ein Buffet mit Erfrischungen und bequemen Sitzgelegenheiten geben würde, eventuell auch ein paar Liegen.

Also wurde eine weitere Halle hinzugebaut und beträchtliche Aufmerksamkeit widmete ich jetzt auch dem Innendesign. Ich zog zu diesem Zweck einen Innenarchitekten hinzu und der bevölkerte die Wände rundherum mit Rudeln fotografierter putziger Pinguine. Und Adam belustigte es, dass ich das Fitnesscenter jetzt auf Fitnessklub umbenannte und mir eine Neonfirmenaufschrift, ergänzt um ein Logo, die Figur des muskulösen Seemanns Popeye, besorgte. Belustigt allein, denke ich, war er aber nicht, bestimmt hat Adam es auch begrüßt, weil ein größeres Interesse am Fitnessklub auch ihm weitere Kunden zuführte, denen es einleuchtete, dass eine Fitnesseinrichtung und ein Stundenhotel zusammengehören, dass es im Grunde Zwillinge sind.

Der Fitnessklub war bestimmt eine tolle Investition, doch ich war mir lange nicht sicher gewesen, ob ich es wagen könne, mich mit der Ausstattung und der Erweiterung der Anlage zu verschulden. Dann aber verbesserte sich unsere finanzielle Situation beträchtlich: Meine Frau mit ihrem nicht mit Gold, sondern nachgerade mit Platin aufzuwiegendem Sprachtalent machte jetzt neben der Pressesprecherin einer großen Supermarktkette auch gut bezahlte Film- und Fernsehsynchronisierungen und fand noch Zeit für fürstlich bezahlte Englischstunden für all die Brünner „Nouveaux Riches". Andererseits jedoch stellte diese Verschwesterung von Fitnesseinrichtung und Lasterhöhle in ihren Augen ein ausgesprochenes Unglück dar, wohinter verständlicherweise ihre Eifersucht stand. Sie ging sogar so weit, hier so oft aufzutauchen, wie es ihre Arbeitsauslastung erlaubte, und schnell hatte sie eine Gelegenheit gefunden, sich mit Adams Frau anzufreunden und in ihr eine Verbündete zu gewinnen. Eine solche Allianz ist freilich illusorisch: Würde es einmal wirklich um was gehen, dann wäre die Ehefrau eines Stundenhotelbesitzers natürlich mir und nicht meiner Frau gegenüber loyal. Allerdings war ich mir dabei fast sicher, dass es sich diesmal um eine wirklich unnötige Eifersucht handelte.

Ich war von morgens bis abends von der Arbeit an der Erweiterung des Fitnessstudios besessen und hatte für was anderes weder Zeit noch Lust. Und eine Rolle dabei spielte sicher auch, was ich soeben mit Katka erlebt hatte.

Ich hatte mir geschworen, wenigstens eine Zeitlang Ruhe zu geben. Aber wie's schon so ist: Abgesagtes Brot schmeckt am Besten. Plötzlich begab sich nämlich etwas, was mir den Atem nahm.

Noch kommen in mein Fitnessstudio unvorstellbar mehr Männer als Frauen. Ich würde sagen, das ist bei uns vorläufig ein allgemeiner Trend. Anfangs war es sogar so, dass Frauen hier seltener waren als Aale in der städtischen Kanalisation. Und dass ich ursprünglich für Frauen extra Umziehkabinen, Duschen und Toiletten abgeteilt hatte, kam mir daher rasch als eine Verschwendung des sehr kostbaren Raumes vor. Aber mit der Zeit begannen sporadisch Frauen aufzutauchen. Meist begleitet von ihren Partnern, die Neugier trieb sie her, sie wollten wissen, was für eine Leidenschaft das war, der ihre Männer jetzt verfielen, im gleichen Maß aber auch ihre Eifersucht, weil ja bekannt war, dass sich das Studio praktisch unter einem Dach mit einem Erotiketablissement befand. Dann jedoch verwandelten sich die zeitweiligen Besuche bereits in eine Regel, nachdem die Besucherinnen nämlich ausprobiert hatten, welch eine sympathische Auflockerung Entspannungsübungen bieten und dass ein anderer Typ von Geräten und Übungseinheiten wiederum den Weg zu einer schlanken Linie bedeutet. Natürlich würde es noch etliche Jahre dauern, bevor das auch für Frauen zur Selbstverständlichkeit wird, so wie Friseur- und Kosmetiksalons. Aber in den Tagen, von denen ich jetzt erzähle, als ich das Fitnessstudio im Schweiße meines Angesichts erweiterte, musste man Frauen dort direkt mit der Lupe suchen. Umso größere Aufmerksamkeit jedoch erregte die Rothaarige, die ohne männliche Begleitung kam. Aber augenblicklich registrierte ich auch, dass sie, hätte sie sich nicht energisch dagegen widersetzt, bereits in Begleitung weggegangen wäre.

Fallt nicht dem Irrtum anheim, schöne Rothaarige gäbe es im Überfluss auf der Welt. Irreführen könnte euch auch der Fakt, dass ihr bereits irgend so einer Tizianroten, wie Adams Frau es ist, begegnet seid, einer falschen Rothaarigen, die sich eine Saison lang mit roter Tönung gefiel. In Wirklichkeit hingegen haben echte Rothaarige oft etwas Ungesundes im Gesicht und überhaupt harmoniert etwas nicht bei ihnen. In diesem Sinne sind sie dann eine Art Pendant zu Albinos, in deren Aussehen auch oft was Unstimmiges ist. Ist eine Rothaarige hingegen wirklich gelungen, kenne ich nichts Berauschenderes, weil das dann erotische Idole sind, nach denen die Männer rudelweise die Köpfe verdrehen, und sofern ihr wenigstens ein bisschen Glück hattet im Leben, habt ihr wenigstens ein einziges Mal Teil eines dieser die Köpfe verdrehenden Rudel sein dürfen.

„Sie sind hier der Trainer, Instrukteur, Lektor oder was?"

„Ich bin hier alles, was Sie wollen."

„Ich will eine Menge", sagte die Rothaarige, die für eine Weile den männlichen Betrieb im Fitnessstudio zum Stillstand brachte, alle versteinerten buchstäblich auf den Laufbändern, Steppern und Hometrainern und die auf den Trampolinen blieben sogar wie Hundertkilokolibris für einen Moment in der Luft hängen. Ja sogar die fotografierten Pinguine zeitigten untrügliche Anzeichen von erotischer Erregung.

„Ich möchte, dass Sie sich mir persönlich widmen. So eine individuelle Anleitung, die ich selbstverständlich gerne bezahle."

Bei der Antwort auf ihren Wunsch hätte ich jetzt die Arme weit auseinander werfen und ihr auf diese Weise zeigen müssen, für was alles ich hier verantwortlich bin, praktisch für die ganze Fitnessanlage, einschließlich der Arbeiter, die jetzt gerade an der Anbindung der hinzugebauten Halle arbeiteten, und sie damit überzeugen, dass es einfach nicht in meiner Macht steht, ihrem Ansinnen zu entsprechen. Stattdessen jedoch sagte ich: „Verstehe. Aber Sie werden was mit den langen Haaren machen müssen. Einige dieser Geräte und Maschinchen sind heimtückische Henker."

Augenblicklich öffnete sie die Handtasche und fischte ein Tuch und ein paar Haarspangen heraus und ich stand dann bloß da und schaute, wie schnell und geschickt sie zaubert mit diesen Haaren, sie sich über der Stirn um den Kopf dreht, bis sie diese ganze göttliche Flut fest mit den Spangen eingefangen und darüber noch das Tuch gebunden hatte.

„So, jetzt können wir", forderte sie mich auf.

Irgendwie meisterte ich am Ende alles. Sie kam drei Tage hindurch und im Fitnessstudio erhöhte sich augenblicklich die Zahl der männlichen Klientel. Gleich am nächsten Tag engagierte ich Adams Verwandten zur Unterstützung, der sich dann um den Betrieb der Fitnessanlage und um die Arbeiter in der angebauten Halle kümmerte, damit ich mich voll dieser individuellen Anleitung widmen konnte. Doch erlangte ich sehr schnell die

Gewissheit, jemanden vor mir zu haben, der überhaupt keine Anleitung von mir brauchte. Was aber überhaupt nicht bedeutete, dass ich nicht voll ausgelastet war mit ihr, im Gegenteil, sie hielt mich voll auf Trab, weil sie alles, was ich hier hatte, bis ins letzte Detail ausprobieren wollte und Wert legte auf hundertprozentige Genauigkeit, auf absolute Präzision jeder Bewegung auf den Geräten und bei all den Entspannungs- und Krafteinheiten und nicht müde wurde, alle Informationen dazu aus mir herauszuquetschen. Ein solcher Dummkopf jedoch bin ich wieder nicht, um nicht gleich am nächsten Tag im Bild zu sein, dass ich eine Spionin in mein Territorium hereingelassen hatte. Und sie hielt damit auch nicht lang hinter dem Berg, als sie nämlich anfing, mich auch nach betrieblichen und wirtschaftlichen Belangen auszufragen.

„Wo eröffnen Sie Ihr Fitnesscenter?", fragte ich schließlich.

„Keine Angst, weit weg von Ihnen, in Židenice, in der Stará Osada. Ich gehe davon aus, dass Sie auch Ex-Sportlehrer sind."

„Und wie kommt es, dass ich Sie als ehemalige Kollegin überhaupt nicht kenne?"

„Das können Sie nicht. Ich bin aus Hradec Králové. Meine Ehe ist dort in die Brüche gegangen, also habe ich vor vierzehn Tagen das Angebot meines Bruders angenommen, der hier schon vor langem Fuß gefasst hat, und fürs Erste wohne ich bei ihm und alles, was ich durch die Scheidung gewonnen habe, investiere ich in dieses Fitnessprojekt. Informationen sind das Grundkapital und die hab ich jetzt aus Ihnen herausgequetscht. Ich bin Ihnen was schuldig."

„Blödsinn. Sie haben ja meine Anleitung bezahlt. Und ich habe Ihnen keinen Rabatt gewährt."

„Nun, ich würde nach diesen drei Tagen gerne alles irgendwie angenehm ausklingen lassen. Darf ich Sie auf ein Abendessen einladen?"

Ich zweifelte nicht daran, dass auch ich gerne alles angenehm ausklingen lassen wollte. Eine Weile verhandelten wir gleichsam, wer wen einlädt, aber das Entscheidende war, dass wir schließlich im *Wohlleben* endeten.

Aus irgendeinem Grund war ich seit dem Abendessen mit Katka nicht mehr im *Wohlleben* gewesen. Eigentlich wünschte ich mir, ihr jetzt hier zu begegnen. Damit sie mich in Gesellschaft einer Frau von derartiger Schönheit sehen würde, dass sich der Kellner, kaum dass er uns erblickt hatte, bei den Gästen an dem Tisch, bei dem er gerade herumstand, entschuldigte, und schon wurde er von einer Kraft, der sich zu widersetzen er keine Chance hatte, zu uns hergezogen. Er hieß Magda mit einer tiefen Verbeugung willkommen und zündete mit Kaminstreichhölzern den zweiarmigen Kerzenleuchter auf unserem Tisch an und reichte die Speisekarte, und erst nachdem er sich davon überzeugt hatte, dass wir vorläufig nichts weiter brauchten, kehrte er wieder zu dem Tisch zurück, den er Magdas wegen verlassen hatte. Ich dachte nicht darüber nach, warum es für mich so wichtig war, dass sie mich ausgerechnet hier und ausgerechnet mit der schönen Magda sah, aber ich begann mich umzuschauen.

„Suchen Sie jemanden?"

„Aber überhaupt nicht", leugnete ich. „Ich suche nicht jemanden, sondern etwas", redete ich mich heraus, und als ich mich dann samt meinem Stuhl ein wenig umdrehte, erblickte ich endlich den Tisch, an dem damals Katka und ich gesessen waren. Jetzt saß dort ein älteres Paar. Ich zeigte Magda den großen Gobelin über dem Tisch. Ein Satyr zu Füßen einer schönen Nymphe. Und auf der Eiche über ihren Köpfen sieben Schleiereulen.

„Eine hübsche Sache", nickte sie. „Das macht hier eine schöne Atmosphäre. Apropos, das Logo Ihres Fitnessstudios fand ich gut. Die Idee mit dem muskulösen Seemann Popeye. Ich werd mir auch was in der Art einfallen lassen müssen." Dann sagte sie noch was zu mir, aber bei mir fiel für einen Moment der Empfang aus. Ich war jetzt ein wenig, na sogar sehr verwirrt. Ich hatte diesem Gobelin damals doch erhebliche Aufmerksamkeit gewidmet. Es war schließlich ein klassisches Bild: Die Nymphe saß auf dem niedrigsten Ast der Eiche und der Satyr spielte zu ihren Füßen Flöte. Bloß, dass hier jetzt etwas passiert war. Als hätte sich dieses Geschehnis verschoben, als wäre die Handlung auf dem Gobelin für einen Augenblick lebendig geworden, hätten die Figuren sich bewegt und wären dann wieder erstarrt. Der Satyr nämlich saß dort nicht mehr, sondern kniete zu Füßen der Nymphe und hatte seine haarige Pranke in ihren Schoß gelegt. Und die Flöte lag weggeworfen im Gras zwischen großen Gämswurzblüten. Ist es denn möglich, dass ich diese suggestive Szene mit dem knienden Satyr und seiner haarigen Pranke im

Schoß der Nymphe vergessen und sie rückwirkend in der Erinnerung mit einem Flöte spielenden Satyr ersetzt hatte?

Als ich dann Kalbfleisch auf Provenzalische Art für uns bestellte, fragte ich den Kellner, ob hier ursprünglich nicht ein etwas anderer Gobelin gewesen sei. Er hob überrascht den Kopf, schaute in diese Richtung und schüttelte energisch den Kopf: „Schon seit dem ersten Tag, an dem wir das *Wohlleben* eröffnet haben, hängt hier genau dieser Gobelin."

„Gut, ich frage anders. Und hat ihn in der Zwischenzeit vielleicht jemand restauriert? Ich würde nämlich fast wetten, dass, als ich zum ersten Mal hier war, der Satyr nicht kniete, sondern saß."

„Seien Sie mir nicht böse, mein Herr, aber Sie tun gut daran nicht zu wetten. Dieser Satyr kniet hier von Anfang an. Unsere Leute nennen diesen Gobelin den frommen Teufel."

„Dann wette ich nicht. Und dürfte ich Sie jetzt um die Weinkarte bitten?"

Aber der Kellner selbst war unsere Weinkarte. Eingehend informierte er uns darüber, was er bringen könne, und auch, was zu bringen er nicht empfehlen würde. Am Ende entschieden wir uns, einen spanischen Wein zu kosten, auf dessen Etikett (als der Kellner uns die Flasche vor die Augen hielt) wie auf einer adeligen Visitenkarte Bodegas Fuentespina Ribera zu lesen war. Er lobte unsere Wahl, und obwohl ich mir sicher war, dass er uns diesen zweifellos teuren Wein im Grunde aufgezwungen hatte, musste ich unmittelbar darauf anerkennen, dass wir den richtigen Weg eingeschlagen hatten. Und so hob ich, als wir ihn bereits beinahe ausgetrunken hatten, die Hand, um den Kellner herbeizurufen, damit er uns eine weitere Flasche öffne, aber Magda hatte eine bessere Idee: „Bitte einen Bodegas zum Mitnehmen."

„Nichts für ungut, aber das machen wir hier üblicherweise nicht." Und nach einer kleinen Pause, die wir alle drei auskosteten, fügte er hinzu: „Aber damit Sie nicht mit traurigen Augen von uns weggehen, machen wir für eine so schöne Dame eine Ausnahme."

Es war allerdings eine teuer bezahlte Ausnahme gewesen, wie mir klar wurde, als ich nachher die Brieftasche schloss.

Ich kniete und streckte langsam die Hand aus und legte sie in ihren Schoss, der sich durch keine noch so kleine Nuance von ihren Haaren unterschied. Und dann legte ich den Kopf in diesen Schoß. Und der Schoß brannte rot wie jener Busch, welcher einst vor langer Zeit zu Moses gesprochen hatte. Ich drehte den Kopf in dem brennenden Busch und Magda drehte sich langsam von einer Hüfte auf die andere. Dann rückte ich vor an ihrem Körper wie ein Wolkenschatten durch ein langes Tal und kniete mich danach von Neuem hin. „Keine Angst, ich hab ein Pessar", beruhigte sie mich und kam mir mit der Hand entgegen. In dem Moment, in dem sie mich packte und ansetzte, hob ich mit beiden Händen ihren Po an und drang so tief ein, dass ich das Gefühl hatte, es gebe von dort kein Zurück mehr. Zugleich versenkte ich den Kopf in ihr Haar und roch dessen Rost. Wir waren regungslos ineinander verklammert wie zu einem langen Gebet. Und dann setzte sich alles schlagartig in Bewegung: Mein ganzes Leben verfiel jetzt diesem wilden Ritt. Ich war eingefädelt in ihre roten Haare wie in ein Pferdegeschirr, mal rangezogen, mal ferngehalten: Ich flog dahin wie ein Rennpferd, Tag und Nacht wechselten sich ab, etwas war passiert mit der Zeit: So etwas hatte ich noch nie erlebt, ich konnte es mit nichts vergleichen.

Wir lagen nebeneinander und durch das halboffene Fenster hallte die Abendglocke aus der Kirche beim Kartäuserkloster. Und feiner Regen fiel. Juliregen. Eine halbe Flasche Bodegas war noch übrig. Wir tranken ihn zuerst langsam aus und erst dann gingen wir uns duschen.

„Ich schau bei dir vorbei, wie dein Fitnessstudio läuft. Wo war das noch mal? In Židenice in der Stará Osada?"

„Darf ich dich um was bitten? Komm nicht."

„O.K. Ich komme nicht."

Als sie mit dem Taxi wegfuhr, ging ich noch einmal nach oben, um meine Sachen zusammenzusuchen. Und dann geschah etwas Seltsames. Obwohl das Zimmer selbstverständlich nicht die Vier war, die ich so gut kannte (aber alle Zimmer in der Pension folgen einem einzigen Muster, sie unterscheiden sich im Grunde nur durch jene pseudoantike Kleinigkeit, hier in der Siebzehn durch einen Pseudorokokoparavent), war es, als ich jetzt neuerlich dort eintrat, als hätte jemand mit einem Schwamm all das Fantastische, das ich hier soeben erlebt hatte, weggewischt. Und als hätte es nie irgendeine Magda gegeben. Und ich sehnte mich plötzlich furchtbar heftig nach Katka. Mit der das Liebesspiel doch keinen Pfifferling wert gewesen war.

Ich blieb nicht lang bloß beim Mieten: Ich kaufte Adam die Räume des Studios ab. Aber da hatte ich mir auch schon andere Fitnesscenter und Fitnessklubs eingerichtet. Und zugleich mit der Erweiterung des Fitnessklubs *Jenewein* weitergemacht. Und dort am Ende sogar Platz für eine kleine Weinstube gefunden. Ich nannte sie *Štefánka*, und zwar zu Ehren meiner Frau, die allerdings Jana und mit dem Mädchennamen Móriczová heißt. Ich erklär gleich alles. Ihr Vater war Ungar und ihre Mutter Slowakin gewesen. Und jetzt kommt's. Mir, der sich überhaupt nicht für Literatur interessiert und dies nahezu als einen persönlichen Vorzug erachtet, hatte die Literatur bereits mehrmals schicksalhaft den Weg gekreuzt. Und auch bei meiner anfänglichen Bekanntschaft mit Jana hat sie sozusagen Pate gestanden. Damals war ein Buch des Schriftstellers Josef Škvorecký, *Legende Emöke,* äußerst populär, man kann sagen geradezu modisch gewesen, die romantische Geschichte der Liebe eines Tschechen zu einer Frau gleicher (also ungarisch-slowakischer) Herkunft wie Jana. Ich hatte *Legende Emöke* damals noch nicht gelesen, aber für Jana war es ein Kultbuch. Und das hatte genügt, das hatte entschieden.

Und es ist schon ein Vierteljahrhundert her, dass ich mit einer Exkursion von Brünner Sportlehrern zum Fußballmatch Tschechoslowakei-Ungarn nach Bratislava kam, das dann nach unserem knappen Sieg alle Bratislaver Gasthäuser, Kneipen, Restaurants, aber auch Weinstuben füllte. Da nach Fußballsiegen traditionell jedoch nicht zu Korkenziehern gegriffen wird, sondern gleich Bierfässer angestochen werden, hatten sich die meisten Bratislaver Weinstuben an jenem Tag irgend so ein Bierfass angerollt. Die Gasthäuser und mit Bier kollaborierenden Weinstuben waren an jenem Tag widerlich überfüllt. Ich allerdings war nicht der Typ Fan, der danach lechzt, mit anderen Fans wie eine Gurke in der Lake zu enden. Und daher trennte ich mich von meiner Sportlehrergruppe. Und fand am Palisadenweg die Weinstube *Štefánka*, die es stolz abgelehnt hatte, sich ein Bierfass heranzurollen, und deswegen abseits des Fanwahns geblieben war. Herrlich leer, bloß die Kellnerin und ich. Ein fantastisches Erlebnis nach dem gerammelt vollen Stadion in Petržalka.

In Wirklichkeit war sie eine Studentin, die sich bloß als Kellnerin was dazu verdiente. Und in dieser leeren, nostalgischen Weinstube fiel sie an diesem Tag einfach in die *Legende Emöke*-Falle und mich riss sie dort mit hinein. Sodass ich dann die *Emöke* las und eine gewisse Verwandtschaft zwischen meiner Jana und der Heldin der Legende fand. Und zwar nicht nur bezüglich der ungarisch-slowakischen Herkunft und in etwas, was ich als außergewöhnliche innere Reinheit bezeichnen würde, sondern auch in körperlicher Hinsicht: Auch sie hatte *eine Figur, wie sie Tänzerinnen haben, schlank wie nächtliche Laternen, knabenhafte Hüften und zarte, sanft abfallende Schultern, und ihre Brüste sahen aus wie die Brüste stilisierter Statuen.* Zuerst fuhr ich ein Jahr lang zu ihr nach Bratislava, und da kursierten über uns schon diverse Gerüchte (absolut falsche jedoch, es war damals nichts zwischen uns außer Küsse), aber die Anker zu lichten und mich zu heiraten gewillt war sie erst, wenn sie das Studium beendet haben würde. Allen Legenden zum Trotz nämlich war ihre Besessenheit von Sprachen, ihrem Studium und allem, was damit zusammenhing, bei ihr allem anderem übergeordnet, das hatte ich bereits zu achten und respektieren gelernt.

Wie wir schon wissen, bin ich ein promiskuitives Schwein, dem die bequeme Nachbarschaft des Stundenhotels entgegenkam, aber es gibt Dinge, die mir einfach heilig sind. Nie zum Beispiel würde ich eine meiner gelegentlichen Bettgespielinnen auf ein Gläschen in die *Štefánka* in meinem Fitnessklub einladen.

Der beste Tisch in der *Štefánka* ist neben dem Panoramafenster, wo man immer angenehm sitzt und dabei das Gewimmel auf der Straße beobachten kann. Aber kaum hatte ich an diesem frühen Abend mit Jana dort Platz genommen, rief mich bereits jemand vom Klubpersonal weg. Aber es handelte sich um nichts Betriebliches, vor dem Eingang draußen wartete eine gewisse Dame auf mich.

„Sei mir nicht böse, Hanka, wir waren doch für morgen verabredet."

„Ich kann morgen nicht, also hab ich mir gesagt, dass vielleicht heut was draus wird. Sitzt du hier mit deiner Frau oder ist das noch eine aus deinem Harem? Ich hab geschaut, gut seht ihr aus. Also ist heute für mich kein Platz mehr auf deiner Warteliste über?"

Und sie spreizte die Flügel und machte den Abflug und ich kehrte wieder zu Jana zurück und schickte mich an, ihr zu sagen, ich hätte was mit einem meiner Angestellten zu regeln gehabt, aber bevor meine erste Silbe es geschafft hatte, ihre feuchte Höhle zu verlassen, war Jana schneller.

„Ich hab hier jetzt diese Schriftstellerin gesehen, diese Kateřina Káníčková, die einmal bei uns übernachtet hat, erinnerst du dich? Sie ist mit irgendeinem Invaliden vorbeigegangen. Sie hat ihn in einem Rollstuhl geschoben. Und ebenfalls grad heute hab ich irgendwo ein Plakat gesehen, das zur Präsentation ihres neuen Buches in der Mahen-Gedenkstätte einlädt."

„Und du irrst dich nicht?"

„Bestimmt nicht. Ich weiß sogar, dass es ein Buch mit Feuilletons ist. Und ich hab mir auch gemerkt, dass ihr neues Buch *PIN* heißt. So einen Titel kann man schwerlich vergessen."

„Ich mein jetzt nicht das Buch, ich will sagen, dass du dich vielleicht irrst, dass du sie soeben mit einem Rollstuhlfahrer gesehen hast."

„Ich irre mich nicht. Sie ist hier unter dem Fenster vorbei gegangen, schob diesen Rollstuhlfahrer und schaute mich an. Es ist sehr unwahrscheinlich, aber es sah aus, als ob sie mich auch erkennen würde. Wir sind uns damals sowohl beim Frühstück als auch beim Abendessen gegenübergesessen und haben uns unterhalten. Und über mir der Lüster, so knapp über meinem Kopf, dass er ihr in die Augen geleuchtet hat, sie hat ein wenig die Lider zugekniffen, das Bild hab ich jetzt noch vor mir. Und auf dem Plakat war ein Foto von ihr. Und auch auf dem Umschlag ihres Buches, das du zu Hause hast. Sie ist es bestimmt gewesen."

Sie streckte die Hand nach dem Glas aus, nippte daran, biss in ihr Brötchen und fuhr fort: „Wie wär's, wenn wir dort vorbeischauen würden? Und nach dieser Buchpräsentation würde ich zu ihr hingehen und sie für irgendeinen Abend zu uns einladen. Wir würden uns eine Reprise von dem Novemberabendessen damals machen. Vielleicht würde es sie freuen."

„Das wohl kaum. So eine berühmte Schriftstellerin wird höchstens auf uns pfeifen."

„Du verfolgst sie nicht in den Medien. Du weißt nichts von ihr. Ich zum Beispiel weiß, dass es ihr in letzter Zeit nicht besonders gut geht. Irgendwo hab ich sogar gelesen, dass die literarische Öffentlichkeit bereits den Stab über sie gebrochen hat. Einen Roman werden wir von ihr angeblich nicht mehr erleben. Die, die sie gestern auf den Olymp gehoben haben, haben es eilig, sie wieder vom Olymp hinunterzustoßen. Schriftstellerin zu sein, ist kein Zuckerlecken. Ich denke, dass das ein nettes Mädchen ist und dass sie uns gern wiedersieht. Dieses Abendessen bei uns in der Novembernacht am Ende des Totalitarismus, so was lässt sich doch nicht vergessen."

„Nichts dagegen einzuwenden, wenn du Zeit dafür findest. Also gehen wir und laden wir sie ein. Damit du deine Freude hast."

Große Lust darauf hatte ich nicht, wie denn auch, aber am Ende siegte die Neugier über meinen Willen. Ich hatte Katka schon fast ein Jahr lang nicht mehr gesehen.

Die Mahen-Gedenkstätte befindet sich im Masarykviertel, in einer Villa, die sich, erklärte mir Jana, der Dichter

Jiří Mahen ein paar Jahre vor seinem Selbstmord zugelegt hatte. Die Buchpräsentation spielte sich im Dachgeschoss ab, unter mächtigen Balken, darunter jener, unter den sich der Dichter seinen wackligen Stuhl hingestellt haben soll, bevor er ihn dann weggestoßen hat.

Als Katka erschien – in schwarzer Hose, mit aufgeknöpfter schwarzer Seidenbluse und einem giftgelben T-Shirt darunter –, begrüßte sie langer Applaus. Sie war immer noch die First Lady der tschechischen Literatur. Der ganze Abend folgte ihrer Regie. Sie leitete ihn selbst ein, las selbst, moderierte ihn selbst. Sie trug aus ihrem neuen Buch ungefähr ein Dutzend kluger, witziger, unterhaltsamer, ich würde jedoch sagen zugleich auch sehr melancholischer Feuilletons vor. Dann schlug sie uns vor, wir sollten ihr Fragen stellen. Es dauerte ein Weilchen, bis die ersten überhaupt zu fragen begannen, und dann fragten sie ungefähr so, wie wenn ein schüchterner Gast nur so unmerklich vom angebotenen Kuchen abbeißt.

„Wie wär's, wenn ihr's jetzt ein bisschen auf die harte Tour versucht, was meint ihr?"

Wieder trat eine Pause ein. Und da tupfte mir Jana auf die Schulter und machte mich unauffällig auf den Rollstuhlfahrer unter einem der Balken aufmerksam. Und da sah ich auch schon, wie Katka jetzt einen Blick mit ihm wechselte und ihn anlächelte. Aber dann begannen sie sie bereits auf die harte Tour zu löchern. Zuerst die typischen blöden Fragen, wie viel sie für die amerikanische Ausgabe der *Fallstricke* bekommen hat und ob sie die ganzen Sexpraktiken, die sie in der Erzählung *Honighengst* so suggestiv beschreibt, selbst ausprobiert hat. Bis endlich die Frage kam, auf die Katka offenbar gewartet hatte.

„Ich hab gehört, Sie führen alle an der Nase rum mit Ihrer Behauptung, Sie schreiben an einem Roman. Weil Sie in Wirklichkeit nicht fähig sind, einen Roman zu schreiben. Dann geben Sie's vielleicht doch zu."

„Nein", schüttelte Katka den Kopf, „alle hab ich nicht an der Nase herumgeführt, sondern nur die Handvoll derer, die heute immer noch Romane lesen. Aber das hat sich jetzt geändert. Ich tu's nicht mehr. Ich schreib bereits wirklich einen Roman. Und er geht mir von der Hand. Und es ist mir zuzutrauen, dass es mir gelingt, ihn abzuschließen, bevor das Lesen ganz aus der Mode kommt."

„Und wovon wird er handeln, wenn ich fragen darf?"

„Davon, was im Leben das Wichtigste ist."

„Also von Geld?" (Gelächter)

Meine Frau hatte die Gänge dieses opulenten Abendessens sorgfältig ausgewählt, mir zum Trotz, der ich überzeugt war, es sollte einfach nur wieder Rühreier mit Zwiebeln geben wie damals an jenem Spätnovemberabend. Und unsere Tochter Danka, die es in einer Art Zwischenakt meiner Erzählung inzwischen bereits geschafft hatte zu heiraten, und bitte gleich einen Lehrer, damit das weiter in der Familie bleibt, hatte sich sehr gewünscht, an diesem Abendessen teilzunehmen, beziehungsweise hatte ihr Mann, ein Tschechischlehrer, sich das sehr gewünscht. Somit versammelten sich an unserem Tisch – vor gefülltem Florentiner Huhn – insgesamt fünf Personen und gewissermaßen war es eine Fortsetzung obiger Gesprächsrunde mit der Schriftstellerin.

„Also dann verraten Sie uns jetzt, in diesem intimen Kreis, schon endlich, wovon Ihr Roman handeln wird", schlug ich vor.

„Und haben wir uns nicht zufällig geduzt? An jenem Novemberabend hier bei euch?", fragte mich dieses Aas.

„Ja klar, Sie haben Recht, das heißt du hast Recht", antwortete ich, das gleiche Aas. „Nur dass das schon so lange her ist, dass ich mir nicht sicher war, ob dieses Duzen nicht schon verjährt ist. Also verrätst du uns jetzt, wovon dein Roman handeln wird? Keine Angst, wir vier, so wie wir hier mit dir sitzen, werden wie vier Gräber sein, keiner von uns wird sich je verplappern."

Und sogleich hoben meine Frau und meine Tochter und ihr Mann einträchtig zum Schwur zwei ausgestreckte Finger.

„Fein, dann verrat ich's euch. Er wird von der Liebe handeln."

Ei, was herrschte nun nicht für eine Überraschung und Freude in der Alten Bleiche, um mit Božena Němcová zu sprechen. Der ganze Tisch brach in Begeisterung aus und unserer Tochter Danka blitzte sogar in einem, ich glaube im linken, Auge eine Träne auf und der Herr Lehrer ließ sich vernehmen, ein großer Roman über die Liebe sei gerade in unserer Zeit zugleich eine große ethische Tat.

Und dann kam Katka ins Erzählen und fuhr noch beim Dessert fort und bei einem weiteren Dessert und noch einem Dessert (die Desserts waren ziemlich überdosiert an diesem Abend) und auch bei einem Gläschen

Wein und bei weiteren Gläschen und auch nachdem sie ein Päckchen Marlboro angerissen und die erste Zigarette herausgeklopft hatte. Bei uns wird, damit ihr es wisst, nicht geraucht, wir sind ja immerhin eine Sportlehrerfamilie. Aber Katka hatte alle erobert, sodass ihre Augen im immer dichteren Zigarettenqualm leuchteten wie sich durch Gewitterwolken kämpfende Flugzeuglichter oder wie Pantheraugen aus einem Dschungeldickicht. (Mich ausgenommen natürlich. Mich hatte sie nicht erobert. Aber von mir ist jetzt nicht die Rede.) Sie redete enthusiastisch und auf die herrlich exemplarische Art, die wohl zur Ausstattung von Schriftstellerinnen gehört, auf die ich aber nicht mehr reinfallen würde. „Angefangen hat es damit, dass er mir geschrieben hat. Er war im Stande, die *Fallstricke* dermaßen innovativ und bahnbrechend zu lesen, dass keiner dieser obergescheiten Literaturkritiker das Zeug dazu gehabt hätte. Schon aus diesem ersten Brief wusste ich, dass er im Rollstuhl sitzt, und trotzdem zögerte ich keinen Moment, mich mit ihm zu treffen. Und dann ging alles schon furchtbar schnell. Ja, ich hab mich so irrsinnig verliebt, dass ich zum ersten Mal im Leben wusste, das ist was bis ans Lebensende, und dass meine Verknalltheit groß wie Moby Dick ist, ja, dass mich jetzt der Golfstrom trägt und vorerst keine Ufer in Sicht sind. Und zugleich" (und Katka leerte schnell ihr Gläschen und ich schenkte ihr ein weiteres ein), „zugleich bin ich auf diese Weise zu einem großen Romanthema gekommen. Ich schreibe einen Roman, der von unserer Liebe zehrt wie eine Hummel von Luzernenblüten. Aber damit wir uns recht verstehen, ich spreche jetzt nicht von

Tagebuchliteratur, die hat mich nie interessiert. Ich will einen soliden Roman mit allem Drum und Dran schreiben, einen Roman, in dem die Imagination die wesentliche Rolle spielt. Eine Imagination aber, die aus einem noch brennenden, noch glühenden Quell erwächst, einen Roman, der den lebendigen Stoff der Wirklichkeit in ebenso lebendige ästhetische Materie verwandelt."

„Aber kann man etwas zugleich volle Pulle leben und es zugleich aus der Distanz betrachten? Literatur heißt doch Sehen aus der Distanz", monierte mein Lehrereidam, verzückt von diesem häuslichen Literaturseminar.

„Sehen Sie, ich hab mir auch immer gedacht, dass das nicht geht. Aber das ist bloß ein Irrtum, der sich tief verwurzelt hat. Natürlich geht es. Und vielleicht ist es sogar das Stärkste, was ein Mensch erleben kann. Akteur von etwas zu sein, was man dabei selbst in wunderbares Romangewebe verwandelt! Kunst, die die wirklichste Wirklichkeit ist, muss dabei doch auf dem Sockel unverfälschter Wirklichkeit stehen. Es muss Funken sprühen zwischen der Wirklichkeit und dem Roman: Beides muss aus Quarz sein. Weil wir, Freunde, ob ihr es glaubt oder nicht, aus demselben Stoff wie unsere Geschichten sind ..."

Obwohl ich keinen blassen Schimmer hatte von Literatur, gefiel mir ihr kleiner Vortrag irgendwie nicht, ich hörte ihm mit äußerstem Misstrauen zu. Und ebenso ihrer glühenden Begeisterung. Aber wahrscheinlich hatte das mit meiner eigenen Erfahrung mit Katka zu tun: Ich hatte den Argwohn und den Widerwillen, die mir aus jenem heimlichen Beischlaf mit ihr erwachsen waren, auf diesen Abend übertragen.

Jetzt vertraute sie uns an, dass sie noch mit ihrem Ehemann Dozent Kvaš zusammenlebe, genauer gesagt bei ihm wohne, aber schon bald mit Zbyněk, diesem Rollstuhlfahrer also, leben, sich von Kvaš scheiden lassen und diesen Zbyněk heiraten würde.

„Liebe ist das wertvollste, was einem Menschen begegnen kann. Und wenn er das Glück hat, ihr in der richtigen Form zu begegnen, weiß er dann schon unwiderruflich, dass ihr Geheimnis nicht in der physischen Anziehung und nicht im Reiben von Schleimhaut auf Schleimhaut besteht, sondern in etwas Wesentlicherem, mit menschlichen Worten nicht zu Benennendem. Ich hab auch lange dafür gebraucht, bevor ich das begriffen habe, und vorher eine Menge Zeit vergeudet."

„Nun, das ist ein herrlicher Abend gewesen, den ich hier mit euch verbracht habe", sagte Katka am Schluss. „Und seien Sie mir nicht böse, Herr Lehrer, dass ich es jetzt so ausdrücke: aber dieser Abend war für mich ein Gedicht."

Und als sie dann wegging, kramte sie noch in ihrer schwarzen Tasche und schenkte uns eine weiße Rose.

„Zdeněk", gestand mir Jana, als Katka gegangen war, „das mit der weißen Rose, die sie uns am Schluss gegeben hat, das erinnert mich total an etwas. Genau das ist nämlich schon irgendwann irgendwo passiert. Aber ich kann mich jetzt bei Gott" – und sie schlug sich mit den Fäusten an die Schläfen – „nicht daran erinnern, wann und wo."

Die Rose war künstlich. Es war eine Jahrmarktsrose.

Mitte der neunziger Jahre besaß ich in Brünn bereits eine ganze Kette von Fitnessbetrieben. Ich hatte es fertig gebracht, mich der Konkurrenz zu erwehren, und eine entscheidende Rolle dabei hat bestimmt nicht nur der Umstand gespielt, dass ich damit in Brünn als erster angefangen und so einen Vorsprung gegenüber anderen aus der Fitnessbranche hatte, sondern auch das, was damals in der Morgendämmerung unseres neuzeitlichen Kapitalismus „unternehmerische Flexibilität" genannt wurde. Ehrlicherweise gilt es hier aber hinzufügen, dass, obwohl ich mich um alle meine Fitnessstandorte aufmerksam kümmerte, mein größter, mein Königsfelder Fitnessklub, mit der Weinstube *Štefánka* und unter einem Dach mit der Pension *Jenewein,* weiterhin meine Heimatadresse blieb.

Zwischen Kateřinas Abendessen bei uns und dem, was ich jetzt erzählen werde, war wieder einige Zeit verflogen. Es ist jetzt Anfang Sommer 1993, Juni, jener besondere Monat, den ich, wenn er gut ausfällt, vom ganzen Jahr am liebsten habe.

Meine Frau und ich fuhren für vierzehn Tage in den Böhmerwald, wo wir ein Wochenendhaus gemietet haben, dessen Kauf wir schon einige Zeit in Erwägung ziehen. Bloß, warum sich an einen einzigen Ort binden, wo's heute kein Problem mehr darstellt, sich wann und wo immer ein Haus zu mieten? Auch wenn dieses Häuschen durchaus nicht zu verachten ist: in der Nähe von Kvilda, im Winter fahren wir dort Schi und die Abende verbringen wir vor dem Kamin, und im Sommer unternehmen wir von dort aus lange Wanderungen, zum Beispiel bis in den Bayerischen Wald. Es aufzugeben wird nicht leicht sein. Aber heuer haben wir vor, in der zweiten Julihälfte vierzehn Tage nach Mallorca zu fahren. Davon jedoch später. Als ich aus dem Böhmerwald zurückkehrte, erwartete mich nämlich eine Überraschung.

Adam suchte mich im Fitnessstudio auf und zeigte wieder wortlos zum Plafond. Ich schüttelte den Kopf, ich verstünde nicht. Ich wollte nicht verstehen.

„Na, sie ist wieder da, in eurer Vier."

Aber dann ging ich doch hinauf. Wieder lag sie dort sorgfältig in eine Steppdecke gehüllt und zur Wand gedreht. Überall auf dem Boden ihre Klamotten. Sie ließ mich eine Zeitlang stehen, dann drehte sie sich abrupt um, lachte und streifte die Decke ab. Aber ich sah keinen einzigen blauen Fleck, keine einzige Schramme. Sie hatte sich nur einen Spaß gemacht mit mir.

„Komm schon", sagte sie leise und streckte die Hand nach mir aus.

Ich drehte mich um und schon war ich raus aus der Tür.

„Lauf bitte nicht weg, ich muss dir was Wichtiges sagen. Warte, ich zieh mich an."

Sie holte mich vor der Pension ein und kriegte mich rum und schleppte mich ins *Wohlleben*.

Aber dort war heute irgendeine geschlossene Gesellschaft. Eine bedeutende Unternehmenskorporation feierte hier mit großem Aufwand ihr Gründungsjubiläum.

„Macht nichts, wir gehen in die Kabine."

Was sie „Kabine" nannte, war der kleinste Salon der Welt: ein einziges Tischchen, zwei Stühle. Eigentlich war es nur so eine tiefe Nische (ein Alkoven), erst nach der Tür zur Küche gelegen, sodass ein gewöhnlicher Gast des *Wohlleben* nicht auf die Kabine stieß.

„Das ist mein Chambre séparée, hier lässt es sich herrlich bechern. Von hier führt mich Kvaš nach Hause, wenn ich schon Gummibeine habe."

„Also mit Zbyněk ist's schon aus? Das Ende einer großen Liebe von hier bis in die Ewigkeit?"

Katka streckt den Kopf aus dem Alkoven und winkte dem Kellner. Wir bestellten ein gewöhnliches Wiener Gulasch und Starobrno, hier in jenen traditionellen Bayerischen Humpen.

„Zdeněček, er war es, der Schluss gemacht hat. Er war es, der sich getrennt hat. Er hat mir den Laufpass gegeben, der Krüppel."

Wie in Wellen, in so langen Böen drang aus dem Speisesaal der Lärm der fröhlichen und schon sehr fröhlichen Gesellschaft zu uns. Als eine solche Welle uns erreichte, hörten wir auch Tierlaute und verstanden, dass sich unter all diesen bedeutenden Brünner Unternehmern auch Tiere befanden, das heißt offenbar Schauspieler in Kostümen und Masken verschiedenster Tiere, Schauspieler, die die Korporation wahrscheinlich zur Aufpeppung des Unterhaltungsprogramms angeheuert hatte. Vier Kellner und eine Serviererin hatten alle Hände voll zu tun, um die immer angeheiterteren Gäste zufrieden zu stellen, und einer dieser Angeheiterten verirrte sich jetzt versehentlich sogar bis zur Kabine und steckte beinahe seine gierige

Schnauze zu uns herein und wir sahen bereits seine vor Neugier funkelnden Augäpfel, als ihn der Ober abfing und am Rockschoß zurückzog.

„Was denn, willst du sagen, dass Zbyněk auf dich geschissen hat?"

„Genau das. Er hat mich sitzen lassen."

„Und natürlich so mir nichts dir nichts?"

„Na weißt du, ich hab was ausprobieren wollen."

„Aha."

„Ich hab wohl ein bisschen übertrieben und Zbyněk hat es nicht ertragen."

„Aha."

Wir hörten, wie weitere Gäste hereindrängten. Sehen konnten wir sie nicht, der Eingang zur Kabine ist, wie ich bereits sagte, sehr abgelegen, aber wir erkannten, dass es Musiker waren. Sie ließen beim Gehen eine Geige aufjammern und einer Flöte entfuhr ein schriller Ton. Ich war mir sicher, sie wären schon zu spät gekommen, um in diesem Tohuwabohu noch zu reüssieren, aber zu meiner Überraschung verstummte dort vorübergehend alles und dann hörten wir Beifall. Zuerst nur ein paar Hände, aber schnell schlossen sich immer weitere an, bis ein derart stürmischer Applaus daraus wurde, dass sogar die Wände des Chambre séparée davon resonierten. Und in der eingetretenen Stille fingen sie zu spielen an.

„Darf ich wissen, was er nicht ertragen hat?"

„Was meinst du, Süßer, wie wir zusammengelebt haben?"

„Die Nymphomanin und der von der Taille abwärts gelähmte Rollstuhlfahrer ... also das errät sogar ein kleines Kind. Du hast seelenruhig weiter gebumst mit jedem, der dir über den Weg gelaufen ist."

„Das hab ich erwartet, dass du das sagen wirst. Du irrst dich, ich hab mich damit begnügt, dass nur er es mir gemacht hat. Er hat's mir gemacht, wie er es konnte."

„Und das soll ich dir glauben?"

„Es ist eine große Liebe gewesen, Zdeněček. Und davon weißt du und wirst du immer nur einen Scheiß wissen."

Im Speisesaal war inzwischen ganz schön was los. Jetzt hörten wir, wie sie dort Tische und Stühle herumzogen, etwas schoben sie wohl ins Vorzimmer und in den Flur hinaus, etwas rückten sie wohl rundherum an die Wand. Es war nicht allzu schwer sich vorzustellen, dass sie dort Platz schufen für ein Tanzparkett. Sogar eine Sängerin hatten sie dabei und die machte den Auftakt mit einem Megahit, dem langen englischen Song *Sentimental Journey.*

„Du weißt doch gar nicht, wie sich alles abgespielt hat. Vor zwei Jahren fuhr Zbyněk per Anhalter nach Pilsen, zu seiner Freundin, einer Studienkollegin von der Uni. Er war noch Jungfrau und hatte auf dem Rücken ein Zelt, in dem es zum ersten Mal passieren sollte. Passiert ist aber, dass der Fahrer, der ihn mitnahm, einen Unfall baute. Der Fahrer hat es nicht überlebt und Zbyněk ist in der Intensivstation aufgewacht. Seine Mama hat ihn abgeholt. Er hat diese Art liebender Mutter, die von dem, was passiert, nicht gleich zusammenbricht, sondern es fertig bringt, für ihren Sohn genau das zu tun, was in dem Moment getan werden muss. Ja sogar viel mehr. Würde er es brauchen, würde es ihm irgendwie helfen, dann ist sie sogar zu einer Riesenwelle am Reck im Stande. Dafür ist seine Freundin sehr schnell aus seinem Leben verschwunden. Genau wie sein Vater aus dem Leben seiner Mutter. Zbyněk ist äußerst beharrlich, offenbar ebenfalls nach der Frau Mama. Er hat die Uni nicht aufgegeben und er gab nichts auf, was ihm möglich war nicht aufzugeben. Und als er mir dann nach der Lektüre meines Buchs geschrieben hat, lief ich zu ihm, weil ich augenblicklich wusste, dass alles, dass alle vor ihm nur Irrtümer und Verirrungen von mir waren."

Der Kellner erschien, um unsere leeren Humpen gegen volle auszutauschen, und entschuldigte sich, dass es hier heute so laut war. Wir versicherten ihm, es würde uns in keiner Weise beeinträchtigen. Er lächelte, dann sei das fein und ob wir's auch ernst meinten. Und so versicherten wir ihm auch, dass wir nie etwas ernster gemeint hätten. Aber dann expedierte ich ihn mit deutlichem Bodytalk, prägnanter Mimik und Gestik aus der Kabine hinaus.

„Wir haben anderthalb schöne Jahre miteinander verbracht, aber dann ertrug Zbyněk es nicht mehr. Mir spukte ja doch die ganze Zeit im Kopf herum, dass er damals als Jungfrau im Schockraum endete und dadurch nie einen richtigen Fick, eine wilde Vögelei erlebt hatte. Ich bin davon überzeugt, dass jeder Mann das kosten muss, und wenn er es wegen irgendeinem bösen, fatalen Ratschluss des Schicksals selbst nicht kann, dann wenigstens mit eigenen Augen dabei zugegen sein muss. Das nämlich ersetzt kein Pornofilm und auch kein Sexshop. Und so heuerte ich zu diesem Zweck irgend so einen Fickchampion an. Aber nein, keinen Professionellen, ich griff bloß nach so einem lieben Beamten, etwas beleibt, ein Fickbärchen. Ich nahm ihn mit in die Mietwohnung, in der Zbyněk und ich wohnten, falls du weißt, wo in Líšeň die Ochozská ulice ist. In den anderthalb Jahren, in denen ich mit Zbyněk zusammenlebte, hat Dozent Kvaš nicht viel von mir gehabt, ich zeigte mich bei ihm nur, um zu sehen, wie sich seine Glatze entwickelt. Wenn du die Glatze von jemandem nämlich täglich siehst, dann merkst du gar nicht, wie die schwarze Nacht langsam, aber sicher zu Gunsten des weißen, na ja, etwas gelbstichigen Tages zurückweicht. Vielleicht sollte ich noch sagen, dass Zbyněks Mama mich nicht besonders gemocht hat. Was erzähl ich da eigentlich, überhaupt nicht gemocht hat sie mich. Aber das passiert diesen todernsten Übermüttern, verzeih', diesen Müttern, laufend und hängt überhaupt nicht damit zusammen, was später folgte. Es war ein Beamter aus dem Forschungsinstitut für Tierproduktion, zwar dumm wie Bohnenstroh, aber im standardmäßigen Beamtenlook, mit Anzug und, na ja, vielleicht ein wenig gelockerter Krawatte, ansonsten aber gestopft voll von Seriosität wie ein Strohsack mit muffigem Stroh. Auf den ersten Blick also hätte man nicht von ihm erwartet, dass er bereitwillig so eine Fick-Show vorführt. Er hat sich dort alsgleich flink entblättert und ich hab ihm fürs Sakko und die Hose einen Kleiderbügel gegeben, den Rest stapelte er feinsäuberlich auf einem Stuhl und dann fickte er mich bereits beautifully vor Zbyněks Augen, von vorn und von hinten, auf Kuh-, Pferdchen-, Nilpferdart und noch wie eine Menge weiterer bedeutender und herziger Tierchen, und das Zumpfi stand ihm dabei die ganze Zeit wie der Weihnachtsbaum der Republik. Nur hat Zbyněk es leider nicht ertragen. Nachdem sich der Beamte wieder sorgfältig angezogen und mit einer leichten Verbeugung empfohlen hatte, saß Zbyněk da wie zur Salzsäule erstarrt und hörte überhaupt nicht mehr, was ich ihm sagte, und sprach nicht mehr mit mir und dann packte er sich zusammen und rollte auf seinem Vehikel aus der Wohnung auf den Hausflur raus und zum Aufzug und ließ sich hinab und fuhr Achterbahn durch ganz Brünn aus Líšeň bis zu seiner Mama nach Husovice. Das war gestern. Was heute mit ihm ist, weiß ich nicht."

„Dürfte ich stören, ich bringe eine Aufmerksamkeit des Hauses", sprach allerliebst lächelnd der Oberkellner auf der Alkovenschwelle. Und brachte auf einem Tablett etwas mit einer großen Serviette Zugedecktes.

„Verschwinden Sie", sagte ich leise, aber so unmissverständlich, dass der Oberkellner verwirrt hinauswich unter Begleitung von Frimls *Indianischem Liebeslied*, das dort diese Sängerin mit einem neuen, aber saublöden Text sang.

„Weißt du, dass du ein Monster bist?", sagte ich immer noch leise. Aber als ich mich erheben wollte, streckte sie schnell die Hand aus und packte mich am Ellbogen:

„Hau nicht ab, ich bin ja noch nicht fertig. Du hast Recht, ich hab das alles vor allem wegen meinem Roman gemacht. Begreif doch, Zdeněček, ich hab einfach und will auch keine andere Möglichkeit haben. Alles, was ich lebe, ist nämlich zugleich auch mein literarisches Material! Verstehst du das wirklich nicht? Ich bin doch in meine

Geschichten verzaubert! Ich war im Ernst in Zbyněk ver-knallt, zugleich habe ich aber schon daran gedacht, was dabei für meinen Roman herausspringt, ich freute mich schon, was davon ich ausschlachte im Roman! Also hab ich in einem gewissen Moment etwas nachhelfen müssen. Liebe ist doch immer am stärksten in ihrer Qual, am stärksten ist sie immer nur in ihrem Schmerz, das weißt du vielleicht. Und nur so eine Liebe, eine wahnsinnige Liebe, das ist dann die tiefste Sonde in die menschliche Existenz und nur das interessiert mich! Das mit dem Beamten hab ich absichtlich ausprobiert, was es bei Zbyněk bewirkt. Ja, ich hab gewusst, dass er es nicht ertragen wird, aber ich wollte auch wissen, wie er es nicht ertragen wird. Und wie ich das aufnehme. Wie mein Roman seinen Schmerz aufnimmt. Und meinen Schmerz. Seinen und meinen Schmerz mit allen Details und auch von allen Seiten sehen wollte ich. Deswegen hatte ich ihn mir ausgesucht. Einen reinen, ach so reinen, verletzten und weiter verletzbaren, so wahren!! In bestimmten Momenten ist das Leben für mich, Zdeněček, bloß so ein Existentiallabor, in dem du das menschliche Elend, die Angst und die Qual kaltblütig, verstehst du *in cold blood* beobachtest, aufzeichnest, aufnimmst. Und das ist deine professionelle Pflicht, sofern du ein guter Schriftsteller bist."

Neuerlich steht dort wer auf der Alkovenschwelle und wieder mit etwas von einer großen Serviette Zugedeck-tem. Aber diesmal ist es der große Chef persönlich, der Inhaber des *Wohlleben*:

„Ich möchte mich sehr für das heutige Narrenhaus hier entschuldigen, aber wir haben nicht geahnt, dass Sie hier auftauchen. Und beim letzten Mal habe ich der Frau Schriftstellerin versprochen, dass sie das nächste Mal schon unsere superneue Spezialität wird kosten können, die wir uns mit ihrer freundlichen Genehmigung erlaubt haben *Fallstricke* zu taufen. Und ich garantiere Ihnen bei der Ehre meines Hauses, dass wir alles getan haben, damit diese Spezialität würdig – "

Aber der Satz bleibt unausgesprochen, weil Katka mit der Hand nach ihm fuchtelt, als würde sie eine lästige Fliege verscheuchen. Und der große Chef weicht schnell zurück samt seiner Spezialität und lässt sich nicht mehr blicken.

„Und wenn die Geschichte bricht, Zdeněček, ist dieser Bruch, diese existentielle Explosion, eine Riesenchance für die Literatur! Aber das dauert immer nur einen Moment, nur den einen Augenblick, aber ich hab es zufällig geschafft, das zu nutzen, es rechtzeitig herauszufühlen. Später jedoch, später ist das bereits nicht wiederholbar. Deswegen will ich jetzt einen großen Liebesroman schreiben, der Hunderttausende anspricht. So einer aber erwächst immer nur aus echtem Schmerz. Ich will, dass auch mein Liebesroman eine gleiche existentielle Explosion ist wie der Fall der Totalitarismen, wie irgend so ein historisches Erdbeben! Ich bin mit der Fähigkeit quälender, schmerzlicher, peinigender und grausamer, ja sehr grausamer Liebe ausgestattet, das ist die dunkelste aller Fähigkeiten, und früher hat mich das ziemlich erschreckt, aber heute weiß ich bereits, dass das im Grund mein literarisches Werkzeug ist! Und du bildest dir ein, dass hinter Tolstois *Anna Karenina*, Stendhals *Kartause von Parma* und hinter Dostojewskis *Brüdern Karamasow* keine bodenlosen Berge und himmelhohen Abgründe menschlichen Leidens liegen? Wer schert sich heute darum, was für eine grauenhafte Verwüstung, was für ein menschliches Schlachthaus, wie viel gespenstischen Jammer der göttliche Marquis de Sade hinter sich zurückgelassen hat? Wichtig ist wieder nur das Werk, das aus dieser Brutstätte des Schmerzes hervorgewachsen ist! Und vor der Größe des Werks verblassen die Menschenleben und sind durchsichtig wie Klopapier. Wäre es nicht so, dann wären all die Wildes, Blakes, Rimbauds, Baudelaires, Flauberts, Mailers, Capotes, Roths und Rushdies auch Monster. In der Kunst ist immer etwas Perverses, aber zugleich ist sie doch das Wertvollste und vielleicht das einzig wirklich Wertvolle, was von den Menschen hier zurückbleibt. Aber nichts ist umsonst. Und was wiegt dagegen der Schmerz eines einzigen Menschen, wenn er die Seelen Tausender Menschen zu erleuchten vermag! Je mehr du deinem Werk opferst, desto stärker wird es! Die Kunst ist eine magische Sprache, die nicht nur die, die nach uns kommen, verstehen werden, sondern mit großer Wahrscheinlichkeit auch die, die einst nur mehr die Trümmer unserer irdischen Zivilisation vorfinden werden. Die Kunst ist ein Kampf mit dem, was sich uns zugleich ausliefert und uns zugleich verschlingt. Gleichzeitig Subjekt und Objekt sein, verstehst du, Zdeněk, alle möglichen Verwandlungen durchlaufen in der Haut fantastischer, vom Unterbewusstsein ausgespieener Tiere und die eigene Identität verlieren ...

Der Künstler ist immer ein Mystiker des Unrats und der Hölle und die Literatur dient einer tiefen metaphysischen Gier, deren feuriger Atem nicht nur ihre Schöpfer verbrennt. Die Kunst ist eine Reise zum wichtigsten Geheimnis der menschlichen Existenz, der Weg von Blinden auf der Suche nach dem Licht. Was dagegen ist der Schmerz eines einzigen Krüppels ... Wir sind alle sterblich und kein Hund wird je einem von uns nachbellen, aber nur die Besten von uns, hörst du, überqueren, ein riesiges Zyklopenauge im Rücken, es ständig hinter ihrem Rücken spürend, auf einem Boot den See und den Sumpf für die Vision der nächtlichen Sonne, der untergehenden nächtlichen Sonne ... Und am Ufer erwarten mich blinde Vögel, die mir die Augen aushacken. Genau: Je mehr du deinem Werk opferst, desto stärker wird es! Nur in der Kunst darfst du über dich selbst hinausgehen. Und ich hatte den Mut, diesen Weg zu beschreiten. Ganze Landstriche öffneten sich vor mir oder verwandelten sich in Sümpfe, in denen Menschen und Tiere ertranken oder bei lebendigem Leib aufgefressen wurden, zwischen Ruinen liefen verstümmelte Kreaturen herum, Eingeweide, die sich ineinanderschlangen wie Schlingpflanzen aus Fleisch und Fäkalien, wimmernde Uteri, verlassene Föten, erdrückt vom Schwall des Unrats. Das ganze Universum ist über mir zusammengestürzt und ich musste es hinnehmen, wenn ich weiter und weiter vorrücken wollte ..."

Ich riss meinen Ärmel aus ihren Krallen und blickte mich ein letztes Mal um. Sie faselte dort immer noch was weiter und der Kellner schob ihr ganz leise einen weiteren vollen Humpen unter.

Die Teilnehmer der Jahresfeier der großen Unternehmenskorporation ergossen sich jetzt gerade rudelweise aus dem Speisesaal in den Vorraum und in die Gänge des *Wohlleben.* Aber Vorraum und Hausflur waren noch blockiert von den Tischen, die sie hergeschleppt hatten, als sie den Speisesaal frei räumten für das Tanzparkett, und deswegen platzte hier jetzt alles aus den Nähten. Die Musik war auch schon verstummt und die Musiker suchten bereits mit ihren Instrumenten (unter dem Arm, auf dem Rücken, aber auch emporgehoben über die Köpfe dieses Rudels) verzweifelt, wo es noch eine Ritze zum Entrinnen gäbe. Und dann sah ich auch all die in die Kostüme und Masken mannigfaltigster und wunderlichster Tiere gekleideten Schauspieler und wie sie gleichfalls zum Ausgang strömten. Ich begriff nicht, was sie alle aus ihren Stühlen hob und in die Straßen jagte. Und als ich feststellte, dass es draußen bereits dunkel war, wurde mir bewusst, dass die Zeit viel, aber viel schneller vergangen war, als ich es mir vorgestellt hatte. Katkas wahnsinniges Geschwätz hatte eine unglaublich große Portion unseres Tages verschlungen. Ich musste mich mit Hilfe der Ellbogen durch diese Menschenmenge durchboxen, und erst als ich bereits draußen war, fiel mir auf, dass ich mein Sakko im Alkoven vergessen hatte. Ich verspürte so gar keine Lust zurückzugehen und am Ende hätte ich es meinetwegen sogar verschmerzt (es war mein „Lehrersakko", das ich schon längst im Vorbeigehen an einem Obdachlosen hatte ausziehen und über seine Schultern hängen wollen), aber meine Wohnungsschlüssel waren drin. Also machte ich eine Kehrtwendung und marschierte zurück. Die Gänge und Gaststuben hatten sich bereits geleert und ich eilte ins Kabinett, als mich schlagartig etwas zum Stehen brachte. Es fröstelte mich. Im verwaisten Speisesaal, über zurückgeschobenen Stühlen und Tischen voll fettiger Teller, erblickte ich nämlich jenen Gobelin. Bei meinem letzten Besuch, als ich mit Magda hier war, kniete der Satyr zu Füßen der Nymphe und hatte die Hand in ihren Schoß gelegt. Jetzt hatte sich das Ganze wieder verschoben: der Satyr lag jetzt mit dem Kopf in ihrem Schoß. Ich schloss die Augen, erschrocken über diese weitere Verwandlung des Gobelins, doch als ich sie wieder öffnete, kniete der Satyr immer noch dort, den Kopf tief in den Schoß der Nymphe vergraben. Ich drehte dem Gobelin den Rücken zu und steuerte aufs Kabinett zu. Dort empfing mich eine Rauchwolke. Jetzt qualmte dort nicht mehr bloß Katka, sondern auf dem Stuhl, auf dem ich das Sakko vergessen hatte, saß ein Hummer, nämlich ein in einen riesigen Hummerpanzer gekleideter Schauspieler. Es war eine Öffnung darin, aus der sein Kopf herausguckte: das heißt bloß die Augen, die Nase und die auffällig gespitzten Lippen. Augenblicklich erhob er sich, richtete sich zur vollen Größe auf und machte mir den Stuhl frei.

„Setzen Sie sich nur, Herr Šťastný."

„Sie kennen mich?"

„Aber, aber, erinnern Sie sich doch, wie sie mich in dem großen Aquarium in der Fleischerei in der Kobližná angeschaut haben. Wir haben uns mit Wohlgefallen ineinander verschaut oder irre ich mich?"

„Ich bitte um Entschuldigung", sagte er dann, „das war bloß ein blöder Witz. Ich bin nämlich ein Kunde von Ihnen, ich besuche regelmäßig Ihr Fitnessstudio."

Ich griff nach dem Sakko, bereit gleich wieder abzudampfen, aber Katka packte mich von Neuem am Ärmel: „Lauf nicht weg, Zdeněček. Ich hab noch was für dich. Weißt du, was ich dir vorhin von diesem Beamten erzählt habe und wie ich mich mit ihm vor Zbyněk produziert habe ... Also das ist auch nur so ein blöder Witz gewesen. Es hat keinen Beamten gegeben. Nichts dergleichen ist passiert. Es hat mir Spaß gemacht zuzusehen, wie du mir alles abnimmst."

„Was?", stand ich mit dem Sakko in der Hand da und schwieg eine Weile. Dann drehte ich mich um und rannte weg. Und der Hummer sandte mir mit einer seiner Scheren einen schwungvollen Kuss nach.

Eine klare Mondnacht. Aber es überraschte mich, dass sie in Královo Pole vergessen hatten, die Straßenbeleuchtung einzuschalten. Es kam nämlich oft vor, dass die Lampen noch lange in den hellichten Tag hineinleuchteten, und so waren sie jetzt abwechslungshalber nicht mal nach zehn Uhr abends angegangen. Und meine Nachtblindheit hatte dadurch gleich Oberhand. Ich schob mich an einer Mauer entlang durch die breiige Dunkelheit, von einem erleuchteten Fenster zum nächsten. Es gibt Momente, in denen ich mich wie ein Krüppel fühle. Und das war einer davon.

Bereits drei Tage später flogen wir für vierzehn Tage nach Mallorca. Es war unser erster Urlaub an einem so teuren

Reiseziel. Vielleicht war es auch eine Methode uns zu ver-
gewissern, dass wir bereits tatsächlich in eine höhere
Gesellschaftsklasse aufgestiegen waren. Das Mittelmeer
empfing uns wie ein großes, entrolltes, sich leicht wellen-
des Freiheits-, Glücks-, Wohlstandsbanner. Wir quartier-
ten uns im Norden Mallorcas, im Hafen Alcúdia, in
einem Hotel gleichen Namens ein. Weil es uns aber keinen Spaß machte, immer nur am weißen Strand zu liegen
oder ewig nur mit Seeigeln und Quallen zu fraternisieren,
liehen wir uns im Hotel Fahrräder aus und brachen zu
Radtouren auf. Und einmal fuhren wir so bei strahlendem
Sonnenschein los zum Hafen Port de Pollença, von wo sie
uns übersetzten auf die Halbinsel Formentor, zum dorti-
gen Strand. Und dadurch befanden wir uns nun Auge in
Auge mit dem Luxushotel, über das wir im Baedeker gelesen hatten, es zähle zu den teuersten auf der Welt, falls es
nicht überhaupt das teuerste sei, und dass alle bedeutenden Magnaten und Börsianer ihre Geliebten mit einem
Aufenthalt darin beschenkt hätten, seit Ende der achtziger
Jahre jedoch immer häufiger Russisch in ihm zu hören sei.
Und klar war uns auch, dass wir dort nie auch nur eine
einzige Nacht verbringen würden. Aber wenigstens auf
den hoteleigenen Strandstühlen ließen wir uns nieder und
ergötzten uns vielleicht eine geschlagene Stunde lang am
Anblick der Bucht Cala Pi mit zwischen dem Strand und
dem Inselchen pendelnden Segelschiffen. Meine Frau, auf
deren literarische Interessen ich hier bereits früher kurz
einging, deutete mit dem Kopf Richtung Hotel und setzte
dazu an, noch etwas, was wir im Baedeker nicht gefunden
hatten, hinzuzufügen, dass nämlich in diesem Hotel

immer die Formentor-Preise verliehen würden, die bedeutendste internationale Auszeichnung von Erstlingswerken, und wir von diesen ausgezeichneten Gisela Elsners Roman *Die Riesenzwerge* zu Hause hätten, als ich sie mit einem leisen, aber nachdrücklichen „Weißt du was? Scheiß auf die Literatur!" unterbrach. Sie schaute mich sehr, aber schon sehr überrascht an, da wir uns allerdings nicht ein derart teures Reiseziel ausgesucht hatten, um uns dort zu streiten, brach sie mitten im nächsten Satz abrupt ab und hob dann im Sitzen nur so die Hand und winkte einem sich nähernden Segelschiff voller winkender Kinder.

An diesem Tag stiegen wir noch auf einer bequemen Felstreppe auf den Mirador d'es Colomer hinauf und verbrachten dort wieder eine Zeitlang nur damit, auf eine Welt wilder, zerklüfteter Felsen und kunstvoll geschwungener, aber auch grob eingekeilter Buchten und auf das übergangslos den Horizont berührende Meer zu starren. Da war mit einem Schlag alles vergessen, was mich belastet hatte, und ich hätte für immer dort auf der kleinen Betonbank sitzen und schauen und schauen können, obwohl ich nie von mir behauptet hätte, ein so hartnäckiger Betrachter sein zu können. Aber dann bekam ich noch so einen Einfall. Ich stellte nämlich fest, dass es mir sehr gefallen würde, gerade hier, mit Blick aufs Meer, aber Janička streifte meine Hand gleich wieder ab, weil ihr auch sofort dämmerte, dass sie in dieser Situation unten, brutal auf den Fels gepresst wäre und das Meer dabei nur ich sehen würde. Und dann kam irgend so ein heftiger und überraschend kalter Wind auf. „Der Mistral", sagte Jana, war sich dabei jedoch nicht sicher, dafür jedoch waren wir uns sicher, dass es bereits Zeit sei, uns von Formentor zu verabschieden. Wir stiegen zu unseren nur so neben dem Weg ins Gras gelegten Fahrrädern hinab und fuhren zur Schiffsanlegestelle und erwischten dort gleich das Schiff nach Port de Pollença und dort bestiegen wir wieder unsere Räder und fuhren den Gewitterwolken davon, die der Mistral herjagte, also wenn's der Mistral war. Wir radelten durch das Stadttor nach Alcúdia und schafften es mit Ach und Krach ins Hotelzimmer. Hinter die Stadtmauern und in die engen, winkeligen Gässchen Alcúdias entlud sich dann ein gewaltiger Wolkenbruch, von solchem Blitzen und Donnern gefolgt, wie ich es schon lange nicht mehr gesehen und gehört hatte. Schon seit meinem ungefähr neunzehnten Lebensjahr bin ich davon überzeugt, Gewitter seien dazu da, bei ihrer Trommel- und Tschinellenbegleitung schön rhythmisch Liebe zu machen, und meine Frau, die sich schon längst in meine Unsitten gefügt hat, kam mir hier entgegen. Und so fand hier alles, was wir mit allen Sinnen gierig aufgesammelt hatten an diesem Tag, seine Erfüllung. Es war zwar nicht mit Blick aufs Meer, aber ich beschwerte mich nicht. Und nachdem wir einige Male stürmisch Liebe gemacht hatten, fand meine polyglotte Frau einen Abschluss mit einem arabischen Seufzer, den ich mir nachher in meinem Kalender notierte zum Andenken an diesen Abend auf Mallorca (das einige Zeit in arabischer Hand gewesen war): *jawmiját ná'ib fi-l-arjáf.* Und mit diesen unübersetzbaren Worten würden angeblich Haremsbewohnerinnen für den Liebesakt und für die Samenspende danken. (Erst viel später verriet sie mir, sie hätte mich zum Narren gehalten und das arabische Sätzchen würde in Wirklichkeit *Tagebuch eines Staatsanwalts auf dem Land* bedeuten.)

Wir schliefen bis tief in den Vormittag hinein.

Aber gleich beim verspäteten Frühstück erwartete uns eine unliebsame Überraschung.

„Scheiße", sagte meine Frau, die prinzipiell nicht flucht und nie unflätig spricht. „Schau nicht hin, vielleicht bemerkt er uns nicht. Und vielleicht ist er's nicht."

Aber natürlich erspähte er uns sofort und klar war er es. Einer ihrer privaten Englischstudenten, ein erfolgreicher Gebrauchtwagenhändler.

„Aber woher denn, Frau Doktor, das stimmt schon längst nicht mehr, ich handle nicht mehr mit Gebrauchtwagen, sondern mache Geschäfte mit Myolifting und werde, wie ich es nenne, eine ‚große Fabrik' zur Damenhaarentfernung haben. Und darüber hinaus besitze ich zwei Hotels. Eines in Brünn-Černá Pole, das zweite in Slavkov. Beide sind magnifique. Gestern bin ich aus Manacor gekommen. Eine herrliche gotische Kirche. Aber von denen gibt es hier überall so viele wie, verzeihen Sie bitte, Hundeexkremente. Ich kam in der Nacht an, also hab ich hier übernachtet, aber noch heute schau ich mich nach was Besserem um. Vielleicht check ich im Formentor ein. Das ist das Hotel, wo Kennedy Marilyn Monroe beglückt hat. Wenn Sie dafür Geld hinblättern, können Sie ihr Zimmer und auch ihr Bett bekommen. Aber angeblich sind jetzt dort Unmengen Russen. Also das ist Ihr Ehemann?", ließ er seinen Blick über mich gleiten. „Machen Sie auch in was Geschäfte? Ihre Frau hat mich mit waterproof Englisch ausgerüstet. Mit dem kann ich in jedes Schlechtwetter. Ich bin ihr auf Lebzeiten zu Dank verpflichtet. Frühstücken Sie oder sind Sie beim Mittagessen? Darf ich Ihnen was wirklich Feines bestellen?"

„Wir haben schon gegessen, seien Sie uns nicht böse, aber wir haben es heute ziemlich eilig", informierte ihn Jana.

„Also das tut mir echt leid. Wenigstens ein Gläschen Schottischen oder Irischen."

Und sofort rief er den Kellner und führte vor, mit was für einem Englisch ihn meine Frau ausgestattet hatte. Aber Jana versuchte sich in die Bestellung einzumischen und beglich beim Kellner unsere Rechnung und bedeutete mir, ich solle mich erheben. Ich trank meinen Kaffe aus und erhob mich schon und stand schon dort, als er es sagte:

„Ich hab auch frische Neuigkeiten aus Brünn für Sie. Sie haben doch einmal mir gegenüber diese Schriftstellerin Kateřina Káníčková erwähnt, dass Sie sie kennen. Eine furchtbare Story. Und der Überhorror. Ein Tod wie aus irgendeinem Hitchcock. Bei uns sind alle Zeitungen voll davon. Aber auch ausländische Agenturen haben es übernommen."

Ich setzte mich. Und meine Frau gleich auch. Der Kellner eilte von dannen, um den Schottischen oder Irischen zu holen.

„Es begann damit, dass sich in diese Schriftstellerin so ein Studentchen verliebt hat, bloß dass der im Rollstuhl saß. Aber das wissen Sie möglicherweise, wenn Sie einander gekannt haben – "

„Eigentlich nicht", korrigierte ihn Jana. „Wir haben uns nur ein paar Mal mit ihr getroffen."

„Also es begann damit, dass sich in diese Schriftstellerin so ein Studentchen verliebt hat, bloß dass der im Rollstuhl saß. Von der Taille abwärts gelähmt. Respektive betriebsunfähig: Der hat doch bei keinem Frauenzimmer eine Chance haben können. Aber diese Schriftstellerin, übrigens verheiratet mit irgendwem von der Philosophischen Fakultät, mietete in Líšeň eine kleine Wohnung und dorthin hat sie sich diesen Rollstuhlfahrer hingebracht. Bis zu dem Zeitpunkt hat der nämlich bei seiner Mutter gewohnt. Die wird noch, um es so zu sagen, die Szene betreten, aber was das betrifft, bitte ich Sie noch um einen Moment Geduld."

Der Kellner brachte einen Schottischen. Oder Irischen? Dieser Myoliftingunternehmer und zweifache Hotelier, mit dessen Namen ich aber sozusagen einen Abortus erlitt, war jetzt so fasziniert von unserem schlagartigen offenkundigen Interesse, dass er jegliches Zuprosten unterließ, und alle packten wir nur unsere Gläschen.

„Die hat mit diesem Rollstuhlfahrer bloß so ein Spiel gespielt, das er jedoch todernst genommen hat. Der arme Teufel hat geglaubt, dass sie ihn liebt. Und so hat das auf diese furchtbare Weise enden müssen. Einmal hat sie in die Wohnung zwei fremde Typen gebracht. Der eine war irgend so ein Beamter und der andere ein Techniker aus dem Fernsehen."

„Wie bitte? Noch wer vom Fernsehen war dabei?", fragte ich.

„Also Sie wissen auch was davon?"

„Das heißt nein. Ich weiß nichts."

„Also der vom Fernsehen hat das auf Video gefilmt. Natürlich auf Privatorder dieser Schriftstellerin. Sie hat sich nicht einfach so mit irgendeinem Amateur zufriedengegeben, sie hat dafür den besten Kameramann angeheuert. Er hat dann ja auch ausgesagt. Den ausführlicheren Rapport hatten die Journalisten ja von ihm. Er hat nämlich gefilmt, wie sie es mit diesem Beamten gemacht hat, wie sie mit ihm, ich bitte um Verzeihung, gefickt hat, aber auch, wie dieser Rollstuhlfahrer darauf reagierte. Er hat es von allen Seiten aufgenommen, das Paar mit so einem Kameramanntänzchen umkreist, und auch so über das Paar hinweg diesen Rollstuhlfahrer, sein Gesicht eingefangen. Ich hab das Video nicht gesehen, aber angeblich ist es bereits vervielfältigt und sogar mit englischem Kommentar für ausländische Abnehmer im Umlauf. Kateřina Káníčková war nämlich so blöd, dass sie gedacht hat, dass dieser Kameramann sich nicht eine Kopie davon macht und der Welt, um es so zu sagen, das zweite Gesicht der berühmten Schriftstellerin vorführt. Ja und der Rollstuhlfahrer hat dann ein paar Tage drauf Selbstmord begangen. Er hat eine Überdosis Rohypnol genommen."

„Das ist echt furchtbar", sagte meine Frau entsetzt. „Das hätte ich von der Schriftstellerin nie ..."

„Nicht? Aber der richtige Horror, Frau Doktor, fängt jetzt erst an. Jetzt nämlich betritt, wie ich Ihnen bereits versprochen habe, die Mutter des Rollstuhlfahrers die Szene. Der Rollstuhlfahrer ist ihr einziges Kind gewesen, sie hat sich an ihn geklammert, nachdem ihr Mann abgehauen, und noch mehr nachdem ihrem Sohn dieser

Unfall passiert ist. Sie hatte die Schriftstellerin von Anfang an nicht gemocht. Sie hat alles über sie ermittelt, was sich ermitteln ließ und auch nicht, und es dem Sohn vorgelegt, um ihn rechtzeitig zu warnen. Sie hat sich sogar ihr Buch durchgelesen, es heißt *Fallstricke,* wie Sie bestimmt wissen. Als sie dann aussagte, da erklärte sie auch, dass schon allein das Buch beim Gerichtsprozess mit der Schriftstellerin als belastendes Material gegen sie dienen könnte. Sie war nämlich davon überzeugt, dass das, was die Schriftstellerin Káníčková ihrem Sohn angetan hat, ein Verbrechen war, für das sie den Strick verdienen würde. Sie hatte ihn ja im Grunde umgebracht: in den Selbstmord getrieben. Aber weil sie nicht sehr an irdische Gerechtigkeit geglaubt hat, kümmerte sie sich selbst darum, dass kein Gerichtsprozess mit der Schriftstellerin mehr nötig war. Und jetzt folgte ein entsetzliches Zusammenspiel von Umständen, wie ein gut informierter Journalist geschrieben hat.

Es hätte nämlich nicht viel passieren können, wenn diese Dame, die Mutter des Rollstuhlfahrers, nicht gerade von ihrem Vater Restitutionsansprüche auf Ländereien, Wälder und Baugründe in der Nähe von Brünn geerbt hätte. Und dann verlief alles schon so furchtbar schnell, dass es in irgend so einen Neunzigminutenthriller gepasst hätte, wie wieder dieser gut informierte Journalist geschrieben hat. Diese Rollstuhlfahrermutter, im Grunde eine reiche und ehrenhafte Dame, verkaufte jetzt tief unter dem Preis, dafür aber sehr schnell sämtliche Restitutionsansprüche auf diese riesigen, dichten Wälder und die fruchtbaren Felder und saftigen Wiesen und auch auf die äußerst einträglichen Baugründe in der Nähe von Brünn, sie hat sie verkauft, nur um wieder sehr schnell die ganze Kohle in die umtriebige Suche und das Anheuern spezieller Killer zu investieren. Das spielte sich tatsächlich bloß innerhalb einiger Tagen ab. Und diese speziellen Killer schnappten sich die Schriftstellerin Kateřina Káníčkova und unterzogen sie der peinlichen Befragung und drehten es in Auftrag jener achtbaren Dame auch auf Video. Niemand kann sich vorstellen, schrieb wieder der gleiche gut informierte Journalist, welch ein Arsenal des Grauens sich in einem innig liebenden Mutterherzen verbirgt, und der Marquis de Sade sei angeblich eine Null gegen diese sich rächende Mutter. Ich will Ihnen hier nicht die Beschaulichkeit eines schönen Sommertages in solch einem teuren Reiseziel verderben, drum geh ich nicht ins Detail, ich sag Ihnen hier nur, dass ich eine Beschreibung dieser peinlichen Befragung gelesen und in einer Rekonstruktion auch gesehen habe – die Tageszeitung *Blesk* hat nämlich den ganzen Ablauf Schritt für Schritt mit einem Model nachgestellt und fotografiert. Die Mutter zeigte sich gleich nach Auffindung der Leiche selbst an, sagte alles aus und gab auch das Video ab, auf dem die zwei Killer angeblich in roten Kapuzen wie altertümliche Henker ‚arbeiteten‘. Die Killer werden schon von der Interpol gesucht. Aber jetzt stellen Sie sich vor, dass der Beamte, mit dem es die Schriftstellerin getrieben hat, aus Angst vor der Rollstuhlfahrermutter angeblich bis irgendwohin in die Amazonasurwälder geflohen ist und sich dort die ganze Zeit wo versteckt, obwohl die Rollstuhlfahrermutter bereits in Haft ist. Mutterzorn dringt ja sogar durch die Mauern von

Haftvollzugsanstalten, wie abermals jener gut informierte Journalist geschrieben hat."

Der Myoliftingunternehmer und zweifache Hotelier schwieg einen Moment und schaute uns an und sagte dann: „Ich will mich ja nicht aufdrängen, Gott behüte, aber vielleicht wissen Sie nicht, dass es hier eine echte spanische Paella gibt. Ich habe schon die Speisekarte durchschnüffelt und sehe, dass sie sie hier nicht mit irgend so einem jämmerlichen Hühnchen machen, wie es bei uns üblich ist, sondern mit einem schönen jungen Hahn, Krevetten und grob geschnittenem Schweinefleisch und natürlich mit dem Spezialreis, der dem Ganzen eben den Namen gegeben hat, mit Paella. Und deswegen frage ich Sie, wäre es nicht eine Sünde, diesen Zufall, der uns hier zusammengeführt hat, nicht zu ehren, was sagen Sie?"

Noch am selben Tag verlegten wir unser Quartier entgegen dem ursprünglichen Plan unerwartet und sehr schnell von Alcúdia nach Palma de Mallorca. Dort widmeten wir uns während der restlichen Tage maurischen und christlichen Architekturdenkmälern. Wir begannen natürlich mit der Kathedrale La Seu, verharrten dort lange vor dem großen Retabel mit zahlreichen Figuralszenen, schauten uns aber auch alle Seitenaltäre an, standen, die Köpfe zum gotischen Gewölbe hochgereckt, da und ließen sie hinunterhängen beim Blick auf die Bodenmosaiken, besuchten die Almudaina, die Residenz der aragonischen Könige, und die kreisrunde königliche Burg Castell de Bellver, von wo aus wir auf die Hauptstadt Mallorcas wie auf ein Papierpuzzle, das irgendwo tief unter uns lag, schauten, spazierten über die Palmenpromenade Passeig Marítim, wo Jana die Schuhe auszog und barfuss lief auf der von Palmen beschatteten Straße, und nahmen das Angebot eines kleinen Segelschiffs an, das mit uns ganz Mallorca umrundete, und warfen einen Blick ins Meeresmuseum mit seinem riesigen Aquarium mit lebenden Meeresungeheuern und verbrachten einige Zeit in der Lonja, der ehemaligen Seehandelsbörse, wo es gerade eine Ausstellung des deutschen Expressionismus gab.

Aber bevor wir wieder nach Tschechien zurückflogen, ging ich noch einmal, und zwar allein, in die Kathedrale La Seu, hielt einen Moment inne vor einem gotischen Fensterchen mit Blick aufs Meer (die Kathedrale steht hoch über dem Hafen) und machte dann einen Bogen um den Hauptaltar und entdeckte einen kleinen Seitenaltar (der, glaube ich, Maria Schnee gewidmet ist). Ich kann nicht beten, und nicht mal mich dort hinzuknien vermochte ich, ich stand nur wieder so da und schaute auf eine Lichtpfütze auf dem Kirchenpflaster, stand ziemlich lange dort, das Herz bedrängt von einem sonderbaren Schmerz.

Wir flogen früh am Morgen (kurz vor vier Uhr) und das Mittelmeer verabschiedete sich von uns mit irgendwelchen Lichtlein in der Dunkelheit. Fischerbooten? Vom Flughafen Prag-Ruzyně brachte uns ein kleiner Bus voll dösender Passagiere nach Brünn. Den Kaffee hatte ich abgelehnt, versuchte aber vergeblich auch einzuschlafen.

Im Jahre 2009 war Zdeněk Šťastný sechsundsechzig. Er wohnte schon längst nicht mehr am Mendel, sondern hatte sich von den Architekten Rusín und Wahla (Atelier RAW) jene herrliche Villa am Rande Brünns, in Soběšice, erbauen lassen. Aber er war immer noch souveräner Herrscher über eine ständig wachsende Kette von Fitnessbetrieben, auch wenn er die Sorge um ihren täglichen Betrieb bereits seinem Schwiegersohn, dem Mann seiner älteren Tochter Kamila, überlassen hatte. Zdeněks Frau Jana war immer noch ihrem Sprachtalent verfallen, welches sie alle zwei Jahre mit einer weiteren und weiteren Sprache beschenkte. Sie besaß das Monopol auf die Übersetzungen ihres amerikanischen Lieblingsschriftstellers Paul Auster und war selbst zu großer Popularität gekommen bei den internationalen Schriftstellertreffen in Prag, weil sie dort die einzige Dolmetscherin war, die mit jedem ausländischen Autor in seiner Muttersprache reden konnte. Diesmal hatte sie von *Svět knihy*, der jährlichen Buchmesse, unter anderem auch den biografischen Roman *Die Meduse* mitgebracht, in dem eine führende tschechische feministische Aktivistin Kateřina Káníčkovás Lebensgeschichte bearbeitet und auf diese Weise eine feministische Ikone aus ihr gemacht hatte. Dass Katka Schriftstellerin gewesen war, interessierte niemanden mehr allzu sehr. Ihr Erstling *Fallstricke*, so bahnbrechend zu Beginn der neunziger Jahre, war später dann unter Dutzenden von Büchern untergegangen, die einfach und vulgär ihre Sicht übernommen und sie nur mehr ermüdend reproduziert hatten. Und weil in ihrem Nachlass nicht das Manuskript des erwarteten Romans gefunden wurde, hatte die Literaturkritik beschieden, dass ihre Bedeutung anfangs der neunziger Jahre stark überschätzt gewesen wäre, und vierzehn Jahre nach ihrem Tod war ihr Name nur mehr Teil einer schnell in Vergessenheit geratenen Story geblieben. Da jedoch bemächtigte sich ihres angeblichen Vermächtnisses die feministische Bewegung und zimmerte sich ihr Leben nach ihrem Muster zurecht: zum Leben einer Frau, die die Männer, weil sie ihre weibliche Überlegenheit sehr wohl spürten, in den Selbstmord trieb, sodass sie sie am Ende zu einem Märtyrertod verurteilten. Der biografische Roman *Die Meduse* wurde zu einem der meistübersetzten tschechischen Bücher und Katkas Name pilgerte so aufs Neue, diesmal in einer vollkommen anderen Rolle, durch Europa. Aber das war überhaupt nicht die Katka, wie Zdeněk sie gekannt hatte, es war nur eine erfundene Figur, missbraucht von der feministischen Bewegung als ihre Heilige und Märtyrerin. Aber das geschieht im Gedächtnis der Menschen fortwährend und mit uns allen: Sofern wir nicht gleich dem Vergessen anheimfallen, werden wir noch eine Zeitlang von irgendjemandem missbraucht.

Ich sagte Jana, ich wolle mir ansehen, wie sie im Kampf gegen Blaualgen den Stausee ausgelassen und mit Kalk ausgegossen hatten. Sie verstand nur nicht, warum ich erst spätabends hinfuhr. Besser gesagt, sie verstand es auf ihre Art. Na meinetwegen. Der Stausee war – wohl zum Vergnügen der abendlichen Schaulustigen, die hier immer noch in ganzen Horden herumlungerten – von Scheinwerfern beleuchtet. Entleert und mit Kalk ausgegossen sah er wie ein riesiges freigelegtes Massengrab aus. Ich setzte mich auf ein Gläschen in die Restauration *Zum*

Beredten Hecht, wo ich damals mit Katka zu Abend gegessen hatte. Ich hatte vorgehabt, dann zu versuchen, ein Stück jenes Weges zu gehen, auf dem Katka mich, geschlagen von Nachtblindheit, zum Wochenendhaus ihres Mannes geführt hatte. Es war Vollmond, das hatte ich mir schon so eingerichtet, doch stellte ich fest, dass das Erlebnis jener Wanderung in nachtblindem Mondesdunkel leider nicht realisierbar war, weil diesmal dort alle elektrischen Lampen freudig strahlten.

Aber wenn man sich etwas sehr, sehr wünscht, wird einem am Ende willfahren. Oft leider allerdings auf die bösartigste Weise. So träumte mir in dieser Nacht, ich würde auf einem nur vom Mond beleuchteten Weg gehen. Ich sah in meiner lunaren Nachtblindheit zwar die Mondscheibe, vom Mondlicht aber keine Spur, ich stolperte und taumelte, und so streckte ich die Hand aus und traf auf ihr Händchen und verspürte die wehmütige Berührung von Glück. Aber erst nach dem Erwachen begriff ich, dass die Dunkelheit in diesem Traum in Wirklichkeit die Dunkelheit war, in die wir alle einmal fortgehen werden.

Und Zdeněk schüttelte den Kopf und streckte ein Bein unter der Steppdecke hervor. Und dann setzte er sich auf. Wieder begann ein neuer nutzloser Tag.

2. TEIL
DIE TROMMEL

ERSTES KAPITEL

„Also du bist die Bescherung. Stell dich hin." Ich stellte mich hin.

„Dreh dich um." Ich drehte mich um.

„Wie hast du geheißen?"

„Katka. Kateřina."

„Weißt du überhaupt, wozu du hier für mich da bist?"

„Nein. Weiß ich nicht."

„Die haben dich also nicht informiert?"

„Wer?"

„Na gut. Lassen wir das."

„Ich weiß nichts. Ich weiß nicht mal, welcher Tag heute ist."

„Mittwoch."

„Darf ich vielleicht auch noch wissen, welches Jahr? Und welcher Monat?"

„Na viel weißt du wirklich nicht."

Ich stehe immer noch mit dem Rücken zu ihm da, wie er es mir befohlen hat. Ich höre, er hat sich vom Lehnstuhl erhoben und kommt näher, bleibt einen Augenblick lang hinter mir stehen, dann gibt er mir einen Klaps auf den Po.

„Dreh dich wieder um." Ich drehe mich um und stehe ihm nun von Angesicht zu Angesicht gegenüber. Er schaut mir in die Augen, aber ich merke sofort, dass es ihm schwer fällt. Ich will ihn nicht in Verlegenheit bringen, möchte ihn mir nicht gleich am Anfang zum Feind machen und weiche seinem Blick daher aus. Er lässt mich stehen und geht zurück, um sich zu setzen. Ein dicker, hässlicher Widerling. Nicht doch, so darf ich nicht von ihm denken.

„Es ist Jänner 1990", sagt er. „Und setz dich."

Also da bin ich gerade in Ägypten, auf Hochzeitsreise mit Dozent Kvaš, erinnerte ich mich, laut jedoch fragte ich:

„Also wozu bin ich hier für Sie da?"

„Du wirst für mich kochen, waschen und aufräumen. Gleich unten um die Ecke hab ich einen Laden. Vielleicht kannst du dich auch im Laden nützlich machen. Jetzt setz dich schon."

Ich setze mich, aber nur an den Rand der Couch. Ich mime die Schüchterne. „Dürfte ich erfahren, was Sie über mich wissen?"

„Dürftest du nicht. Das behalte ich vorerst für mich. Ich will nur, dass du weißt, dass ich etwas sehr Wichtiges über dich weiß, und ich hab nicht vor, dir das gleich brühwarm zu erzählen. Es ist meine Waffe gegen dich, solltest du Zicken machen. Du bist ein gefährliches Biest, so viel kann ich dir jetzt schon verraten. Ach ja, du kannst mich duzen."

Es reizt mich, ihm darauf zu antworten, „Ich pfeif auf Ihr Duzen!", zeige mich stattdessen aber erfreut, geschmeichelt, gerührt.

„Jetzt krieg dich wieder ein, Duzen ist nur Duzen, ich hab nicht vor, dich gleich zu heiraten."

„Kann ich mich umziehen? Was ich da anhabe ..." Was ich anhabe, ist ein langes Hemd von meinem Großvater, das ich immer sehr mochte, eine etwas reichhaltigere Garderobe wäre mir aber dennoch lieber.

„Na klar, das müssen wir ändern. Und am besten gleich." Und er geht ins Vorzimmer, zieht sich was über und erscheint dann in der Tür, Wintermäntelchen mit Pelzkragen, eleganter Hut und in Kombination damit gleich auch das selbstsichere Lächeln eines Bastards, der weiß, wie der Hase läuft und den keiner so leicht hineinlegt. Es hätte nicht viel gefehlt und ich hätte mich vor ihn hingekniet und ihm mit einem Zipfel von Großvaters Hemd die Schuhe poliert.

„Hör mal, ich lass dich jetzt hier allein, sieh es als eine Äußerung meines unendlichen Vertrauens an, verdirb dir's also nicht." Er steht da, schaut mich an, will offensichtlich noch was sagen, aber entweder fallen ihm nicht die richtigen Worte ein oder er getraut sich merkwürdigerweise nicht sie auszusprechen. Er zuckt mit dem Kopf und geht, nicht ohne sorgfältig zweimal zuzusperren. Ich höre ein zweimaliges metallisches Knacken und schaue auf die zweifach versperrte Tür und weiß etwas, was er anscheinend nicht weiß, weil er sonst ja gar nicht abgeschlossen hätte. Es würde mich brennend interessieren, wie viel er weiß und wie viel nicht. Und was alles er weiß, was ich vielleicht nicht wissen darf. Aber wenn ich mich sehr bemühen werde, krieg ich es mit der Zeit eventuell geschickt aus ihm heraus. Jetzt jedoch stelle ich mir einen Schemel ans Fenster und sehe, wie er das Haus verlässt und ans Ende der Straße geht und um die Ecke biegt. Vorsichtig öffne ich das Fenster. Es geht nur schwer, draußen ist es jännermäßig kalt, und als ich den äußeren Teil des Doppelfensters öffne, weht der Wind ein bisschen Schnee herein. Allerdings scheine ich gegen die Kälte immun zu sein, ich sehe die Schneeschichten auf dem gegenüberliegenden Dach und ich sehe die vor Frost starrende Straße, verspüre aber nicht den leisesten Kälteschauer. Na gut, an diese Veränderungen werde ich mich gewöhnen müssen. Dann zögere ich noch einen Moment, bevor ich mich auf die Fensterbank stütze, mich hochstemme und ins Fenster kraxle. Ich befinde mich im vierten Stock. Und schon beuge ich mich so weit aus dem Fenster, dass ich fast mit dem halben Körper hinaushänge. Auf dem Schild am gegenüberliegenden Eckhaus lese ich den Straßennamen Cyrilská und ich kann auch ein Stück der breiten, stark befahrenen Straße einsehen, in welche diese Quergasse mündet. Ich tippe auf die Křenová. Ja, es scheint wirklich die Křenová zu sein. Und dieses Haus ist offenbar das Eckhaus Křenová-Cyrilská. Inzwischen hat mich auf dem Gehweg aber schon jemand bemerkt und zeigt herauf. Es muss ja ein Anblick für Götter sein, wie ich dort aus dem Fenster hänge, nur in Großvaters großem schlottrigem Hemd, das mir schon über den Kopf zu rutschen beginnt. Und daher ziehe ich mich, um keinen Menschenauflauf hervorzurufen, schnell wieder zurück. Und schließe das Fenster.

Ungefähr nach einer Stunde kommt „mein Herr" zurück mit einem Sack Klamotten aus dem Secondhand. Zuerst beäugt er alles argwöhnisch, ob ich hier in der Zwischenzeit nicht was angestellt habe, und erst dann schüttet er den Inhalt des Sacks auf einen Haufen.

„Such dir fürs Erste was aus und mit der Zeit gehen wir miteinander in eine Boutique."

Ich bekomme gleich Herzflattern von dieser freudigen Verheißung, und so knie ich mich vorerst mal vor diesen Haufen und wühle darin herum. Wie allerdings zu erwarten war, ist nichts dabei, was ich freiwillig angezogen hätte. Doch weil mir nichts anderes übrigbleibt, als mir etwas auszusuchen, treffe ich trotzdem eine Entscheidung. Nie im Leben hätte ich mich so gekleidet, aber jetzt und hier kann mir das egal sein. Und so schlüpfe ich mir selbst zum Trotz in eine grüne Leinenhose mit Glockenschnitt und in ein violettes Hemd mit großen Holzknöpfen und nehme dazu eine karierte Jacke, als hätte ich vor, Pierrot und Kolumbine zugleich zu spielen. „Kuk", Verbeugung nach rechts, Verbeugung nach links, ich hab soeben stilvoll den Einstieg in meine nächste verrückte Existenz eröffnet. „Mein Herr" taxiert mich, zuckt wieder mit dem Kopf, offenbar eine Gewohnheit von ihm oder schon so ein Tick, dann tritt er, um mich aus dem Abstand betrachten zu können, einen Schritt zurück und grinst: „Du bist eine große Spaßmacherin, gell, Katka …"

Aber dann erinnert er sich an noch etwas. „Warte, du wirst Augen machen, ich hab dir noch was mitgebracht, ich hab noch was für dich." Und er geht zurück ins Vorzimmer und angelt aus der Brusttasche seines Wintermantels eine Zeitung. Er blättert darin und breitet sie auf einem Marmortischchen aus und lädt mich mit gekrümmtem Zeigefinger ein zu ihm zu kommen.

Ja sicher, ich hatte damit gerechnet. Aber ich hatte nicht erwartet, jemand würde mich schon so schnell, schon so bald mit der Nase darauf stoßen. Ich greife nach der Zeitung und gehe damit näher ans Fenster. Und im

Rücken spüre ich seinen neugierigen Blick. Er ist sich keineswegs sicher und wartet auf meine Bestätigung. Allerdings war nicht mal ich mir bis zu diesem Moment so ganz sicher gewesen. Und jetzt sehe ich ein großes Foto von mir und daneben den Hinweis auf die geplante Veröffentlichung der *Fallstricke* im Verlag *Pfeffer und Salz*. Mir stockt der Atem und ich stütze mich mit dem Ellbogen auf die Fensterbank, durch die Křenová fährt eine Straßenbahn, die Bremsen quietschen auf den Gleisen, also stimmt es doch. In ein paar Tagen kehre ich von der Hochzeitsreise in Ägypten in Dozent Kvaš' Wohnung am Slawischen Platz zurück und mein Schicksal setzt sich unaufhaltsam in Gang. Und kann ich, mit meinem Wissen, wie alles Tag für Tag kommen wird, etwas dagegen tun? Hängt es nicht davon ab, was ich jetzt eigentlich bin? Nur der Schatten eines Schattens, der seinem Schicksal bloß stumm zusehen darf?

Ich drehe mich zu „meinem Herrn" um. Diesmal wende ich die Augen nicht ab. Schließlich kehrt er mir den Rücken, öffnet die Tür zur Abstellkammer, holt einen großen Topf zum Wäschekochen, gefüllt mit Kartoffeln, heraus und zeigt auf ihn.

„Wie viel?"

„Für heute zum Mittagessen und auch zum Abendessen. Beim Abendessen für drei Personen."

Aha, denke ich, das Repertoire meiner ersten irdischen Bekanntschaften wird sich noch heute erweitern. Ich lasse die Zeitung auf den Boden gleiten und gehe, um meinen Pflichten nachzukommen.

Die Glocke schnarrt und Bobin nimmt den Hörer neben der Tür ab. „Bist du das, Milena? Wenn der Summer bei dir unten ertönt, du weißt schon, dann stemm dich fest gegen die Tür."

„Ich werd mich nie daran gewöhnen, dass du hier keinen Aufzug hast", beschwert sich Milena mit heraushängender Zunge.

„Widerliche alte Mietshäuser. Aber ich hab schon eine exzellente Bleibe im Auge. Sobald die Dinge in Bewegung kommen. Und es sieht schon danach aus, dass alles in Butter ist", prahlt Bobin. Und ich weiß schon von ihm, dass der Antiquitätenladen, in dem er bisher nur Verkäufer war, ihm vielleicht bald gehören wird. Samt all den bis jetzt hinter einem schweren eisernen Rollladen verborgenen Schätzen. Vielleicht wird er schon bald auch so ein kleiner Provinzmillionär sein. Die Zeit des „Bäumchen, Bäumchen, wechsle dich!"-Spiels ist angebrochen.

„Also du hast tatsächlich ein Zimmermädchen?", wundert sich Milena und mustert mich neugierig.

„Was heißt hier Zimmermädchen. Nicht nur. Sie ist auch Köchin und außerdem, wie du in Kürze sehen wirst, Serviererin, ein zuverlässiges Dienstmädchen und eine fleißige Putzfrau." Und eine weitere, bereits nicht mehr gestellte Frage beantwortet er wie aus der Pistole geschossen: „Ich hab sie beim Hütchenspiel gewonnen."

Wozu ich für euch, die ihr das nicht mehr in Erinnerung habt, erklärend hinzufüge, dass das noch in den

Tagen war, als die zur Zvonařka eilenden Passanten immer stehen blieben, um sich um die Hütchenspieler zu scharen, und es aushielten, minutenlang den geschickten Händchen dieser gerissenen kleinen Betrüger zuzuschauen, Händchen, die sich flink über eine Tischplatte tummelten. Dann verstrichen ein, zwei Jahre und die Hütchenspieler waren restlos verschwunden. Ich gehe nämlich schon zum zweiten Mal denselben Weg, sodass ich genau weiß, was in diesem Land morgen und übermorgen und überübermorgen und ständig so weiter sein wird, und ich sehe meine eigenen Spuren und bin versucht, meine Fußsohlen noch einmal in sie hineinzusetzen, weil ich abermals in der Gegend bin, in der ich mich schon einmal aufgehalten habe, genauer gesagt, ich bin hier jetzt gleichzeitig zweimal, was ebenfalls eine Erklärung verdienen würde, aber ich entschuldige mich, wenn das nicht auf der Stelle sein wird, weil Bobin schon wild auf mich losgestikuliert.

Daher decke ich den Tisch und trage auch schon das Essen auf. Dann darf ich mit den beiden Platz nehmen und mich auch über das hermachen, was ich zusammengepantscht habe.

„Ich hoffe", sagt Milena zwischen zwei Bissen, „dass Bobin Sie anständig bezahlt. Weil er, wie ich ihn kenne, auch ein schönes Miststück sein kann."

„Nein, Bobin zahlt mir nichts. Ich bin nur gegen Kost und Logis hier. Und um ihm nicht unrecht zu tun, einmal hat er mich in eine Boutique mitgenommen und mich dort eingekleidet."

„Was?", und Milena schaut Bobin überrascht an. „Du stellst dir ein Zimmermädchen, eine Köchin und wer weiß was noch ein, und gibst ihr dafür, wie sie hier schuftet ..."

„Ich sag doch, ich hab sie beim Hütchenspiel gewonnen. Sie hat einen sehr speziellen Status bei mir."

„Na das erklär mir", grinst Milena ihn an, „was für einen speziellen Status?"

„Du verlangst da gleichzeitig ein bisschen viel von mir", sträubt sich Bobin, „und doch nicht beim Essen." Aber plötzlich trifft er eine Entscheidung und legt das Besteck weg. „Warum eigentlich nicht." Und er stupst mich an. „Zeig uns was."

„Also ich wüsste nicht was", sträube nun wieder ich mich.

„Aber sicher. Zier dich nicht. Zeig uns eins deiner Husarenstückchen. Damit Milena hier sieht, dass es auch Dinge gibt zwischen Himmel und Erde ..."

Ich bin mir nicht so ganz sicher, was man von mir erwartet. Da ich jedoch weiß, dass ich mich der Bestätigung meines besonderen Status nicht mehr entziehen kann, entschließe ich mich nach kurzem Zögern zu einer kleinen Parodie auf die Dinge zwischen Himmel und Erde. Ich stoße den Stuhl zurück und lege mich flach hin wie auf einer Wasserfläche und paddle dann langsam los, erhebe mich etwa anderthalb Meter über den Esstisch und schwebe über ihm wie das Luftschiff *Italia* unseligen Angedenkens. Und da ich nun mal schon in diesen Breiten bin, untersuche ich am Plafond mit professionellem Interesse die runden Brandflecken an den Stellen, wo sich ursprünglich wahrscheinlich Glühbirnen befanden, bevor Bobin oder sonst wer den ursprünglichen Lüster gegen einen anderen ausgetauscht und ihn auch ein wenig tiefer gehängt hat, damit die Glühbirnen nicht mehr die Decke versengen können. Und kaum drehe ich mich in der Luft auf den Bauch, sehe ich schon, dass von dem Kleidchen, das ich mir am Ende, wie Bobin es versprochen hatte, in einer Boutique aussuchen durfte, irgendein langes Band von mir runterhängt und dass dieses Band jetzt in Milenas Teller eingetaucht ist und nun auf dem Tischtuch eine nasse Linie zieht. Und wie ich so eine Weile über ihnen kreise, blicken sie zu mir auf, bewegen die Köpfe in meiner Richtung, lassen sie in verkleinerten Kopien meiner Kreise kreisen und applaudieren zuerst nur leicht, dann aber immer begeisterter, und dabei spüre ich, dass ich mich schon genug vor ihnen produziert habe, und suche mir auf dem Teppich eine Stelle zum Landen aus.

„Na, alles paletti?", vergewissert sich Bobin und ich setze mich dort auf dem Teppich auf, nicke und bin sofort wieder auf den Beinen und kehre zu meinem Teller zurück. Und erst jetzt überkommt mich voll die Scham ob meiner peinlichen, urpeinlichen Exhibition. Gleich darauf allerdings bin ich froh darüber, weil Scham ja eine zutiefst menschliche Eigenschaft ist: Was immer ich sein mag, wenigstens menschlicher Gefühle bin ich fähig.

Eines Tages, als ich schon voraussetzte, Kateřina Káníčková wäre von ihrer ägyptischen Hochzeitsreise zurück, fasste ich einen Entschluss und setzte mich an den Tisch in der Absicht, ihr einen langen Brief zu schreiben, in dem ich ihr Jahr für Jahr, Monat für Monat, Woche für Woche, Tag für Tag beschreiben würde, was sie erwartet, sollte sie von dem Weg, den sie beschritten hatte, nicht rechtzeitig abweichen. Und so sitze ich vor einem leeren Blatt Papier, überzeugt, sie zu warnen sei jetzt meine Pflicht. Und dass ich vielleicht deswegen wieder hierher zurückgekommen bin.

Und mein Status? Ich habe Kateřinas Bewusstsein, ihr Gedächtnis, und bin somit Katka, die all das, was sie erst vor sich hat, schon einmal durchgemacht hat. Könnte man vielleicht sagen, dass ich etwas wie Kateřinas postumer Klon bin? Das sicher nicht, das ist ziemlich irreführend. Ich bin einfach Katka, die das alles schon einmal absolviert hat. Möglicherweise weiß Bobin wirklich mehr. Etwas, was ich jetzt dringend wissen müsste, nur macht er vorläufig keine Anstalten, es mir anzuvertrauen.

Ich sitze vor dem leeren Blatt Papier. Dann lege ich den Kugelschreiber weg und gehe lange im Zimmer im Kreis herum und kehre wieder an den Tisch zurück. Allmählich allerdings dämmert mir schon, dass es nicht in meiner Macht steht, diesen Brief zu schreiben. Die Fähigkeit zu schreiben gehört nämlich jetzt überhaupt nicht mehr zu meiner irdischen Ausstattung beziehungsweise hat schon aufgehört dazuzugehören. Und so erfahre ich jetzt laufend etwas über mich. Und meistens sind es Dinge, die für einen Menschen nicht erfreulich sind. Falls ich von mir überhaupt als von einem Menschen reden kann.

Offensichtlich muss ich es anders anstellen. Ich sollte mich mit Katka treffen. In dieser Absicht eine ihrer

Lesungen zu besuchen, hat aber keinen Zweck. Dort bin ich ja immer mit einer ganzen Suite, immer in jemandes Begleitung gewesen, und es ist unvorstellbar, Katka das, was ich sie wissen lassen möchte, noch vor jemandem anders zu erzählen, und auch dass ich dort, allein schon durch die ins Auge springende physische Gleichheit, keine Aufmerksamkeit erregen würde. Das, was ich ihr mitteilen möchte, erfordert eine Situation des Vertrauens und auch so wird es sehr schwierig sein, einem Wesen, wie ich es damals war, zu erklären, dass es Schritt für Schritt auf eine gespenstische Katastrophe zusteuert. Und so schrieb ich auf dieses Blatt Papier nur *Sehr geehrte Frau Kánˇíc ˇková, ich muss mit Ihnen reden.*

In dem Moment jedoch ging die Tür auf und Bobin ertappte mich.

„Du schreibst? Das, Mädchen, solltest du nicht." Und er trat zu mir, und als ich diese einzige zu Papier gebrachte Zeile mit der Hand verdeckte, hob er sie ein wenig hoch und schüttelte den Kopf: „Wenn ich dir bloß schon sagen könnte, was ich dir vorläufig nicht sagen will ... Na tu, was du meinst. Am Nachmittag schau ich mir die Hinterlassenschaft von Ingenieur Kahánek an. Das ist ein großer Kunstsammler gewesen. Angeblich hat er sogar eine Toyen. Aber die kann ich mir noch nicht leisten. Könnte ich doch endlich den Rollladen vor dem Laden hochziehen und mit dem Verkauf anfangen. Scheißarbeit ... Nie geht was auf, wie es soll. Apropos, weißt du, dass der Kleine unter uns in dich verknallt ist? Wie der dich anhimmelt ..."

Und so fügte ich, kaum dass er die Tür hinter sich geschlossen hatte, eine weitere Zeile hinzu: *Bitte, Frau Kánıčková, schreiben Sie dem Jungen, der Ihnen diese Nachricht überbringt, Ihre Telefonnummer auf.*

Meine Telefonnummer hatte ich damals nämlich nicht ins Telefonbuch gestellt. Ich wollte nicht, dass mich, die megaerfolgreiche Schriftstellerin, irgendwelche Schreiberlinge belästigen. Und jetzt wurde mir dafür die Rechnung präsentiert. Ein gutes Zahlengedächtnis hatte ich leider nie, aber gleich nach meiner Rückkehr aus dem Nichts waren mir die Zahlen besonders gram.

Dann dachte ich lange darüber nach, wie ich meine Nachricht unterschreiben sollte. Bis ich eine Idee hatte. Ich unterschrieb mich als Olga Kroftová, die in der sechsten Klasse meine Tschechischlehrerin gewesen war, jemand mir überaus naher, die erste Person, die mein literarisches Talent entdeckte. Ich weiß zwar nicht, ob diese sympathische Dame, die auf dem linken Arm stets ein Armband in Form einer langen, um das Handgelenk geschlungenen Eidechse trug, noch lebt, sie muss ja bereits über achtzig sein, aber dafür weiß ich mit Sicherheit, dass Katka auf diesen Namen reagieren wird.

Ich beschriftete einen länglichen weißen Briefumschlag mit Kateřinas Adresse am Slawischen Platz, steckte die zwei Zeilen hinein und gedachte keinen Augenblick mehr zu zögern. Ich ging ein Stockwerk tiefer und läutete bei Frau Poláková. Die lächelte mich an und rief ihren Sohn. Ein zwölfjähriger, hoch aufgeschossener Junge, dessen Augen aufleuchteten, kaum dass er mich erblickte.

„Hallo Vašek, ich wollte dich um was bitten. Darf ich? Würdest du, sobald du Zeit hast, diesen Brief nach Královo Pole zum Slawischen Platz bringen? Aber du darfst ihn nur dieser Frau persönlich übergeben. Und du darfst dich nicht davon beirren lassen, dass sie nicht nur ebenfalls Katka heißt, sondern mir noch dazu sehr ähnlich sieht. Sie ist was wie meine Doppelgängerin, vielleicht erzähl ich dir einmal mehr darüber. Sie wird dir dann ihre Telefonnummer aufschreiben, ja, und sollte sie dich, was sie bestimmt tun wird, fragen, wer dich mit diesem Brief geschickt hat, dann sag ihr, irgendeine alte Dame, die du nicht näher kennst, die aber hier am linken Arm so ein Armband in Form einer Eidechse hatte." Und ich zwinkerte ihm, der ganz entzückt war vom vertraulichen Geheimnis seiner Mission, zu. Und als ich ihm das Kuvert überreichte, war mir klar, dass ich es in die verlässlichsten Hände legte.

Es war gegen fünf Uhr Nachmittag, als ich hörte, wie unten die Tür zuklappte und mein ergebener Freund die Treppe hinunterzulaufen begann. Jetzt könnte er Katka noch zu Hause erwischen. Wenn ich Glück habe, würde mir in ein, zwei Stunden ihre Telefonnummer zur Verfügung stehen und dann würde man sehen, wie ich mir damit zu helfen weiß. Nur dass ich nicht nur kein Glück hatte, sondern mit meiner Aktion auf direktem Weg das Unglück alarmierte. Und alles hätte sehr, sehr böse enden können, wäre das spöttische Schicksal bloß ein wenig mehr aufs Gas gestiegen …

Sie hatten es unlängst in den Fernsehnachrichten gebracht. Ein sechsjähriger Junge war aus einem Fenster im fünften Stock eines Plattenbaus gefallen und es war ihm überhaupt nichts passiert, nur ein paar Prellungen. Unglaublich, unerklärlich, aber angeblich passiert genau das mitunter. Ähnlich war es mit Vašek, ein Auto fuhr ihn an, er flog durch den Aufprall in die Luft und fiel dann angeblich noch auf die Motorhaube und von dort auf den Boden. Sofern er das überhaupt hätte überleben können, wäre zu erwarten gewesen, dass er ein paar hässliche Brüche abbekam.

Er saß auf dem Krankenhausbett und blätterte in einem bunten Magazin, warf aber, als er mich in der Tür sah, die Zeitschrift weg und stand schnell auf.

„Bitte nicht böse sein, Frau Katka, ich hab den Brief nicht übergeben können und ich hab auch keine Telefonnummer für Sie."

„Und noch dazu hast du mich ordentlich erschreckt", setzte ich mich. Außer einem Pflaster im Gesicht war ihm nichts anzusehen, was von seinem Zusammenstoß mit dem „explosiven Dämon" gezeugt hätte. Ich ging zu ihm und umarmte ihn vorsichtig. Und dann trat ich zurück und schaute, wie er über und über rot wurde. Das rührte mich und rief mir etwas schmerzlich in Erinnerung. Ich streckte die Hand aus: „Hast du den Brief bei dir?"

Er stotterte fast: „Gleich m-morgen nach der Schule könnte ich ihn wieder hinbringen. Mir ist nichts passiert. Ich bin nur für ein paar Untersuchungen hier. Man wird mich noch heute entlassen."

„Gib ihn mir ruhig. Ich erledige das noch heute persönlich."

Er ließ den Kopf hängen.

„Jetzt warte, mach keine Dummheiten, ich hab's doch nicht so gemeint. Es eilt nämlich ziemlich. Würde es nicht so eilen, würdest morgen du ihn hinbringen."

„Wenn es eilt, geh ich direkt vom Krankenhaus hin."

„Aber Vašek, du weißt doch, dass das so nicht geht. Verkomplizieren wir's nicht. Deine Mama wird kommen, um dich abzuholen. Ohne sie lassen die dich nicht nach Hause. So läuft das halt hier und wir können das nicht ändern." Und ich streckte von neuem die Hand aus.

Er nickte unwillig. Er hob das Kissen hoch und gab mir das längliche Kuvert. Ich warf es in die Handtasche und lächelte ihn an.

Gleich hinter dem Krankenhaustor hockte ich mich vor ein Kanalgitter und zerriss den Brief in winzige Schnipsel und schickte ihn auf diese Weise an die einzig richtige Adresse.

Alles konnte vielleicht auch nur ein unglücklicher Zufall gewesen sein: Allerdings weiß ich inzwischen schon sehr gut, dass ich nicht an unglückliche Zufälle glauben darf. So war es nämlich nicht. Ich hatte ihn mit einer Botschaft zu Katka geschickt, und was ihm dann zustieß, war wiederum eine Art Botschaft für mich. Eine eindringliche Warnung. So schwer von Begriff bin ich wieder nicht, um das nicht verstanden zu haben. Bei meinem nächsten Versuch könnte alles weit schlimmer enden.

Mit Ingenieur Kaháneks Hinterlassenschaft hatte es überhaupt nicht so geklappt, wie Bobin es sich vorgestellt hatte. Auch der Antiquitätenladen gehörte ihm immer noch nicht. Hemza und Kučerovský waren zwar sofort nach dem Fall des kommunistischen Regimes nach Kanada getürmt, und sie hatten sehr, sehr gute Gründe für solch eine Flucht gehabt, aber ob sie nicht zurückkommen und Ansprüche stellen würden, ist immer noch nicht sicher. Schließlich war viel ärgeren kommunistischen Gaunern überhaupt nichts passiert und es wird ihnen auch nichts passieren, weil das hier keine Revolution mit Prangern und Laternen ist, an denen die Kommunistenschweine baumeln werden.

Ich stehe im dunklen Hausflur, taste in meiner Hand den Schlüsselbund ab und betrete den Laden durch den Eingang vom Hausflur aus. Der eiserne Rollladen in der Auslage ist an einigen Stellen zerpickt wie ein löchriges Sieb, sodass dort ein paar lange Lichtfäden gespannt sind: Unter einigen krieche ich durch, über einige steige ich hinweg: Rokokovasen, ein kostbarer Jugendstilbücherschrank und überhaupt einiges an Schlossmobiliar, ein Pyramidenklavier mit Uhr und auf einer Barockkommode eine herrliche Kaminuhr mit der vergoldeten Figur einer in der rechten Hand ein Pendel haltenden Vestalin, zwei große Venezianische Spiegel und immer weitere Schätze, aber nicht einmal der kleine Mohr hier mit der ausgestreckten Hand, die er sich, legt man ihm eine Münze hinein und drückt dann hinten auf ein kleines Pedal, in den Mund wirft und sich mit einem Nicken bedankend schluckt, nicht einmal der sagt vorläufig "Herr" zu Bobin. Der kocht vorläufig immer noch mit Wasser. Unangenehm daran ist auch, dass Bobin, wenn er fortwährend nur sieht, wie sein Weizen nicht blüht, lange klägliche Tiraden von sich gibt, mit denen er bereits Milena aus dem Haus getrieben hat und mit denen er jetzt mich traktiert. Und ich sitze dabei nur da und höre ihm gepeinigt und peinlich berührt zu und höhle vor lauter grotesker Pein und Peinlichkeit einen Brotkanten aus und knete mir während seiner Tiraden aus dem Teig winzige Schiffe, sagen wir Schiffchen, die ich zur Zimmerdecke aufsteigen lasse, unter der sie schön rundherum schwimmen, manchmal jedoch, weil ihrer dort bald so viele sind wie Kaulquappen in einem Teich, kollidieren sie auch und gehen, wenn sie sehr großes Pech haben, samt der Besatzung unter ...

Eigentlich spricht er nur laut mit sich selbst, auch wenn er mich dabei unverwandt ansieht. Aber plötzlich passiert es. Das heißt, knapp zuvor fällt ihm noch eines meiner winzigen Brotschiffe, gerammt von einem anderen nichtsnutzigen Schiff, auf den Kopf. Doch nicht einmal das nimmt er richtig wahr, er fährt sich nur mit der Hand in die Haare und schüttelt das Schiff heraus. Die klägliche Tirade aber ist schon abgerissen. Bobin schweigt, doch ich sehe ganz deutlich, dass er noch was auf der Zunge oder wenigstens hinten am Gaumen hat. Nur es auszusprechen gelingt ihm noch eine Zeitlang nicht. Dann erhebt er sich von seinem Stuhl und geht mit ausgestreckten Händen, wie blind, auf mich zu. Ich will schnell ausweichen, stehe jedoch in einer Ecke des Raums und sich zu entziehen ist unmöglich. Er berührt mich. Und hält mich jetzt mit der linken Hand an meiner rechten und mit der rechten an meiner linken Schulter fest.

„Hör zu, Katka, du musst doch wissen, wie das mit dem Antiquitätenladen hier für mich ausgeht."

„Ich verstehe nicht", wehre ich mich, „woher soll ich das wissen?"

„Tu nicht so, versuch dich nicht herauszureden. Dir ist doch klar, wovon ich spreche. Du weißt, was hier in einem Jahr, in zwei, in drei Jahren sein wird. Du bist ja schon einmal hier gewesen. Also erinnere dich, verdammt noch mal erinnere dich, wie es hier in zwei, in drei Jahren aussehen wird, erinnere dich, ob du hier irgendwann in der Zukunft meinen Antiquitätenladen gesehen hast mit hinaufgeschobenem Rollladen und mit meinem Namen über der Auslage: *Bobin Karpeta, Verkauf und Ankauf von Antiquitäten.*"

Er ist von dem Gedanken ganz fasziniert und zugleich bedrückt, falls beides zugleich möglich ist, und würde mir jetzt sehnlichst gern entlocken, ob ihm der Antiquitätenladen tatsächlich in den Schoß fallen wird.

„Wir haben jetzt 1990, wie du schon von mir weißt, und ich wiederum müsste von dir wissen, wie es hier in den Jahren '91, '92, '93 sein wird, kapiert? Bestimmt bist du irgendwann durch die Křenová gegangen, hier vorüber …"

Ich stoße ihn sanft weg und strenge mich an. „Ja stimmt, hier oben in der Křenová ist so eine Kneipe und in ihr ein Kulturklub. Und dort hab ich '91 auch eine Lesung gehabt …"

„Na siehst du, Kätzchen, wir kommen der Sache schon näher. Und jetzt konzentrier dich einfach höllisch."

„Nur dass das nichts bringen wird. Sie haben mich nämlich mit dem Auto hergefahren. Und mit dem Auto wieder weggebracht."

„Nicht doch, nicht doch", fuchtelt Bobin aus Protest mit Händen und Füßen, „das besagt noch gar nichts! Wenn man dich hingefahren hat und du selbst nicht gefahren bist, heißt das, dass du rechts vom Lenkrad gesessen bist. Sodass du, wenn du aus dem Auto geschaut hast, diesen Laden hast sehen müssen. Und in Anbetracht dessen, dass du noch nicht besoffen sein konntest, weil du ja lesen musstest, also wenn du aus dem Auto geschaut hast …"

„Da würdest du dich wundern, wie besoffen ich manchmal zu meinen Lesungen gegangen oder gefahren bin."

Er schluckte und schwieg eine Weile. „Katka, Kleine", nahm er dann den Faden wieder auf, „dann vergessen wir mal, wie sie dich besoffen zu deinen Lesungen gefahren haben, sondern konzentrieren wir uns jetzt drauf, dass es eigentlich unvorstellbar ist, dass du nicht irgendwann in den nächsten Jahren hier die Křenová lang gegangen bist."

„Fein, dann bemüh ich mich halt, aber vorher hätte ich gerne einen Vorschuss. Pflegt's nicht der gute Brauch zu sein, im Voraus einen kleinen Vorschuss zu gewähren?"

Er zog die Augenbrauen hoch.

„Wie wär's, wenn du mir schon jetzt wenigstens ein bisschen was davon erzählen würdest, was du über mich weißt und was ich nicht weiß. Wie ich hierher gelangt bin und warum …"

„Na, du willst ja wirklich nicht viel." Er ging zum Fenster, lehnte sich mit dem Rücken an die Fensterbank und betrachtete mich eine Zeitlang. „Also gut", stimmte er zu und ich sah, wie er im Kopf sortierte, was er mir unter Umständen schon verraten durfte. „Folgendes: Dein Leben verläuft parallel zu Katka Káníčkovás Leben. Ihr seid jetzt beide zugleich da."

„Aber bedeutet das, dass Katka meine Existenz vor dem Tod und ich ihre Existenz nach dem Tod bin? Kann man das irgendwie so formulieren?"

Er zog an seinem Ohrläppchen und tippte sich zweimal mit dem Zeigefinger auf die Nasenspitze, als wollte er mir durch so eine nonverbale Chiffre viel mehr verraten, als er einstweilen mit Worten sagen durfte. „Na ja, so würd ich's nicht formulieren, es ist alles komplizierter. Aber eines ist sicher, ihr seid jetzt beide zugleich hier, könnt euch dabei aber nie treffen. Und würdest du zum Beispiel ein solches Treffen versuchen, wird immer was auftauchen, was es verhindert. Eigentlich ist es gut, dass wir jetzt darüber reden. Es ist nämlich meine Pflicht, dich vor solchen Versuchen zu warnen. Weil mir ja auch nicht entgangen ist, dass du so was in Erwägung ziehst."

Dann schwiegen wir wieder eine Weile. Und dann sagte ich: „Bobin, Mensch, jetzt ist's mir eingefallen: Ich hab ja hier in der Křenová so eine Art Techtelmechtel gehabt. Ich war gerade von der Hochzeitsreise aus Ägypten zurück und wollte noch schnell einen alten Freund von mir treffen und der hat ein Stück von hier weg gewohnt, in der Koželužská. Also das war irgendwann jetzt, im Jänner 1990."

„Irgendwann jetzt", und Bobin schüttelte unzufrieden den Kopf. „Nur interessiert mich das nicht, Mädchen. Mich interessiert die Zukunft, wenn du mich vielleicht ein bisschen verstehst."

„Aber ich hab ja jetzt auch nicht mehr vor, als dir ebenfalls einen Vorschuss anzubieten, damit du weißt, dass ich mich redlich bemühe, mich an alles zu erinnern, was ich vielleicht irgendwann später in der Křenová sehen konnte. Darf ich fortfahren? Also kurz nachdem ich mit Dozent Kvaš von der ägyptischen Hochzeitsreise zurückgekommen war, das heißt irgendwann jetzt, bin ich hier vorbeigegangen und da sah ich es, den heruntergezogenen Rollladen an deinem Laden. Genau wie heute."

„Na das ist echt erregend, Schätzchen. Ich wiederhole von Neuem, Mädchen: Mich interessiert kein Heute."

„Lass mich ausreden, Bobin. Hier überall lag eine Menge Schnee, genau wie jetzt. Und etwa drei oder vier Meter weit weg von dem heruntergezogenen Rollladen, von dieser Auslage, lag ein großes Paket in dem Schnee, dort auf dem Boden ist ein großes Paket gelegen, stell dir vor, hier in dem Schnee etwas mit einer riesigen Plane oder sonst was Zugedecktes, ein mit einer Plane zugedecktes Paket ..."

„O.K., vergiss es, Kätzchen. Es freut mich sehr, dass du dich so bemühst, aber deine Expedition in diese Gefilde wird mich erst ab zirka 1991 faszinieren. Sobald du dich erinnert haben wirst, was du hier in etwa ein, zwei Jahren gesehen hast. Und jetzt, wo du schon weißt, um was es geht, da müsste es doch mit dem Teufel zugehen, wenn du dann nicht mein Firmenschild siehst und die Auslage mit Antiquitäten in Millionenhöhe ..."

Und dann entfernte ich mich schon, um das Abendessen zu kochen. Und falls es euch interessiert, es sind wieder Erdäpfel und diesmal mit Paprikawurst gewesen. Seit uns Milena nicht mehr besucht, lassen wir die Kocherei ziemlich schleifen. Vorerst leben wir einfach nur so in den Tag hinein. Bobin in Erwartung seiner großen Chance, wenn ihm endlich der Antiquitätenladen in den Schoß fallen, wenn er die Gewissheit haben wird, dass Hemza und Kučerovský nicht mehr zurückkehren und ihn ihm vor der Nase wegschnappen werden. Und ich wiederum in Erwartung, alles über mich zu erfahren, was ich wissen muss.

Und vor dem Fenster, nun, vor dem Fenster, ja, richtig, vor dem Fenster fällt unterdessen friedlich der Schnee eines späten Jännernachmittags.

DRITTES KAPITEL

Etwas war passiert, womit Bobin irgendwie nicht gerechnet hatte. Zwei unerwartete „Aggressoren" waren in seinen Antiquitätenladen vorgedrungen. Ich sitze auf dem Schemel, schmiere mit Wichse seine Winterschuhe ein und lausche. Das heißt, damit ihr mir folgen könnt: Ein von einer Tüte halbgriffigen Mehls abgeschnittenes Papiereckchen steckt in meinem linken Ohr und erlaubt mir zu hören, was unten im Laden vorgeht, der von hier vier Stockwerke und ungezählt viele dicke Mauern des hässlichen Vorkriegsmietshauses entfernt ist. Bobin führt dort jetzt ein Gespräch mit zwei Kunden, die ein paar antike Möbelstücke wegschaffen möchten. Und das obwohl vor dem Laden immer noch der eiserne Rollladen heruntergezogen ist und obwohl Bobin von keinem dieser Kunden auch nur einen roten Heller zu Gesicht bekommen würde.

Es sind zwei Emigranten, die nach drei Jahren aus Österreich heimgekehrt und gekommen sind, um sich ihre Antiquitäten zu holen.

„Hemza war ein Hurenbock, der sich auf Grund von Tipps seine Opfer ausgesucht hat, und die hat er dann ins Zuchthaus gebracht oder in die Emigration getrieben, und dann hat er sich aus ihrer Wohnung irgendein bewegliches Bakschisch geholt."

„Das ist ja alles schön und gut, das kann ich Ihnen glauben oder nicht, aber ich bin in diesem Geschäftslokal seit Jahren Verkäufer und weiß nichts in der Art."

„Ach, wie süß es ist, nichts zu wissen. Ich für meinen Teil hab zu viel gewusst und das hat Hemza gewusst. Und obwohl er alles mit Wissen und Willen von oben durchgezogen hat, hat es ihn ziemlich gewurmt, dass ich ihm in die Karten schaue. Und so hat er mir eine Falle gestellt, und weil ich auch wusste, dass er mich, wenn er möchte, liquidiert, nahm ich sein Angebot an und machte mich aus dem Staub. Aber gleich am ersten Tag in Wien war mir klar, dass Hemza in der Zwischenzeit schon in meine Wohnung einmarschiert war und das einzige, was es dort zu stehlen gab, gestohlen hatte, diese klassizistische Kommode. Ihr Wert ist gar nicht so umwerfend, aber für Hemza ist es wahrscheinlich ein Souvenir gewesen an einen Idioten, der gemeint hat, er dürfe ihm in die Karten schauen. Und ich hätte die Kommode ruhig verschmerzt, aber sie ist was wie der Stafettenstab unserer Familie. Was wäre ich wert, wenn ich sie aufgeben würde. Sie hat ja auch ein ‚Muttermal‘. Zu Kriegsende haben meine Eltern in der Kobližná gewohnt. Und als in die Quergasse, die Kozí, Bomben gefallen sind, flog durchs Fenster ein Splitter zu uns und verbiss sich in die Seitenwand dieser Kommode. Von außen sieht man es gar nicht: Vater war bekannt mit einem guten Restaurator, der das retuschieren konnte. Aber wenn Sie jetzt die zweite Schublade öffnen, sehen Sie im Inneren hier an der Seite ein kleines Quadrat. Das ist dieser Holzflicken. Sehen Sie ihn schon? Hier ist er! Morgen oder übermorgen lasse ich die Kommode abholen.“

Und dann hörte ich noch den zweiten Kunden, den Hemza in die Emigration gedrängt hatte, um daraufhin aus seiner Wohnung einen mit Schmetterlingsstickereien geschmückten Paravent und als Draufgabe noch einen Empirearmstuhl wegzutragen. Aber weder das eine noch das andere war noch hier, jemand hatte es schon gekauft. Und zufällig weiß ich wer, das heißt ich würde wetten, Adam Dvojbradý hat es für sein Stundenhotel erworben.

Ich entfernte das Papiereckchen aus meinem Ohr, denn es hatte den Nachteil, dass man die Lautstärke nicht regeln konnte. Einem geschenkten Gaul schaut man nicht ins Maul, mir allerdings dröhnte schon das Ohr.

Ein von einer Verpackung halbgriffigen Mehls abgeschnittenes Papiereckchen. Die CIA oder der KGB hätten mir für dieses kleine Stanitzel jede Summe bezahlt, die ich verlangt hätte. Vielleicht wäre ich sogar in der Versuchung gewesen zu verkaufen, aber ich traue mich nicht mit etwas zu spielen, was mir einfach in den Schoss gefallen ist. Manchmal mache ich nämlich nur ein paar gedankenlose Bewegungen, wie jetzt, als ich, ich weiß nicht warum, von dieser Mehltüte ein Eckchen abschnitt und es mir, ich weiß nicht wozu, ins Ohr steckte und dann verblüfft lauschte, ohne im ersten Moment zu wissen, was ich da belausche und woran ich angeschlossen bin.

Aber weg damit! Wenden wir uns wichtigeren Sachen zu.

Ja, diese Erinnerung, die mich schmerzlich berührte, als ich im Krankenhaus vorsichtig Vašek umarmte, diesen zwölfjährigen Jungen, sie hatte natürlich Zbyněk betroffen. Ich denke ständig an ihn, ich kann gar nicht anders, als ständig an ihn zu denken, und daher ist es ziemlich überraschend, dass ich diesen Einfall erst jetzt bekam.

Zu Katka Káníčková sind mir alle Wege verschlossen, das einzusehen hatte ich mich inzwischen schon durchgerungen, in mein eigenes Leben einzugreifen ist mir unmöglich, doch kann ich trotzdem noch alles stoppen, allem Einhalt gebieten und alle Katastrophen abwenden, indem ich verhindere, dass Zbyněk im Rollstuhl endet, wenn ich dafür sorge, dass er an diesem Tag nicht nach Pilsen fährt und diesem Unfall dadurch aus dem Weg geht. Damit fällt ja ein Glied dieser fatalen Kette heraus und nichts kann sich später mehr so abspielen, wie sich alles zugetragen hat.

Bobin hatte kapiert, dass alles oder fast alles, was er bisher hinter dem eisernen Rollladen versteckt hielt, jenen gehörte, die jetzt aus dem Zuchthaus zurückkehrten, und jenen, die im Begriff sind aus der Emigration heimzukehren. Und der Mann, der gekommen war, um seine Kommode zu holen, würde bestimmt alle informieren und die Nachricht verbreiten, wo die Antiquitäten aus ihren Wohnungen gelandet waren. Und Gerüchten nach sollte auch der Besitz des Adels restituiert werden, sodass auch das an die Reihe kommen würde, was Hemza sich aus dem in großem Stil aus Schlössern weggeschafften Mobiliar zusammengestohlen hatte.

Der Besuch des Besitzers der klassizistischen Kommode hatte in Bobins Gedanken seine Befürchtungen hinsichtlich des Tandems Hemza-Kučerovský auf ein Nebengleis abgeschoben, um damit Platz zu machen für die Angst vor jenen, die Hemza und Kučerovský bestohlen hatten und die jetzt antanzen würden, um sich ihr Eigentum zu holen. Bobin gehörte nämlich zu den Menschen, die außer Stande waren, zwei akute Gefahren zugleich im Kopf zu behalten. Und weil er nichts geheim hielt vor mir, er hatte ja was gegen mich in der Hand und ich wiederum Gründe, ihm aus der Hand zu fressen, beglückte er mich jetzt nicht nur mit seinen traurigen Tiraden, sondern vertraute mir auch seine glücklichen Eingebungen, beziehungsweise was er für glückliche Eingebungen hielt, an. Und weil der Traum vom florierenden Antiquitätengeschäft, das ihm nach der Samtenen Revolution in den Schoss gefallen war, zwar schon geplatzt war, er sich von diesem Traum aber wenigstens ein Stückchen abschneiden wollte, durchstöberte er gründlich den Laden und packte einen Koffer mit kleinen Antiquitäten voll, wertvollem Kleinzeug, und zog den Trolley zum Bahnhof, nicht ohne sich vorher jedoch bei mir erkundigt zu haben, ob ich nicht über irgendeinen Flugtrick verfügen würde, durch den dieser schwere Koffer *par avion* von hier bis zu irgendeinem Prager Antiquitätengeschäft befördert werden könnte. Es war natürlich nur der Versuch eines Witzes gewesen. Doch da ahnte der arme Kerl noch nicht, dass er möglicherweise zum letzten Mal im Leben gescherzt hatte. Mehr als zufrieden kehrte er aus Prag zurück. Nachdem er sich von seinem Traum hatte verabschieden müssen, erfüllte ihn nun das Gefühl, es nicht gar so schlecht getroffen zu haben. Die antiken Schmuckstücke und die wertvollen Nippes, die er dort an den Mann gebracht hatte, hatten ihm ganz schön viel Kohle eingebracht. Und weil er ebenfalls schon verstanden hatte, dass auch die Luxuswohnung an einer guten Adresse sich vorerst irgendwohin in die ferne Zukunft verschieben würde, beschloss er, sich sofort an die Verbesserung der bestehenden zu machen. Er bestellte Handwerker und einen Designer und stürzte sich in die Renovierung. Und genau zu der Zeit fasste ich den Beschluss, mich nach Husovice zu begeben.

Es ist merkwürdig, aber in dieses Brünner Viertel hatte ich mich zum ersten Mal erst nach der Begegnung mit Zbyněk verirrt. Natürlich drohte mir jetzt, unter Umständen dort mit seiner Mutter zusammenzutreffen, die mich so tödlich hasste. Aber zu der Zeit wusste sie ja noch gar nicht von mir. Noch lange würden die Dinge sich nicht in Bewegung setzen und mir bot sich jetzt die Chance, mich ihnen in den Weg zu stellen.

Nicht weit von der Jugendstilkirche in Husovice steht dieses gewisse Haus. Ein zweistöckiges Mietshaus ohne Aufzug, sodass die Wohnung im zweiten Stock später für Zbyněk in seinem Rollstuhl schier unerreichbar war. Während unsere Parterrewohnung, die ich später in Líšeň für uns mietete, fast ideal war. Ich erinnere mich, wie ich ihn immer aus dem Rollstuhl hob und wie ich, ein kleines, mageres Mädchen, ihn festhielt und wie eine große Stoffpuppe über die paar Stufen und dann durch den langen Hausflur schleppte und neben der Tür an die Wand lehnte und die zwei Schlösser unserer Wohnung aufschloss. Nie vergessen werde ich auch, wie schwer er es verkraftete, wenn ich ihn in seiner körperlichen Ohnmacht fast trug. Und wenn er seine Notdurft verrichten musste, musste ich ihn auch dabei begleiten und ihm helfen, sich zu entkleiden. Aber ich tat alles, was möglich war, um es ihm leichter und so wenig erniedrigend wie nur möglich zu machen. Ich war im Stande, alles für ihn zu sein, verspürte ihm gegenüber aber auch etwas, was ich noch nie zuvor und selbstverständlich nie mehr danach für jemanden empfand.

Nun also stand ich vor diesem Haus in Husovice und hatte mir genau überlegt, wie ich vorgehen würde, um seine Invalidität zu verhindern. Natürlich konnte ich ihm nicht alles brühwarm erzählen und von ihm verlangen, erst anderthalb Jahre später zu seiner Freundin nach Pilsen zu fahren und sich nicht als Autostopper zu diesem Unglückslenker, der einen Unfall erleiden würde, ins Auto zu setzen. Ich hatte ja nicht mal die Gewissheit, dass seine Freundin zu der Zeit bereits existierte beziehungsweise er schon von ihr wusste. Er hatte nie mit mir über sie reden wollen, was ich gut verstehen konnte, schließlich hatte er ihretwegen diese schicksalhafte Reise angetreten und sie nachher sehr schnell auf ihn gehustet. Vielleicht war sie eine Studienkollegin von ihm, wohnte in Brünn in Untermiete oder bei irgendwelchen Verwandten und fuhr nur in den Ferien und manchmal an Wochenenden nach Hause, nach Pilsen. Aber das sind nur Vermutungen und jetzt überhaupt nicht wichtig. Und auch dass ich ihn von dieser Reise per Autostopp ja gar nicht abhalten musste, wurde mir jetzt sogar klar. Eigentlich ging's ja nur darum, dass er diese Reise entweder eine Stunde früher oder eine Stunde später antrat und den zu dem Unfall vorbestimmten Fahrer dadurch verpasste. Aber ich musste mich nicht beeilen mit dieser Warnung, ja, es war sogar unmöglich, sich damit zu beeilen, ich hatte eine Menge Zeit. Also war ich heute nur gekommen, um den ersten Kontakt mit ihm zu knüpfen, mehr nicht. Und wenn dann der richtige Zeitpunkt da wäre, würde ich schon irgendwo zur Hand sein. Und für den ersten Kontakt hatte ich mir so eine kleine List ausgedacht: Ökologische Aktivistin sucht verwandte Seele für die Aktion *Rettung des Grüns in Brünn*: „Eigentlich geht es nur um Ihre Stimme und die nicht allzu häufige physische Präsenz bei irgendeinem ökologischen Aktiv, übrigens setzen wir uns doch irgendwo hin und ich erkläre es Ihnen gleich." Und erst viel später würde ich ihm bekennen, wie sich eigentlich alles verhielt, und ihm seine ganze Zukunft präsentieren. Aber auch das würde ich in kleinen Dosen, löffelchenweise, wie wenn man ein Kind mit Brei füttert, tun müssen.

Ich weiß nicht, wie lange ich dort stand und wie viele Leute in der Zwischenzeit an mir vorübergingen. Und da kam plötzlich Wind auf und warf mir wieder Pulverschnee ins Gesicht. Ich stellte mir vor, um diese Zeit, knapp vor Mittag, könnte er von der Uni heimkehren. Möglich war aber auch, das musste ich einräumen, dass er ein Nachmittagsseminar oder Dutzende anderer Gründe hatte, die ihn über Mittag aufhalten würden. Und sollte seine Mutter nicht für ihn kochen und er die Mensa aufsuchen müssen, dann würde er wahrscheinlich gerade jetzt dort irgendwo Mittag essen. Beziehungsweise ich sehe es schon: Ich hab mir die falsche Zeit ausgesucht. Macht natürlich nichts, probier ich es halt ein anderes Mal.

Vielleicht fragt ihr euch jetzt, warum ich mich nicht einfach vergewisserte, ob er zu Hause war oder nicht. Ich hätte nur klingeln müssen. Und ich gestehe, mein Finger lag sogar schon auf dem Klingelknopf, doch stand nicht sein Name, sondern der Name seiner Mutter dort. Und das schreckte mich ab. Eigentlich kann ich mir nichts Schlimmeres vorstellen, als sie jetzt sehen zu müssen. Und sie hätte nicht einmal an die Tür kommen und öffnen müssen, es hätte genügt, wenn sie aus dem Fenster geguckt hätte, und ich wäre erstarrt und die Luft wäre mir weggeblieben.

Und schon wollte ich mich umdrehen und für heute alles abblasen, als er aus der Tür trat.

Und wir standen einander jetzt gegenüber und blickten uns an genau in dem Moment, als es von der Kirche hinter meinem Rücken Mittag schlug. Und während der ganzen Zeit des Geläutes schauten wir einander an, als wäre es ein Klangkäfig, der uns für die insgesamt sechzehn metallenen Schläge hier gemeinsam gefangen hielt.

Und dabei kannte er mich noch gar nicht, sein Interesse konnte von keiner Erinnerung motiviert sein, während ich jetzt in Erinnerungen verzaubert war. Und ganz genau stand mir jetzt auch vor Augen, wie er mir einmal gesagt hatte, er wäre mir bestimmt schon früher begegnet und dass das hundertprozentig ich und diese Begegnung noch vor seinem Unfall gewesen sei. Angeblich hätte sich das an einem Jännertag zugetragen, ich wäre unweit der Eingangstür des Hauses, in dem er wohnte, gestanden und hätte ihn angeschaut und er mich und vom Kirchturm hätte es gerade Mittag geläutet. Ich allerdings wies das damals entschieden zurück, schüttelte den Kopf, ich wüsste nichts davon und sicher wäre nicht ich es gewesen, weil ich ja nie zuvor in Husovice war, in dieses Brünner

Viertel hätte ich nie den Fuß gesetzt. Und die Erinnerung daran, wie er sich erinnerte, wie wir dort standen und einander ansahen, diese Erinnerung überwältigte mich jetzt voll und schlug mir ins Gesicht wie vor einer Weile dieser Schneeschauer, und plötzlich war ich keines Wortes mächtig und vermochte Zbyněk nicht anzusprechen. Aber da hatten die Kirchenglocken schon Mittag geschlagen und Zbyněk schloss für einen Moment die Augen und machte sie wieder auf, lächelte mich an, der Klangkäfig öffnete sich, er schritt hinaus und ging dann schon, ohne sich umzusehen, fort.

Ich blickte auf seinen Rücken und sagte mir, na macht nichts, nächstes Mal spreche ich ihn schon problemlos an.

Als ich jedoch in die Křenová zurückkam, sah ich schon von weitem, dass dort etwas passiert war. Und als die kleine Menschenschar auseinandertrat, erblickte ich drei oder vier Meter weit weg von dem heruntergezogenen Rollladen, von der Auslage des Antiquitätenladens etwas mit einer Plane Zugedecktes, so ein großes Paket, im Schnee liegen, auf dem Boden dort lag ein großes mit einer Plane zugedecktes Paket ...

Und jetzt löste sich aus der Handvoll Menschen einer der Handwerker, die bei uns, das heißt in Bobins Wohnung, die elektrischen Leitungen reparierten, und ging auf mich zu.

„Es ist was Schlimmes passiert, junge Frau. Ihr Mann nämlich ..."

Ich wollte gleich sagen, dass das überhaupt nicht, nicht mal ein bisschen mein Mann war, aber ich sagte nichts.

Er führte mich beiseite und dort erzählte er mir: „Ich wollte grad mit Ihrem Mann besprechen, wo er in der Küche die Steckdosen haben möchte, und so sprach ich ihn drauf an, aber er sah mich nur so an und sagte nichts und wandte mir den Rücken zu und ging zur Wohnungstür, ich war mit Verlaub ein bisschen angefressen und schrei ihm deswegen nach, he, Herr Karpeta, wo wollen Sie diese Steckdosen haben?! Aber er hat gar nicht mehr reagiert. Ich stand in der Tür und schaute ihm schon echt wütend nach, wie beleidigend er mich ignoriert, aber er ging seelenruhig durch den Flur bis zum Fenster und hat es geöffnet und ich hab voll die Glocken von der Jugendstilkirche dort vis-à-vis gehört, sie haben gerade Mittag geschlagen, und Ihr Mann ist in dem Moment auf dieses Fenster da bei Ihnen im vierten Stock gekraxelt und hat überhaupt nicht, nicht mal eine Sekunde gezögert und ist hinuntergesprungen. Vielleicht kann das jemand sogar aus dieser Höhe überleben, aber Ihr Mann hat dieses Glück nicht gehabt. Sofern's ein Glück ist, dann als Krüppel weiterzuleben", schloss er.

Während er mir das alles erzählte, machte ich mir bewusst, dass ich nie mehr erfahren würde, was Bobin über mich wusste und was er mir auf seine Weise, das heißt in kleinen Dosen, schön langsam, hatte anvertrauen wollen. Nie mehr werde ich so erfahren, wer ich eigentlich bin und wozu ich hier bin und was ich alles kann und was ich alles darf. So bin ich durch Bobins Tod dem Nichtwissen anheimgefallen. Und es war mir auch schon wieder klar, dass das, was passiert war, die Strafe dafür ist, dass ich mit Zbyněk hatte sprechen wollen.

Aber noch was wurde mir jetzt bewusst. Als ich damals im Jänner 1990, in meinem vorherigen Leben, durch die Křenová gegangen war und im Schnee dieses Paket, den toten Bobin, von dem ich damals freilich noch nicht wusste, dass es ein gewisser Bobin ist, erblickt hatte, hatte ich doch auch diese Handvoll Schaulustiger gesehen, aber auch eine Frau, die jemand beiseite führte und von der ich nur den Rücken sah und von der mehr zu sehen ich mich nicht bemühte, und warum hätte ich mich auch bemühen sollen, da ich doch nicht die geringste Ahnung hatte, dass dieser Frauenrücken, den jemand beiseite führt, mein Rücken ist, dass ich das bin, das heißt mein heutiges Ich. Aber mein Rücken, den ich damals sah, steht mir ständig lebhaft vor Augen, obwohl ich ihm damals keine Bedeutung beimaß. Ihr seht selbst, mein Gedächtnis führt sich häufig auf wie eine hysterische Jungfrau, ich weiß nie, welchen Streich es mir gerade spielt. Und schließlich noch was. Dass Katka Káníčková mich damals gesehen hat, als dieser Elektriker mich beiseite führte, bedeutet doch, dass sie gerade jetzt hier vorbeigegangen ist und deswegen nicht weit weg sein kann. Doch ich widerstehe der Versuchung ihr nachzulaufen, obwohl ich weiß, ganz präzise weiß, wohin sie unterwegs ist und wo sie jetzt sein wird. Ebenso sicher aber weiß ich bereits, dass ich es ohnehin nicht fertig bringen würde, mit ihr in Kontakt zu treten, und überdies irgendeine weitere schlimme Katastrophe auslösen würde, irgendeine weitere Tragödie, irgendeinen weiteren Wink, irgendeine weitere Warnung, meine Nase ja nicht wo reinzustecken, wo ich es nicht soll.

Und so kapierte ich allmählich bereits, dass ich aber in wirklich nichts aus meinem früheren Leben eingreifen darf. Nur wieso früheres, wenn es gerade jetzt abläuft, wenn es sich gleichzeitig mit meinem gegenwärtigen Leben abspielt, sofern ich meine Gegenwart jetzt und hier überhaupt Leben nennen darf. Eins allerdings muss mir definitiv klar sein: Mein Leben als Schriftstellerin Katka Káníčková ist kein ungefährer Entwurf, keine Skizze, es ist nicht etwa nur eine Arbeitsversion, also ein noch nicht ins Reine geschriebene Leben, das ich jetzt vielleicht umschreiben und korrigieren sollte und dürfte. Nicht einen einzigen Buchstaben darin auszutauschen beziehungsweise es eventuell nur anders aufzuzeichnen, ist mir erlaubt. Wenn ich hier überhaupt zu was gut bin, dann entschieden nicht dazu.

„Also wohin, junge Frau, mit diesen Küchensteckdosen?", schrie mir der Elektriker schon eine Weile nach. Aber umsonst. Mir können sämtliche elektrische Steckdosen schon gestohlen bleiben. Ich nahm vom Tischchen im Vorzimmer die heutige Post, eine Züricher Ansichtskarte: *Kehren vom Ausflug zurück. Hoffen, du bist brav gewesen und hast dich anständig benommen. Grüße von Hemza und Kučerovský.* Na schau, in Kürze wird's hier dicke Luft geben.

Milena tauchte gleich am nächsten Tag auf, sofort nachdem sie von Bobins Tod erfahren hatte. Könnte doch zufällig was zu erben sein, na klar: der Laden mit den Antiquitäten.

„Können Sie überhaupt wo unterkommen?", fragte mich dieses Luder besorgt gleich in der Tür, mir deutlich zu verstehen gebend, ich solle so schnell wie möglich Leine ziehen. Und sie gab mir auch gleich einen Rat: „Vielleicht sollten Sie nach Hause zurückkehren. Dorthin, woher Sie gekommen sind, oder nicht?"

„Ich bin aus der Hölle gekommen, liebe Frau Milena."

„Ach so, das hätte mir einfallen können."

Als ich die Kreuzung überquerte vor dem Viadukt, sah ich, wie von der Koliště in die Křenová ein Audi mit Hemza und Kučerovský abbog. Fragt mich, wie ich das erkannt habe, wenn ich nicht mal einen dieser Hurenböcke kannte. Ich bin oft überrascht, was ich plötzlich weiß und was ich umgekehrt erstaunlicherweise nicht weiß. Zum Beispiel was jetzt Milena erwartet, wenn Hemza und Kučerovský erkennen, was alles aus ihrem Laden verschwunden ist, also das zum Beispiel weiß ich nicht. Aber ich kann es mir denken. Und was Hemza und Kučerovský erwartet? Also das kann mir egal sein.

Und ich weiß auch nicht, wohin ich jetzt gehen werde. Obwohl mir das in diesem Moment gleichfalls egal ist.

Ich steuere aufs Viadukt zu, dessen bizarre Stahlkonstruktion mich immer, lacht ruhig, an eine mit Flicken besetzte Hose erinnert hat. Irgendwer steht dort und bemüht sich, sich eine Zigarette anzuzünden. Ich beobachte eine Weile, wie er es mit vor Kälte klammen Fingern versucht und wie ihm die Streichhölzer abbrechen, bis er die Schachtel geleert hat und er sie zornig wegwirft und wütend aufstampft mit dem Fuß. Ich bin wieder in

Versuchung und diesmal unterliege ich ihr. Ich gehe zu ihm, streiche ein Zündhölzchen an und am Ende seiner Zigarette glimmt ein Flämmchen auf. Er hebt überrascht den Kopf und blickt mich an. Aber ich weiß schon im Voraus, weiß plötzlich unvermutet, wie er heißt. Also das wiederum weiß ich. So wisset es auch: Er heißt Šimon Rejsek und er ist der King.

Geschehe, was geschehen soll. Šimon Rejsek! King!

Ich war an der Reihe, ins Geschäft zu gehen. Tagsüber schlug sich jeder recht und schlecht alleine durch, aber am Beginn jedes Tages stand ein Gemeinschaftsfrühstück. Bei einem Frühstück für dreiunddreißig Leute war natürlich entscheidend, wie viel wir insgesamt zusammenbrachten. Heute hatte ich sechsundsechzig Hörnchen und zwei Kilo Schinkenwurst mitgebracht. Der King maß aus einer großen Blechdose zweiundzwanzig Portionen ausgerauchten Kaffees ab, aber dann kratzte er mit dem Löffelchen bereits am Boden. Es war wieder bewölkt, die akute Bedrohung eines Frühlingsregens verdeckte fast den ganzen Himmel. Und dabei gab es unter uns keinen, der es gewagt hätte, über das glatte steile Dach zu klettern, und außerdem im Stande gewesen wäre, dem von ein paar zerbrochenen Dachziegeln zurückgebliebenen Loch beizukommen. Wir hatten Typen unter uns, die alles Mögliche konnten, eine Tram lenken, Hosen nähen, Golfschläger verkaufen, Lastwagen fahren, Plakate kleben, aus Tarockkarten wahrsagen, sich als Zeitungsverkäufer oder Sanitäter betätigen oder Zäune streichen und Rosen wie auch Cannabis züchten, einen Dachdecker aber halt nicht. Und die Besitzer der Lager unter uns tauchten hier nie auf, das Haus betreute niemand. Wir hatten das Loch provisorisch von innen geflickt, eine ideale Lösung war es aber nicht, auf dem Dachboden stand bereits eine Lache groß wie ein kleiner Teich, und das Wasser sickerte zwar in keines unserer „Schlafzimmer" durch, nur in den Flur, aber auch so stellte es eine Katastrophe dar.

„Katka, und was ist mit dir?", bedrängte mich Šimon.

„Seh ich vielleicht wie ein Dachdecker aus oder was?"

„Du weißt schon, was ich meine."

„Ich weiß einen Scheiß, verdammt noch mal, Kruzitürken!" Wir stritten noch eine Weile, bevor ich mich darauf einließ, es vielleicht zu probieren.

Im am meisten verwahrlosten Brünner Viertel, in Komárov, hatte man noch vor dem Krieg ein großes vierstöckiges Haus erbaut. Offenbar hatten die damaligen Stadtplaner vorgehabt, hier einen ganzen weitläufigen Block, wenn nicht gleich fünf Blöcke, zu errichten, aber es war nur bei diesem Vorreiter geblieben, der sich jetzt hier (inmitten ebenerdiger Häuschen) wie ein Lulatsch auf Stelzen ausnahm. Aber seine Isolation hatte ihm nicht gut getan: Die vergilbte Fassade mit Blüten- und Girlandenreliefen war schon seit langem verwittert und rief nur mehr Friedhofsstimmung hervor. Im Erdgeschoss und vom ersten bis zum dritten Stock befanden sich hinter vergitterten Fenstern und Eisentüren irgendwelche Lager. Den vierten Stock hatten wir, die Squatter, besetzt. Um die versperrten Lager, und somit auch um uns, kümmerte sich keiner mehr.

Ich hatte also ein Mietshaus gegen ein anderes eingetauscht, ungefähr so, wie wenn jemand eine Spielkarte ablegt und aus dem Stapel am Tisch eine Ersatzkarte zieht, doch – beschissenerweise – wieder die gleiche Pikvier! Ich entschied mich für folgende Methode. Na gut, versuche ich halt aufs Dach zu fliegen und dort eine Stelle zu finden, wo ich mehr oder weniger unbeschadet einen Ziegel entnehmen kann, um ihn dann als Muster in einen Laden mit Dachdeckerbedarf zu tragen. Woraufhin wir unser ganzes Kapital zusammenlegen und drei oder vier Dachziegel der entsprechenden Größe besorgen, und mit denen würde ich dann neuerlich aufs Dach fliegen, mich dort, ohne mich zu bewegen, wie es Hummeln, natürlich aber auch Kolibris können, in der Luft halten und die Ziegel dabei sorgfältig einsetzen, um schließlich unter dem Beifall des ganzen Squats auf dem Runway hinter dem Haus zu landen.

Und jetzt ging es darum, einen Zeitpunkt zu wählen, wo ich das Dach noch sehen könnte, mit meinem Flug in den umliegenden ebenerdigen Häuschen aber kein Aufsehen mehr erregen würde. Sie waren zwar nur von gebückten alten Frauen bewohnt (diese Ecke von Komárov war das Paradies langlebiger Witwen) und sich den Hals ausrenken, um nach oben zu sehen, konnten sie auch nicht mehr, aber trotzdem bevorzugten wir die Abenddämmerung.

Ich hegte die berechtigte Befürchtung, dass das, was ich vielleicht unter der Decke eines geschlossenen Raumes vermochte, bloß so eine Art privates Fliegenspielen war, das unter freiem Himmel jedoch auf unüberwindbare Schwierigkeiten stoßen würde. Aber ich stieg problemlos auf. Die Belegschaft des Squats stand auf dem Gehweg und beobachtete meinen Steigflug, der zu meiner Überraschung diesmal allerdings Korkenziehercharakter hatte. Und bereits bei der ersten Spirale erschrak ich. Zu steuern war unmöglich. Schnell hatte ich die Höhe des Daches erreicht, flog im Korkenzieherstil aber immer weiter und höher, als wollte ich mich direkt in den Himmel bohren, der jetzt schon rasch dunkler wurde, aber immer noch mit etwas wie Erdbeersirup bekleckst war.

Šimon schrie mir etwas Unverständliches zu und die anderen standen mit weit aufgerissenen Mündern da, und als ich mich dann schon in einer Höhe befand, aus der die aufleuchtende Stadt immer mehr wie ein großer, bereits ziemlich phosphoreszierender Schimmelkäse wirkte, da erfasste mich eine atmosphärische Front und trug mich wie einen Altweibersommerfaden bis an den Rand von Brünn, zu den Červené vrchy, einer Anhöhe hinter Soběšice.

Mir wurde immer deutlicher bewusst, dass das, was mir hin und wieder unwillkürlich glückte, nichts darstellte, mit dem ich vielleicht auf Dauer rechnen könnte. Das, womit ich scheinbar ausgestattet war, waren in Wirklichkeit bloß die boshaften Launen eines unergründlichen Spaßvogels. Aber nicht einmal so würde ich es zu nennen wagen. Durch Bobins Tod werde ich nie mehr erfahren, was es mit mir auf sich hat.

Auch darüber versuchte ich mit Šimon zu reden. Ohne Ergebnis. Sonst teilte er gerne Weisheiten aus, sodass er mich damit manchmal sogar ziemlich nervte. Gleich am Anfang hatte er es sich nicht verkniffen, mir einen Vortrag über Squatting zu halten. Alles, was er sagte, war mir natürlich bekannt, aber ich amüsierte mich, ein Weilchen zuzusehen, wie todernst er sich nahm. Er war der geborene Rhetor, der sich vor einem aufbaute, einem, damit man nicht abhauen konnte, den Weg versperrte und dann seinen Sermon auf einen losließ.

„Wir alle, liebe Katka, sind bis auf unbedeutende und wahrscheinlich bloß pathologische Ausnahmen, Individualisten. Das Squat hingegen ist eine Kollektivgemeinschaft, die wir aus der Not heraus wählen. Es ist ein bisschen was zwischen Kibbuz und Zuchthaus. So wie ein Kibbuz ist es eine Kommune: Es muss eine bestimmte Ordnung eingehalten werden, von gänzlich anderer Art, als wir sie im gewöhnlichen Leben kennen. Und mit dem Zuchthaus verbindet es, dass es am Anfang kein freiwillig geschlossener Freundschaftsbund ist, sondern dass wir hier oft mit einem seltsamen Gesindel zusammenleben. Und deswegen muss es so wie das Zuchthaus einen King, einen Chef, haben, damit der das alles im Griff hat. Aber zugleich bietet das Squat ein gewisses Lusterlebnis: die Verschmelzung mit etwas dem Einzelnen Übergeordnetem. Squatting ist etwas wie ein Echo der früheren Hippies, mit dem Unterschied, dass die sich völlig freiwillig dazu entschlossen haben, in Euphorie, es war keine Wahl aus einer Notwendigkeit heraus …“

Und hier irgendwo hatte ich aufgehört ihm zuzuhören und mich wieder in meine immer noch sehr lebhaften Erinnerungen vertieft, Erinnerungen daran, was mich, also Katka Káníčková, erst erwartet und worin einzugreifen, also die von Katka auf sich herabbeschworenen Katastrophen zu verhindern, mir versagt war.

Ich bin unmusikalisch, was in einem Squat immer ein Ärgernis darstellt. Zwei Drittel von uns besitzen nämlich

Musikinstrumente, und sie besitzen sie nicht nur, sondern sie können sie wirklich spielen und drei von ihnen (Čkalov, Frišauf und Chlup) singen sogar ganz passabel. Ein Squat ist nicht gerade die Janáček-Akademie, damit dürft ihr nicht rechnen, deswegen sucht uns nicht heim, aber bemerkt zum Beispiel, wie die, die das Leben durch ein Squat gezogen hat, später jedes beliebige Musikinstrument in die Hand nehmen können. In meinem Fall wurde das so gelöst, dass ich eine Trommel erhielt. Mir fehlte zwar der Sinn für Musik, aber nicht das Rhythmusgefühl. Ich weiß nicht, wo die Burschen sie hatten mitgehen lassen: es war ein älteres Exemplar, ein zweimal getretener Trommelsenior, vermutlich aus irgendeinem Big-Beat-Orchester der „goldenen Sechziger". Ich begleitete abwechselnd drei Gitarren, „Kelomat" Doubrava, Frišauf und Mihai Petrescu. Und wenn wir uns in der Masarykova vor die kürzlich eröffnete Boutique mit Luxusunterwäsche setzten, stolperten zwar die Leute über uns, aber die Trommlerin war so was von süß, dass ein ganzer Münzenregen in das Blechnäpfchen klimperte. Die Trommel allerdings war so groß, dass, wenn ich mit ihr loszog, nun wiederum ich stolperte. Andererseits jedoch kam mir ihre Größe einmal wieder gelegen. Ich trat soeben aus der Unterführung vor dem Bahnhof heraus und lief fast in Katka Káníčková hinein, die sich dort gerade, wie es damals meine Angewohnheit war, von den Albanern sogenannte geschrumpfte Homunkuli kaufte (was ein in Rotwein abgekochtes Wurzelaphrodisiakum war). Ich hatte schnell die Trommel in Kopfhöhe hochgehoben und mein Káníčkagesichtchen dahinter versteckt, aber Katka nahm mich gottlob überhaupt nicht wahr. Ich glaube, sie war gerade auf dem Weg in die Pension *Jenewein*. Doch da trommelte bereits ein Frühlingsschauer auf meine hochgestreckte Trommel und Katka begann zu ihrem Fiat zu laufen und wir rannten, um uns im Bahnhofsvestibül unterzustellen.

„Mensche Katka", bemerkte Petrescu, mit dem ich heute spielte, „du gesehen diesen Fraunzimmer? Die war dir ähnlich wie ..." und er verstummte und trat von einem Bein aufs andere.

„Wie ein Ei dem anderen", schlug ich vor und Mihai stimmte mir mit einem glücklichen Kopfnicken zu.

Aber wirklich was von mir als Trommlerin gehabt haben sie immer erst auf unserer Party. Zweimal die Woche wurde bei uns eine lautstarke Squatparty veranstaltet und dort gab meine Trommel immer den Ton an. Alle Instrumente, die dort Platz fanden, von Gitarren über Zieh- und Mundharmonikas bis zu Flöten, Geigen und Hirschlockern, konnten sich dort natürlich ebenfalls austoben, auch wenn mich dabei das Gefühl beseelte, dass sie eigentlich nur meiner Trommel zuarbeiteten.

Auf einer dieser Partys (alle durften, weil es rundherum ja nur die Häuschen mit den halbblinden und tauben Witwen gab, wild und laut sein) kam irgendwer mit der Idee, Šimon solle sich mit mir vermählen. Und es war gleich zu sehen, dass diese Idee wie ein in trockenes Stroh geworfener Zigarettenstummel war: alle waren augenblicklich Feuer und Flamme für diese Hochzeit. Und es war so spontan, dass es nicht danach aussah, wir würden uns da wieder herausmanövrieren können. Und den Anstoß dazu hatte möglicherweise auch die Tatsache gegeben, dass Šimon und ich das, was hier das Hochzeitszimmer genannt wurde, bewohnten. Was in der ursprünglichen bürgerlichen Wohnung als Dienstmädchenzimmerchen diente, für uns aber den Riesenvorteil hatte, dass wir allein darin hausten, während auf die übrigen „Schlafzimmer" fünf bis sechs Bettgänger fielen. Und eine Rolle spielte, damit ich es nicht vergesse, bestimmt auch, dass Šimon gerade der King war, und das Hochzeitszimmer galt im Squat als das Privileg der Kings. Das Ende seiner King-Periode war allerdings schon abzusehen, womit wir das Zimmerchen würden räumen müssen. Eine Hochzeit hingegen hätte es uns für längere Zeit gesichert, weil sowohl Adidaska als auch Sabka und Majdalena nicht verheiratet, sondern im Grunde Eigentum des ganzen Squats waren. In dieser Hippiegemeinschaft, wo sich alle nicht nur das Gras teilten, sondern auch auf gemeinschaftlichen Venushügeln weideten.

„Aber ich hatte schon eine Hochzeit, ich bin schon verheiratet."

„Mit wem um Gottes willen?"

„Mit Dozent Kvaš."

„Kvaš?", er schüttelte energisch den Kopf. „Kenn ich nicht."

„Trotzdem, glaub mir, er existiert. Aber es gibt hier noch ein Hindernis. Ich bin überhaupt nicht ausgestattet fürs Eheleben."

„Jetzt bleib aber am Boden. Du fickst fantastisch, meine Freundin."

„Ich hatte schon längst vor, dir das zu sagen. Aber bisher bot sich keine Gelegenheit dafür. Mir fehlt nämlich jegliche Empfindung für Wärme und Kälte."

„Was in meinen Augen aber kein Defekt ist."

„Ich verspüre keinen Schmerz, kenne weder Schwindel, noch Durchfall, noch Verstopfung, und wenn du mir eine Schnittwunde zufügst, wird kein Blut rinnen."

„Aber das sind doch lauter Vorzüge, liebste Kaťuša."

„Und beim Vögeln spür ich keine Lust. Ich weiß gar nicht, dass ich ihn dort hab, und tu zu deinem Vergnügen nur so, als würde mir das gefallen."

„Ist aber für mich okay, auch darin seh ich keinen Mangel. Mach einfach weiter so, als würd's dir gefallen."

Und so blieb nur noch übrig, den Termin für unsere Hochzeit festzusetzen.

Damit ich die große Trommel nicht vor mir herschleppen musste, was mir den Blick auf die Beine verstellte, dachten sich die Jungs ein Geschirr aus und legten es mir an und ich trug die Trommel jetzt auf dem Rücken. Das hatte seine unbestrittenen Vorteile: dass ich beispielsweise nicht mehr über Pflastersteine stolperte, nicht samt der Trommel in frisch gegrabene Künetten fiel und mich nicht mit ihr unter die Räder von Trolleybussen stürzte. Leider aber auch einen kapitalen Fehler. Als ich nämlich wieder Katka Káníčková begegnete – wir spielten diesmal in Královo Pole, also in Katkas Rayon, und ich hatte geahnt, wir würden ihr dort über den Weg laufen – konnte ich mich nicht mehr schnell abschirmen mit der Trommel. Und so passierte, was ich zu Recht befürchtet hatte. Die Katastrophen, die ich herbeirufen würde, wenn ich mit ihr Kontakt aufnähme, waren mir in den schrecklichsten Träumen erschienen. Und hier nun trafen sich einen Moment lang unsere Augen, obwohl ich mich sofort abwendete. Der Kontakt war bereits erfolgt. Aber zu meiner Verwunderung nahm mich die Frau Autorin gar nicht zur Kenntnis. Das Unglaubliche wurde wahr – sie erkannte mich gar nicht.

Als ich später darüber nachdachte, fand sich eine Erklärung. Als sie Ende November '89 mit der großen schwarzen Tasche, in der sie ihr gesamtes Eigentum hatte, aus Prag gekommen war und sich erst an der Grenze zwischen Obdachlosenexistenz und dem erwarteten gesellschaftlichen Erfolg befand, ja, damals hätte sie mich noch erkannt. Aber jetzt gehörte ich schon einer anderen Gesellschaftsschicht an und die praktisch identische Ähnlichkeit war dadurch komplett verdeckt. Sie, die Dame aus der großen Welt, konnte mich in dieser mit einer Trommel dekorierten Obdachlosengöre nicht erkennen: Es war so, als würde man den Papst als Tankwart im Blaumann zu Gesicht bekommen. Aber Achtung, mich auf so was verlassen zu können, heißt das noch lang nicht. Immerhin könnte sich ja auch aus einem vorbeifahrenden Honda ein Kopf herausstrecken, ein Finger zeigt auf den weißhaarigen Typ, der die Zapfsäule bedient, und vom Kopf tönt es: „Guck mal, Johannes Paul II., Wojtyła!"

Wir hatten die Hochzeit für den 28. April festgelegt. Und alle waren wir uns sehr schnell einig gewesen, dass sie weder in der Kirche noch im Rathaus stattfinden musste.

Das Squat war nämlich polyfunktional, es wurde locker allen diesen Pflichten gerecht. Aber selbst wenn ich mit dem Gedanken an Rathaus oder Kirche gespielt hätte, besaß ich ja keine Papiere und konnte meine Identität nicht nachweisen, also wäre mir ohnehin kein Erfolg beschieden gewesen.

An jenem 28. April hatte sich vom Morgen an niemand aus dem Haus gerührt. Die Hochzeitsgeschenke und das sonstige Pipapo waren mehrere Tage im Voraus gekauft (oder gestohlen) worden und türmten sich jetzt in einem der „Schlafzimmer" zu einer Pyramide. Und auch ich war bereits mit allem ausgestattet, was von mir erwartet wurde. Ein weißes Hochzeitskleid mit einer langen Schleppe, die von meinen Brautjungfern getragen würde, war natürlich nicht dabei. Aber Brautjungfern gab es hier trotzdem: Adidaska und Sabka. Und sie bekamen eine Brautjungfernaufgabe. Der Bräutigam würde an einem Ende des Raumes stehen, Adidaska und Sabka ihm fest die Augen verbinden und unverzüglich zu mir laufen, zur Wand am anderen Ende des Zimmers, sich dort neben mich stellen und dann würde der Bräutigam blind auf uns zugehen und mit verbundenen Augen seine Auserwählte berühren müssen. Und wehe, er würde einen Schnitzer machen!

Ich stand im Hochzeitszimmer vor einem Spiegelscherben und probierte den Schleier an, den Sabka und Madlena den halbblinden Witwen der Häuschen in unserer Nachbarschaft abgebettelt hatten. Obwohl ich ihn sorgfältigst gewaschen hatte, war er immer noch leicht gelblich wie die Pergamenthaut der Greisinnen.

Meine Hochzeit mit Dozent Kvaš war mit allem Pomp und in aller Herrlichkeit in der Sankt-Peter-und-Pauls-Kathedrale zelebriert worden und hatte dann noch zusätzlichen Pep bekommen im Rittersaal des Rathauses, aber dennoch kommt es mir heute vor, als wäre es gar nicht meine Hochzeit gewesen, als wäre ich nämlich physisch dabei nicht anwesend gewesen oder hätte ihr nur von irgendwo von außen zugeschaut. Während unser Hochzeitsspiel hier etwas fast schamlos Wirkliches an sich hatte. Erkennen wir im Leben sofort diese Grenze zwischen Wirklichkeit und Unwirklichkeit oder brauchen wir immer einen gehörigen Abstand dazu? Und woher nehmen wir die Gewissheit, sie überhaupt zu erkennen? Als ich Schriftstellerin gewesen war, hatte ich mir stolz eingeredet, eine Spezialistin für eben jene Grenze zwischen Wirklichkeit und Unwirklichkeit zu sein. Eitler Hochmut! Wofür ich jetzt wohl die Spezialistin bin, sagt es mir!

Der Raum, eines unserer „Schlafzimmer", in dem sich die Trauungszeremonie abspielte, war früher wahrscheinlich der Salon dieser großen bürgerlichen Wohnung gewesen. Die Jungs hatten kurz daran gedacht, vor der Hochzeit eventuell den Parkettboden abzuziehen. Dann befanden sie aber, dass das ein ebenso anstrengendes und aufwändiges Unterfangen wie der Bau des Assuan-Staudamms und lieber den Nachkommen zu überlassen sei. Es rührte mich, wie sie jetzt alle dort saßen, in das Beste gekleidet, das sie auftreiben konnten: diese unerwartete Gier nach pathetischer Feierlichkeit, der würdevolle Glanz in den Augen und das ungeduldige Schubsen und Hüsteln. Eine zauberhaft verspielte Bande eben.

Da ich aber doch ein wenig abergläubisch bin und befürchtete, der King könne sich irren und blindlings nach Sabka oder Adidaska greifen und diese symbolische Verwechslung dann für immer unser Schicksal brandmarken, ergriff ich eine Vorsichtsmaßnahme. Als sich der „Blinde" näherte und schon in Reichweite und auch zu hören war und die Hand ausstreckte und sie tatsächlich irgendwohin weit weg von mir, in Richtung Sabka oder Adidaska, hielt, sandte ich leise mein „Audiologo" zu ihm aus, jenes gewisse gedämpfte Röcheln, das ich sonst nur von mir gab, wenn ich ihm einen Orgasmus vorspielte. Und irgendwie verwirrte das den Armen total. Ich sah, wie sein Mundwinkel erschreckt zuckte: dieses Geräusch hatte er hier denn doch nicht erwartet. Aber dann begriff er und berührte, ihm folgend, mein Gesicht. Alle – in einem Halbkreis in zwei Reihen sitzend – verfolgten gespannt dieses mythische Ritual, und als der King jetzt mein Gesichtchen berührte, explodierten sie vor Begeisterung, sprangen auf und klatschten, schrien, pfiffen nicht nur, sondern trampelten auch wild und einige packten ihre Stühle an den Lehnen, um sie erbarmungslos auf den Boden zu dreschen.

Ich schob mit dem Rücken der linken Hand den Brautschleier beiseite und warf ihn dann mit einer schnellen Bewegung nach hinten, über die Haare, und schaute in den Spiegelscherben. Ursprünglich in der Absicht, eventuell noch Lippenstift, Augenbrauenstift oder sonst was zu benützen, aber dann studierte ich mein Antlitz auf etwas andere Art. Bin das wirklich ich? Wo besitze ich auch nur irgendeine Gewissheit bezüglich meiner Identität? Was, wenn all das nur ein Gefühl, nur eine Kombination von Gefühlen ist, die mir den Gedanken aufzwingen, diese Katka Káníčková, mit ihr identisch zu sein? Aber vielleicht möchte nur jemand, dass ich mich so fühle, dass ich mich dieser Identität wegen herumschlage und quäle. Sollte es aber so sein, weiß ich trotzdem wieder nicht, warum das überhaupt jemand will. Immer die gleichen Fragen. Wer wohl hat mich hierher geschickt und was für Absichten hegt er mit mir und bin ich wirklich das, wofür ich mich halte? Immer die gleiche Wand, an die ich von allen Seiten in einem fort stoße. Doch wenn niemandes Absicht dahinter steht und das, was geschehen ist, überhaupt keine Erklärung, überhaupt keinen Sinn hat?

Jemand klopft, ja trommelt schon an die Tür. Ich trödle hier schon zu lange herum. Ich kann ihre Ungeduld verstehen. Bei allen Feierlichkeiten sind immer die verdammten Leerzeiten das Schlimmste. Das nächste Vergnügungsprogramm, das „Konzert der Titularschwachsinnigen", wie sie selbst es genannt haben, kann nämlich erst beginnen, wenn die Trauungszeremonie beendet ist. Sie hatten sich beherrscht, um alles, was zu der Zeremonie gehört, würdig und in gebührender Form zu absolvieren, aber jetzt bin ich an der Reihe, mich ebenfalls diszipliniert zu verhalten und zur Kenntnis zu nehmen, dass jetzt alle meinetwegen dort warten. Ich lasse den Schleier herunter und mache mich auf den Weg.

Ich stelle euch Kryštof Hynšt vor, der in Bystrc einige Zeit Küster war und hier nicht anders als „unser trauriger Schwarzarsch" genannt wird. Nun, heute hat er die Chance bekommen, wenigstens für kurze Zeit eine würdigere Rolle zu übernehmen. In den schwarzen Klamotten läuft er immer herum, heute aber hat er ein schwarzes Halstuch hinzugefügt, mit einem an einem Kettchen darüber hängenden kleinen Kreuz, das aus dem farbigen Blech irgendeiner Obstkonserve ausgeschnitten war. Seine aus der Stirn gekämmten schwarzen Haare hatte er dem Anlass entsprechend noch mit schmutzigem Maschinenöl nachgeschwärzt. Ob an Kryštof wohl auch die quälende Frage nagt, wer er in Wirklichkeit ist und auf wessen Ratschluss hin sich Rollen an ihn kleben wie Plakate an einen Bretterzaun? Ich würde wetten, es ist nicht so. Oder irre ich mich?

Er hätte uns gerne dazu genötigt uns niederzuknien, aber als er uns, die Hände auf unsere Schultern gelegt, auf die Knie zu drücken versuchte, trat Šimon ihn mit dem Knie zwischen die Beine und Kryštof krümmte sich und wieherte laut auf und alle lachten wie Gnus. Und so hören wir uns im Stehen sein lateinisches Kauderwelsch an, das mit der Ermahnung schließt, was Gott verbunden habe, solle der Mensch nicht trennen, stecken einander die Ringe an (meinen, der mich mit Dozent Kvaš verbunden hat, hatte ich verkauft und dafür diese zwei billigeren angeschafft), küssen uns und alle um uns herum werfen jetzt aus vollen Händen Reis auf uns, lassen Flaschen mit billigem Schampus knallen, wir stoßen mit allen an und dann, ohne von irgendwem dazu angehalten worden zu sein und noch dazu mit den Gläschen in der Hand, sinken wieder alle kollektiv auf die Knie und rufen „Es lebe der King! Es lebe die Königin!" Worauf sie sich wieder wie ein Mann erheben und die Gläschen wegwerfen, sie an der Wand hinter unseren Rücken zerschlagen. Wir nehmen uns an den Händen, verbeugen uns und treten vorsichtig zwischen den Scherben auf.

Spätabends legte ich die Schlägel ab, stieß die Trommel weg und lief alleine vors Haus. Ich hatte das Bedürfnis, einen Augenblick ordentlich Luft zu schnappen, und zwar nicht nur, weil das „Konzert der Titularschwachsinnigen" bereits in Schwaden von Zigarettenrauch unterging, sondern weil ich mich auch vom Gefühl einer Rutschbahn, auf der ich wieder, ich weiß es, irgendwohin raste, befreien musste. Ich trat ein Stück zurück von dem muffigen Mietshaus, in dessen Wanst sich, hinter Eisengittern und Eisentüren, in drei Stockwerken wer weiß was, vielleicht Container und Tanks mit irgendwelchen Chemikalien, versteckte, aber in unserem, dem obersten Geschoss leuchteten die Fenster meines neuen Heims. Wäre mir je eingefallen, dass ich einmal so enden würde? Oder anders gesagt: Ist dieses Leben hier die Strafe für mein vorangegangenes? Oder ganz anders: Ist mein dortiges Leben die Strafe für jenes, das ich jetzt lebe, gewesen? Oder noch vollkommen anders: Besteht meine Hölle genau darin, dass ich das nie erfahren werde?

Ich spazierte zwischen den Häuschen der halbblinden Greisinnen herum und ging noch weiter, in ein Wohngebiet mit ansehnlichen Einfamilienhäusern und kleinen Gärten, bis ich zum Fluss gelangte.

Die Svratka oder auch Schwarza, der Fluss der Dämmerung, der Fluss des Abendlichts und der Nacht, wälzte hier jetzt vor meinen Augen ihr dunkles Wasser, nur war mir wohl bewusst, dass es das gänzlich gleiche Wasser war, das sie vor meinen Augen ja schon einmal fortgetragen hatte. Und würde ich hier jetzt aus den Schuhen schlüpfen, die Strumpfhose ausziehen, vorsichtig das Ufer hinabsteigen und meinen Brautrock anheben, würde etwas geschehen, was noch nie jemandem gelungen ist: Ich würde – panta rhei hin oder her – in denselben Fluss steigen!! Aber in Demut gegenüber meinem Schicksal und auch vor der abendlichen Kälte, wandte ich dem Fluss den Rücken zu und kehrte langsam zu unserem Squat zurück, kehrte nach Hause zurück.

Zugegebenermaßen aber hat meine ganze Demut mir einen Dreck was genützt. Schon zwei Tage nach der Hochzeit passierte es. Ich spielte diesmal ausnahmsweise mit Čib und wir hatten uns unter der Arkade an der Ecke Šilingerplatz und Dominikanergasse niedergelassen. Čib ist von allen, die an Brünner Straßenecken spielen, der beste Gitarrist. Und daher stellt er auch die höchsten Ansprüche an mich. Ich muss mich maximal konzentrieren, damit jeder meiner Trommelschläge so exakt wie nur möglich ist: kräftig oder umgekehrt wieder zart und stets im richtigen Moment: um der Trommel einmal den Hufschlag von Wildpferden und dann wieder das leise Geräusch eines in Baumkronen fallenden Regenschauers zu entlocken. Nicht wie mit Frišauf, mit dem ich Frank Sinatra und seine Tochter spielte und ein (von mir allerdings falsch gesungenes) englisches Duett zum Besten gab. Mit Čib musste ich mich einzig und allein voll auf meine Trommel konzentrieren. Und so nahm ich auf

Grund dieser verbissenen Konzentration um mich herum nichts wahr. Und erst als es geschah, kam in mir auch sofort die Erinnerung hoch.

Aber da passierte es zugleich schon und zugleich erinnerte ich mich daran:

Ich ging damals mit Zdeněk über den Šilingerplatz, als er in der Arkade eine Trommel und eine Gitarre hörte und gleich darauf erblickte: „Guck mal, Katka, das Mädchen dort, die ist dir ja echt wie aus dem Gesicht geschnitten." Wir gingen näher und ich erblickte die kleine schwarzhaarige Trommlerin und musste zugeben, dass sie mir mehr als sehr ähnlich war.

Ich schaute von der Trommel auf und erblickte Katka mit Zdeněk. Von Neuem trafen sich unsere Augen. Aber diesmal war es anders, diesmal erkannte ich, dass Katka mich bemerkt, sich dieser identischen Nähe bewusst wird. Natürlich nur dank Zdeněk, der ihr den Anstoß zu dieser Erkenntnis gegeben hatte. Die Versuchung, etwas zu sagen, einander anzusprechen, war auf beiden Seiten erschreckend.

Schon machte ich den Mund auf und wollte die Trommlerin ansprechen –

Schon machte ich den Mund auf, hielt die Schlägel in der Luft an und wollte die mich anstarrende Katka ansprechen –

Aber Zdeněk packte meine Hand: „Stör sie nicht, sie spielen so schön. Sieht aus, als ob das deine Doppelgängerin wäre. Wusstest du, dass jeder von uns in jeder Gesellschaftsschicht einen Doppelgänger hat?"

Aber Čib zischte mir zu, ich solle mich zusammenreißen und nicht aus dem Rhythmus fallen. Ich schloss den Mund und schlug schnell auf die Trommel ein und wie in einen Schnellzug sprang ich wieder in den Rhythmus.

Dieses Zusammentreffen hatte mich jedoch gewaltig erschreckt. Das war ja schon auf Messers Schneide gewesen. Hätte Čib mich nicht zurechtgewiesen, dann hätte ich Katka angesprochen. Und hätte Zdeněk Katka nicht aufgehalten, dann hätte sie mich angeredet.

Früher ahnte ich es nur, aber jetzt wusste ich schon mit Sicherheit, dass etwas Gespenstisches folgen würde. Der Kontakt zwischen uns beiden durfte nie zustande kommen, die beiden Welten sich nie berühren. Aber dabei wusste ich auch, dass weitere solcher Begegnungen mehr als wahrscheinlich waren. Und würde Katka das nächste Mal irgendwo auf mich treffen, würde vielleicht kein Zdeněk mehr zur Stelle sein, der sie aufhalten würde. Das, was uns gegenseitig anzieht, ist etwas Fatales, so wie wenn die Schwerkraft der Erde einen riesigen Meteor anzieht. Und ich würde dann die Schlägel weglegen und Čib aufgebracht zischen, aber es würde bereits für alles zu spät sein, wir würden einander bereits gegenüber stehen, die zu Katka verkatkate Katka, und alle Schrecknisse, die die Welt kennt und auch nicht kennt, und aus den Reihen der Musiker nur mehr die Posaunenbläser der Apokalypse … Nein, wir dürfen uns **nie** mehr begegnen!

„Du bist ja verrückt geworden! Was ist in dich gefahren?!", schäumte Šimon, als ich ankündigte, nie mehr trommeln zu wollen und dass mich niemand mehr je wie-

172

der an irgendeiner Ecke, in irgendeiner Arkade, Passage oder auf der Treppe irgendeiner Kirche zu Gesicht bekommen würde.

„Du musst doch einen Grund haben, so eine Entscheidung fällt ja nicht vom Himmel", äußerte er mit aller seiner King'schen Autorität.

„Aber ja, ich hab einen Grund. Schließlich hab ich geheiratet, damit du mich erhältst, verdammt noch mal, oder? Ich muss mir mein tägliches Brot nicht mehr ertrommeln."

Dass ich aufgehört hatte zu trommeln, war natürlich keine Tragödie. Im Gegenteil, ich bereitete damit Adidaska eine Freude, die sich auf die Trommel stürzte wie eine Henne aufs Korn. Und das passierte ausgerechnet am gleichen Tag, an dem irgendwer nur so en passant die impertinente Bemerkung fallen ließ, Šimon sei irgendwie schon sehr lange King. Die grandiose Hochzeit war der Höhepunkt meiner glücklichen Tage hier gewesen. Und dann ging es bereits schnell bergab.

Etwas begann mit mir vorzugehen. Und um mich davon zu überzeugen, dass ich mich nicht irrte, löste ich ein Stück Putz von der Wand und stellte mich mit dem Rücken zu einem Türstock und machte einen Strich über meinem Kopf. Am nächsten und am übernächsten Tag abermals und es war klar. Ich wurde kleiner. Šimon betrachtete mich neugierig. Dann trat er zu mir und schaute die drei untereinander liegenden Striche an und legte den Finger darauf: „Also der erste da, das war mit Absätzen? Und der hier mit niedrigeren Absätzen? Und jetzt schon barfuss?"

„Nein, Šimi, immer barfuss."

Aber meine Verkleinerung, mein Schrumpfen legte schnell an Tempo zu. Ich kochte für alle Kartoffelgulasch. Ich hatte mich vor dem Kochen gemessen und kam auf die Idee, mich auch nach dem Kochen zu messen. Schaut man unverwandt einen großen Stundenzeiger an, wird es einem beim besten Willen nicht gelingen, seine Bewegung zu sehen, aber es genügt, dass diese Bewegung sich nur ein bisschen beschleunigt, eine Minute zum Beispiel nur fünfzig Sekunden dauert, und siehe da, schon merkt man, wie dieser Zeiger unaufhaltsam vorwärtsschleicht. Mein Schrumpfen allerdings vollzog sich nicht mehr im Schneckentempo, sondern in geradezu rasender Geschwindigkeit.

Nach jener Begegnung mit Katka hatte ich mich schon wirklich zu fürchten begonnen. Brünn ist eine Kleinstadt und Katka wusste nun schon von mir, und würde sie mich irgendwo erblicken, würde sie – stellte ich mir vor – auf dem gegenüberliegenden Gehweg loslaufen, um dann ein Stück vor mir auf meine Seite herüberzuwechseln, und hier würde sie sich dann umdrehen und mir in aller Ruhe entgegengehen. Und mir dann auch schon den Weg versperren, sich dicht vor mich hinstellen und mir in die Augen schauen! Wenn man sich etwas sehr, sehr wünscht, riskiert man, dass einem dieser Wunsch am Ende in Erfüllung geht. Aus Angst, eine weitere Begegnung mit Katka würde bereits den Damm wahnwitziger Katastrophen bersten lassen, wünschte ich mir jetzt ganz heftig, aus dieser gefährlichen Situation für einige Zeit zu verschwinden. Und schau an, schon ist es da: Ich verschwinde!

Alle liefen herbei, um mich zu bestaunen. Ich war zur Größe eines Männchen machenden Hasen geschrumpft.

„Aber dagegen muss man was tun", klügelte „Kelomat" Doubrava. Doch bevor er noch etwas ausklügeln konnte, war nichts mehr da, worüber man hätte reden können. Um zwei Uhr nachts wachte ich klein wie ein Mäuschen auf. Und erwartete, in den nächsten Augenblicken völlig zu verschwinden. Aber auf dem delikaten Raum auf dem Kissen, wo ich jetzt Männchen machte, vernahm ich in unmittelbarer Nähe eine Bewegung. Und dann reichte mir jemand die Hand.

„Keine Angst, es ist nicht weit. Nein, du musst dich nicht anziehen. Es ist dort schon alles für dich vorbereitet."

Und zu meiner Überraschung umfasste ich dieses Händchen furchtlos und auf einem leicht mit Mondlicht bezuckerten Weg ließen wir uns auf die Matte vor dem Bett hinab. Und dann noch tiefer. Und so verließ ich die Welt, die mir so viel Enttäuschung beschert hatte.

FÜNFTES KAPITEL

Es war schon Herbst, das heißt Anfang Herbst des Jahres neunzehnhunderteinundneunzig, als gleich in den ersten Oktobertagen Katkas rechter Fünferzahn zu rasen begann. Sie erinnerte sich sofort daran, dass sie auch noch als Schriftstellerin KK mit eben diesem Zahn so einiges mitgemacht hatte, und wollte daher nichts auf die lange Bank schieben.

Aber der Zahnarzt war ein sympathischer Bursche und hatte einen ebenso angenehmen Assistenten. Der Zahnarztstuhl verwandelte sich in eine Liege, vier geschickte Hände schwirrten über Katka herum und sie schaute auf die Decke, die mit Zuschauern in horizontalen Lagen rechnete und zu deren Beruhigung mit einem Bildschirm versehen war mit Grotesken um den Seemann Popeye, Mickymaus und auch Kater Garfield.

Sie setzte sich auf und spülte sich den Mund aus.

Die zwei betrachteten die Röntgenaufnahme: „Den Zahn werden wir retten, keine Angst."

„Ich wär auch ganz schön sauer auf euch, wenn es nicht so wäre."

„Darf ich raten?", fragte der eine. „Sie haben manchmal Zahnfleischbluten, nicht wahr? Dagegen existiert eine wirksame Lösung. Corsodyl."

Und so machte sie noch einen Sprung in die Apotheke. Mit dem gepiercten Apotheker hatte sie einmal geschlafen und jetzt irritierte es sie, dass er sie nicht nur duzte, sondern auch tat, als hätte sie mit ihm vielleicht Einhörner gehütet. Als sie zum letzten Mal hier war, hatte er noch nicht die Porträts von Avicenna, Paracelsus und Äskulap hängen gehabt, ausgeführt in einer Technik, die wahrscheinlich Andy Warhol verwendet hätte. Dann blieb sie vor dem mit einer Äskulapnatter umrandeten Spiegel stehen und es schoss ihr durch den Kopf, ob sie nicht noch zum Friseur sollte. Aber draußen hatte es inzwischen garstig zu regnen begonnen: also kein zum Flanieren geschaffener Tag.

Als sie die Tür zur Straße öffnete, eilte der Apotheker mit einem Regenschirm herbei. Aber auch mit dem stereotypen Angebot „Wohin so schnell, Katka? In zehn Minuten hab ich Mittagspause", auf das ihm eine ebenso stereotype Antwort zuteil wurde. Seinen Regenschirm hingegen lehnte sie nicht ab.

Sie hätte sich auch ein Taxi nehmen können, von denen hier ganze Horden herumjagten, gelb lackiert wie die berühmten New Yorker Taxis, aber sie wohnte gleich um die Ecke. Im zwar luxuriösesten Viertel, das den Namen vom Pariser Distrikt La Défense übernommen hatte, doch sie bewohnte dort nur eine Garçonnière, die freilich um ein geräumiges Badezimmer, im Grunde größer als die ganze Garçonnière, erweitert worden war. Ohne Badezimmer allerdings hätte sie die Wohnung nicht genommen.

Sie lief um die Ecke, schüttelte den Schirm aus, fuhr mit dem Lift hinauf, nur als sie den Schlüssel ins Schloss steckte, hörte sie, dass etwas Unangenehmes sie in der Garçonnière erwartete. Kaum hatte sie die Tür geöffnet, flog ihr eine riesige Fleischfliege, groß wie das Kalb ihrer

Nachbarn, entgegen. Sie wollte ihr den Weg freigeben in den Hausflur, aber die Fleischfliege taxierte sie mit dem bösen Blick ihrer Mosaikaugen, in denen sich Katka vierundachtzigmal spiegelte, und flog wieder zurück in die Garçonnière, wo sie in Katkas Abwesenheit bereits Bilder, Fotos und Regale von den Wänden gefegt hatte.

Alle sind hier zwar mit speziellen Utensilien für den Kampf mit diesen Ungeheuern ausgerüstet, irgendwie ekelte es Katka jedoch vor der Vorstellung, dass, würde sie diese Fliege jetzt in zwei Hälften zerhacken, diese ihr dann vor die Füße klatschen und wer weiß was aus ihnen herausströmen würde. Natürlich besaß sie auch noch chemische Waffen. Die allerdings hätten ihr dermaßen die ganze Garçonnière verpestet, dass sie dann mindestens eine Woche lang irgendwo in einer Herberge hätte wohnen müssen. Sie öffnete das Fenster, sich dessen voll bewusst, dass die Fleischfliege sich hier kaum durchzwängen, vor allem aber nicht bereit sein würde, auf diesem Wege zu verschwinden. Dann aber blickte sie ihr nach in die verregnete Straße, fast ein wenig enttäuscht, dass diese Auseinandersetzung ein so schnelles Ende genommen hatte. Als sie dann noch aufgeräumt (Bilder, Fotos und Regale aufs Neue an die Wände gehängt) hatte, kochte sie sich einen Ceylontee und ließ die Badewanne volllaufen, wo sie alles in Ruhe durchdenken wollte. Eines jedoch stand fest: Die Fleischfliege hatte irgendjemand absichtlich in Katkas Wohnung gesetzt.

Sie wurde zu einem der königlichen Ratgeber geführt. Er klappte das Notebook zu und ging ihr entgegen. Er mochte um die fünfunddreißig sein und erfreute sich hohen Ansehens ob seiner ungemein sympathischen Art. Auch wenn euch dieser Ausdruck nicht sehr gefallen mag, so wisset, dass wir uns jetzt in einem Land (na eher Ländchen) befinden, wo *Sich-hohen-Ansehens-erfreuen* eines der Wappenworte ist. Und daraus zieht jetzt die Schlüsse, nach denen euch selbst der Sinn steht. Die Zusammenkunft war jedoch mit einem Frühstück verbunden. Und da brachte ein Lakai auch schon ein Tablett mit Omelette, Juice und brasilianischem Kaffee.

„Es ist nicht so, dass ich nicht schon des längeren den Wunsch gehegt hätte, mir Zeit für Sie zu nehmen. Ich weiß von Ihnen, wollte jedoch zuerst, dass Sie sich hier ein wenig einleben und sich in groben Zügen allein mit allem bekannt machen."

„Also das ist Ihnen wirklich gelungen. Ich hab mich schon bekannt gemacht. Und zwar mehr als grob. Und falls ich weiterhin hier bleiben soll, muss ich um Schutz ersuchen."

„Ja hat denn wer einen Schlüssel zu Ihrer Wohnung?"

„Meiner Meinung nach ist euer kleines Königreich ziemlich xenophob. Für manche bin ich hier bloß ein Eindringling und meiner Sicht nach sollte das, was man mir da reingesetzt hat, vorläufig nur eine Warnung sein. Beim nächsten Mal kann ich was weitaus Schlimmeres erwarten: eine Wespe, eine Hornisse, eine Tarantel."

„Ein nächstes Mal wird es dort nicht geben. Die Garçonnière ist lediglich so ein Provisorium gewesen. Wir haben für Sie bereits eine schöne Wohnung hier in der Nähe. Gleich morgen" – er stockte – „na ja, übermorgen können Sie sie beziehen. Und sie wird nicht mit einem Schlüssel zu öffnen sein, sondern mit einem Eingabecode, den allein Sie und ich kennen werden."

Als sie mit dem Essen fertig waren, ließ er mit einem Knacken sein goldenes Zigarettenetui aufschnappen und präsentierte ihr mit goldenen Königskrönchen bedruckte Zigaretten: das heißt immer eine mit einem goldenen und die Zigarette neben ihr dann mit einem silbernen Krönchen. Nun, ihre Marlboros wären ihr lieber gewesen. Und vor allem, es gab keinen Wein dazu, ohne den ihr Zigaretten nie geschmeckt hatten. Und als dann auch noch sein Feuerzeug knackte, überraschte sie ihn mit dem Wunsch, ein Gläschen Weißwein dazu zu konsumieren.

„Aber natürlich, das bringen wir sofort in Ordnung. Als Entschuldigung möge uns gereichen, dass man bei uns gewöhnlich keinen Wein zum Frühstück – "

„Andere Länder, andere Sitten", konterte sie.

Der Ratgeber schnipste mit den Fingern. (Aber nur wir sehen jetzt, dass er gleichzeitig mit diesem Schnipsen unter dem Tisch auf ein Fußpedal drückte. Ach, was wir alles sehen, was Katka gerne gesehen hätte und wovon sie keine Ahnung hat, und wir wissen weit mehr, als dieser Bobin je wusste, nur dass wir Arglistigen es ganz für uns behalten, weil wir gierig nach unseren Geheimnissen sind, so wie eine Morgenwiese gierig ist nach dem Morgentau. Na vielleicht lassen wir uns mit der Zeit doch was entlocken, wenn uns die Geheimniskrämereien dieser Geschichte schon zu sehr belasten werden.) Und gleich erschien jetzt der Kellermeister mit einem reichhaltigen Angebot für Katka.

Mit einem Gläschen in der Hand traf sie erst jetzt ihre Wahl bei den Zigaretten mit den goldenen und silbernen Krönchen und entschied sich am Ende für eine silberne. Und dann wandelte sie bereits durch die kaiserlichen und königlichen Gemächer, wo überall miniaturgroße Kopien berühmter manieristischer Gemälde von Arcimboldo, Spranger, Heintz und von Aachen hingen. Miniaturgroß im Verhältnis zu Katkas derzeitiger Größe (sie war ja jetzt auch nur eine putzige Miniatur ihrer selbst) waren sie natürlich nicht, sondern gemessen an der Größe der Originale. Und dann entdeckte sie auch schon eine miniaturgroße Kopie von Dürers *Rosenkranzfest*. Ja, auch dieses Bild hatte ursprünglich Rudolf II. besessen, es zu betrachten, ging er in seine Galerie auf der Prager Burg: immer und immer wieder, um die berühmte virtuelle Fliege vom Knie der Madonna zu verscheuchen.

(Und wir zeigen euch jetzt, das heißt, ich zeige euch jetzt wenigstens etwas von dem, was Katka nicht sehen kann: Wie nämlich dieses gigantische Bild – gigantisch Dürers Meisterschaft betreffend – einst zu der miniaturgroßen Form, vor der Kateřina jetzt steht, kopiert worden war. Vermutlich, nein, fast sicher bei Nacht, wenn in Rudolfs Galerie Ruhe herrschte. Die kleinen Leutchen lehnten Leitern, dünn wie Schilfrohr, aber lang, überlang, zu beiden Seiten des *Rosenkranzfestes* an die Wand und bestiegen sie dann mit winzigkleinen Fackeln und kletterten langsam immer weiter hinauf, um auf diese Weise schrittweise die einzelnen Teile des Bildes zu beleuchten. Stellt euch das vor, Liliputaner, die in dieser Dunkelheit zu beiden Seiten des großen Bildes auf den Leitersprossen kleben, während ihr zwerggroßer Maler dort unten auf dem Bauch liegt, in der einen Hand den Pinsel und in der anderen ein miniaturisiertes Keplersches Fernrohr, mit dem er sorgfältig die schrittweise beleuchteten Details von Dürers Ölmalerei studiert, bevor er sie auf eine kleine Tafel von der Größe des zukünftigen Miniaturbildes überträgt. Hübsch, nicht wahr? Aber nun wieder zu Katka zurück!)

„Seine Majestät beabsichtigt, Sie zu empfangen, aber gewähren Sie ihm noch ein paar Tage, damit er sich auf das Treffen vorbereiten kann", sprach der königliche und kaiserliche Ratgeber und schenkte Katka in das Glas, das sie ihm gnädig hinhielt, La Roche-aux-Moines nach.

„Richten Sie ihm bitte aus, sie seien ihm mit Vergnügen gewährt", sprach Katka und drückte ihre Kippe in einer prunkvollen Bronzevase mit irgendeiner exotischen Pflanze aus und verabschiedete sich vom *Rosenkranzfest*.

Das Innere dieses Palastes sollte sicherlich das Interieur der Prager Burg vortäuschen beziehungsweise wenigstens Teile davon, wenn es schon nicht mit allem Drum und Dran möglich war. Alles hier trug den Stempel des Kompromisses, was allerdings auch dadurch gegeben war, dass überall zwei gleich starke, authentische Strömungen aufeinander trafen: jene nämlich, die sich wlastenci, Patrioten, nannten und auf die Geschichte fixiert waren, und auf der anderen Seite dann die, die verstanden, dass es nötig ist, mit der Gegenwart zu leben und all dem, was sie mit sich bringt. Erstere waren nicht nur dafür verantwortlich, dass sich zwischen Mercedes, Renaults und Fiats immer noch Pferdefuhrwerke, genauer gesagt von kleinen Ponys gezogene Fuhrwerke durchzwängten und dass man in Vorstadtvierteln nachts auf einen mit einer Hellebarde bewaffneten Nachtwächter treffen konnte, sondern sie hatten vor allem die nicht wegdiskutierbare Unantastbarkeit der Monarchie auf dem Gewissen. Die anderen hingegen parasitierten sehr wendig und witzig an der menschlichen Zivilisation: Alles nämlich, was die Menschen entdeckten, kopierten sie hier einfach treu und in Miniaturform, von der Dampflokomotive über Radio und Fernsehen bis zum Computer. Und daher überraschte es Katka gar nicht mehr, als ihr zu Ohren kam, es würde hier irgendwo das erste Zwergatomkraftwerk errichtet. Als sie in die Garçonnière zurückkehrte, die man ihr bereits übermorgen gegen eine solide Wohnung austauschen würde, überlegte sie noch, warum er plötzlich gestockt hatte, als er „schon morgen" sagte, und warum er das dann so schnell mit „übermorgen" ersetzt hatte. War ihm bewusst geworden, dass man ihr dort noch keine Abhörgeräte installiert hatte? Sollten sie nicht vergessen haben, von der Menschenwelt auch alle Unsitten und Schamlosigkeiten abzukupfern?

Eine Zweizimmerwohnung, ebenfalls mit einem großen Badezimmer und mit allem respektablen Luxus ausgestattet. Und einen großen Beutel mit Talern (1 Taler: 30 Silbergroschen) bekam sie und wurde in ein Einkaufszentrum dirigiert. Vorläufig sollte sie, um sich irgendwie zu beschäftigen, einkaufen und einkaufen und einkaufen. Es beunruhigte sie nämlich – aber was heißt beunruhigte: es quälte und peinigte sie – , dass sie immer noch nicht wusste, warum und wozu sie sie hierher geholt, wofür sie sie angeheuert hatten und wie sie ihnen nützlich sein sollte. Irgendwie ahnte sie, dass sie alles bei der Audienz bei Seiner Majestät erfahren und dass dies die ausschlaggebenden Augenblicke ihres Lebens hier sein würden. Und deswegen schenkte sie in der Fernsehberichterstattung allen königlichen Aufzügen und Auftritten außerordentliche Beachtung. Und sooft sie den König auf dem Bildschirm erblickte, beschlich sie von Neuem das Gefühl, dass sie ganz gerne auf das Treffen mit ihm verzichtet hätte. Allerdings war es leider unumgänglich, sodass sie es irgendwie würde überstehen müssen. Er war ein Mensch, der eher durch Leibesfülle als durch Anmut hervorstach, mit geschwollenen Lidern und Augensäcken, einer ziemlich hässlichen Barttracht, mit einem großen schwarzen Hut auf dem Kopf und dem Orden des Goldenen Vlieses auf der Brust. Anders zeigte er sich nie vor Fernsehkameras, und Katka kokettierte mit der Vorstellung, dass er sich so auch schlafen legte, und wenn's ans Ficken ging, knöpfte er sich wohl nur den Hosenlatz auf und auf seinem Kopf hüpfte dann der hohe schwarze Hut herum und das Goldene Vlies klirrte.

Schon lange wurde ein trostloser Kampf mit Ameisen verschiedenster Rassen, aber stets groß wie Hunde, von Dackeln bis Doggen, geführt. Die Städte befestigten sich gegen sie, schützten sich vor ihnen wie vor rasenden Hochwasserfluten, aber sogar Katka war schon Zeugin dessen geworden, wie eine Ameisenarmee den sanitären Kordon durchstoßen und die Befestigungen durchbrochen hatte und in die Straßen stürmte, wo augenblicklich

Panik ausbrach, eine Situation, der zu trotzen nur die Ameisen mit Stahlbändern zermalmende und sowohl mit Maschinengewehren als auch aus Kanonenrohren auf sie feuernde Panzerwägen vermochten. Ihnen die Stirn zu bieten, war aber auch Seine Majestät bemüht. Regelmäßig hielt er im Fernsehen seine Antiameisentiraden. Es war eine Sendung, die alle – selbstverständlich außer Katka – mit kämpferischer Energie erfüllte. Doch es war nicht die einzige Art, wie Seine Majestät die Ameisen madig machte. Ein paar hatte er nämlich zähmen und dressieren lassen und die nahm er mit ins Studio, wo er vor den Augen der Zuschauer mit ihnen umging wie mit Hunden: Er ließ sie apportieren, auf dem Bauch kriechen und schlug mit der Peitsche auf sie ein und erniedrigte sie, wie es nur ging. Weil Ameisen, diese in jeder Hinsicht kollektiven Geschöpfe, abgetrennt von ihrem Kollektivverstand an einer gewaltigen Abulie leiden und wehrlos sind gegenüber dem Willen von wem immer. Und so führte Seine Majestät vor, um welch minderwertige Kreaturen es sich bei den Ameisen handelte und dass es unwürdig war, sich vor ihnen zu fürchten.

Katka bekam einen Bodyguard beigestellt, damit sich der Angriff auf sie nicht wiederhole. Der Bodyguard betrat immer als Erster die Wohnung und schaute in alle Zimmer hinein und erlaubte ihr erst dann einzutreten, nachdem er sich vergewissert hatte, dass alles in bester Ordnung war. Und außerdem begleitete er sie in den Straßen, oben mit Stahlnetzen abgedeckt gegen fliegendes Ungeziefer, das ständig gegen die Netze prallte, sodass Katka in der ersten Woche dauernd erschrocken den Kopf gehoben hatte, aber bereits in der zweiten Woche begriff sie, dass das eben auch zum Lokalkolorit gehörte. Oft jedoch passierte ihr auf der Straße, dass jemand nach ihr spuckte oder in unmittelbarer Nähe an ihr vorübergehend etwas sehr Obszönes zu ihr sagte. In einem solchen Fall sprang Katkas Bodyguard immer zu dem Betreffenden hin und versetzte ihm eine schallende Ohrfeige.

„Erklär mir, Body, mein Kumpel, wie erkennen die augenblicklich, dass ich ein Eindringling bin, dass ich nicht hierher gehöre. Ich bin euch doch zum Verwechseln ähnlich und auf den ersten Blick von der absolut gleichen Rasse wie ihr."

„Der Blick spielt hier überhaupt keine Rolle! Geschmacklos verhalten sich zu Ihnen nur die, die sich in Ihrer unmittelbaren Nähe bewegen. Nur sie erkennen, dass Sie ein Eindringling sind. Wir besitzen nämlich außergewöhnlich gut entwickelte Riechorgane, was möglicherweise durch die Lebensweise in unserer isolierten Welt hier gegeben ist."

„Willst du sagen, dass ich für euch stinke?"

„Aber ganz im Gegenteil. Sie haben überhaupt keinen Geruch. Sie machen gerade dadurch auf sich aufmerksam, dass Sie tief unter der Unterscheidbarkeitsschwelle sind. Sie provozieren durch Ihre absolute Geruchsleere, die für die Riechzellen der in Ihre Nähe Kommenden buchstäblich wie ein Trommelfeuer wirkt. Dadurch ist ihnen klar, dass Sie nicht zu uns gehören. Wir alle stinken einander nämlich gegenseitig mächtig."

„Dafür ließe sich doch wohl eine Lösung finden."

„Es wird schon daran gearbeitet. Wir liefern Ihnen einen mit unseren Gerüchen angereicherten Spray."

„Ich freu mich schon", seufzte Katka.

Ihr Bodyguard diente ihr zugleich auch als Fachmann, der sie fleißig in die örtlichen Gegebenheiten und all ihre Merkwürdigkeiten und Bizarrerien einweihte.

„Mit dem Ungeziefer ist es wie mit dem Feuer", erklärte er. „Einerseits stellt es für uns eine schlimme Plage dar und andererseits kann es auch unser nützlicher Diener sein. Isoliert man das Ungeziefer nämlich von seinem Kollektivgehirn, ist es bereits leicht verwertbar. Was Sie zum Beispiel in den Straßen für von Ponys gezogene Fuhrwerke halten, sind in Wirklichkeit ihrer Flügel beraubter und von ihrem Kollektivgehirn getrennte, das heißt entwaffnete, Heerwurm-Trauermücken, Sciara militaris, mit Pferde-, respektive Ponymasken und -geschirr. Es wird Sie vielleicht interessieren, dass Sie sie aus Ihrer Welt möglicherweise als Mücken kennen, die dadurch berühmt sind, dass ihre Larven ‚Feldzüge' unternehmen und dabei in ‚Truppenformation' marschieren, auf diese Weise einer dicken, in Ihren Maßen gesagt, dreifingerdicken und bis zu vier Meter langen Schlange gleichend."

Wie ihr selbst seht, konnte sie ihrem Body nicht eine gewisse und vielleicht sogar erhebliche Bildung absprechen. Aber unterbrechen wir ihn nicht, denn er fährt fort:

„Aber ein wirklicher, ein teuflischer Feind sind für uns die Ratten gewesen. Gegen sie hätten wir gleich am Anfang unserer Existenz den Kampf verloren. Immerhin sind sie ja riesig, so wie für Sie Elefanten, vielleicht sogar viel größer, und auch extrem aggressiv. Und wir waren zu einer leckeren Delikatesse für sie geworden. Und unser ganzes Volk wäre in Kürze aufgefressen worden, hätten wir nicht durch die Fügung eines glücklichen Zufalls eine absolut zuverlässige Waffe gegen sie entdeckt. Aber Sie wissen wahrscheinlich nichts von Tangrinen."

„Wie bitte? Tangrinen?", wunderte sich Katka. „Also die kenne ich nicht."

„Dann kann ich Ihnen das leider nicht erklären. Ich werde Sie mit der Zeit mit Hieronymo Scotto bekannt machen, dem bedeutendsten unserer Alchemisten. Und der wird Sie einweihen in die Tangrinen. Und dann können wir das mit den Ratten fertig besprechen."

„Aber sehr wenige Frauen sehe ich hier", nickte Katka in Richtung der sich auf beiden Gehsteigen dahinwälzenden Massen, in denen ein Damenhäubchen oder im Gegensatz dazu eine offene Haarmähne so selten zu sehen war wie ein mickriger Leberknödel in einer Armensuppe.

„Sieh einer an, Sie sind erst kurze Zeit hier und haben bereits unseren großen Kummer bemerkt."

Katka wartete, was er ihr dazu noch verraten würde, aber es fiel kein Wort mehr darüber. Und sie wusste genau, drängen wäre nutzlos gewesen. Und so kamen sie bis zum Philipp-der-Schöne-Platz und hier zeigte der Body auf ein einem Denkmal des Heiligen Georg, des Drachentöters, nachempfundenes Monument. Hier allerdings durchbohrte ein Ritter auf einem sich aufbäumenden Pony mit einer Lanze eine riesige Ratte. Noch dazu war das Monument aber in manieristischem Stil ausgeführt: Der unnatürlich große dünne Ritter mit einem mickrigen Köpfchen saß hochaufgerichtet auf einem ebenso langgestreckten (wie ein Kaugummi gedehnten) Pony, und dem nicht minder überdehnten Körper der Ratte hatte man ein entzückend klein geratenes Schnäuzchen verpasst, sodass das Ganze wie einem Comicstrip entnommen aussah.

„Wir bemühen uns, nicht auf die harten, zugleich aber heroischen Jahre zu vergessen, in denen wir täglich mit ihnen ums Überleben kämpften. Nur bleibt sogar von der furchtbarsten Schlacht immer ein mit mindestens Hunderten von Kreuzen gekennzeichneter Ort der ewigen Ruhe zurück. Von jenen hingegen, die mit den Ratten zusammenstießen oder aus ihren wild auseinandergefetzten, verwüsteten Heimstätten entführt worden waren, von jenen Hunderten Opfern ist nur Rattenkot in den Tiefen der städtischen Kanalisation zurückgeblieben." Doch da lenkte er bereits Katkas Aufmerksamkeit auf die andere Seite des Platzes.

„Ja ist das etwa ein Pranger? Irre ich mich?"

„Ein Pranger, Frau Kateřina, wir halten das immer noch für eine sehr probate Lösung. Eine Art Zwischenstufe zwischen Zuchthaus und Hausarrest. Auch wenn unsere Menschenrechtsexperten immer noch miteinander in Disput liegen, weil hier das Phänomen der Menschenwürde hineinspielt. Aber ich sehe" – er zeigte auf eine große Straßenuhr – „es ist Zeit, Sie zum Mittagessen einzuladen."

Bevor Katka allerdings dem Pranger den Rücken kehren konnte, schickte der mit verrosteten Ketten gefesselte Typ ihr noch schnell mit der einen Hand von oben herab einen luftigen Kuss, während er gleichzeitig mit der anderen Hand unten eine hochobszöne Geste machte. Und der Synchronismus dieser beiden (von Kettengerassel begleiteten) Bewegungen rührte Katka vielleicht sogar.

Das Bistro *Zur Johanna der Wahnsinnigen, Königin von Kastilien* betrat man durch eine Schwingtür. Aber kaum hatte Katka schon von Weitem, obwohl – auf Grund der sich ständig öffnenden und gleich wieder schließenden Tür – nur abgerissen, Madonna singen gehört, da rührte sie auch der Synchronismus dieser zwei Kulturen, der Rudolfinischen und der Popkultur, beinahe zu Tode.

Sie holten sich vom Tresen ein Beefsteak mit Spiegeleiern, amerikanischen Kartoffeln und einer abenteuerlich bunten Garnitur. Der Body kostete zuerst selbst, wie es sich für einen Bodyguard gehört, und sagte dann „In Ordnung, Sie können essen" und wünschte Katka guten Appetit. Sich mit einem Lächeln bedankend, wandte sie ihre Aufmerksamkeit der Glaswand zu. Sie beobachtete während des Essens den Platz, wo sich zwischen zurücksetzenden Lieferwägen und geparkten Volvos und Audis (Volvo- und Audiminiaturen) Droschken (gezogen von Ponys, von denen sie bereits wusste, dass es in Wirklichkeit keine Ponys waren) durchfädelten. Und sie ergötzte sich daran, wie perfekt diese Simulation war. Aber dann bemerkte sie, dass, während sie den Philipp-der-Schöne-Platz beobachtete, der Body wiederum sie beobachtete: Er sah ihr neugierig beim Essen zu. Und als er bemerkte, dass sie es bemerkt hatte, hob er die Gabel wie einen Zeigestab, der betonen sollte, was er sich zu sagen anschickte:

„Ich schaue, wie es Ihnen schmeckt, und bin erfreut, weil ich die leise Befürchtung hegte, der Übergang auf unsere Kost würde schwieriger werden für Sie."

„Wie das?"

„Na ja, es ist wie mit diesen Ponys, die in Wirklichkeit keine Ponys sind. Weil auch dieses Beefsteak in Wirklichkeit nicht aus Rind- und auch nicht aus Schweinefleisch ist. Ja sagen Sie mir, Frau Kateřina, wo sollten wir hier denn zu Kühen und Schweinen kommen? Und diese Spiegeleier sind in Wirklichkeit weder Hühner- noch Gänse- …"

Aber da dämmerte es Katka schon, was sie hier eigentlich verzehrte, und als bei ihr richtig der Groschen fiel, sprang sie auf wie verrückt und schoss hinaus durch die Flügeltür. Sie raste über den Platz (erhaschte noch mithilfe des peripheren Sehens, wie der Typ am Pranger seine Zahnprothese herausnahm und sie sich wie ein Krönchen auf den Kopf setzte) und stürzte in den Waldpark gleich hinter dem Platz. Und hier lehnte sie sich an den nächstbesten Baum und erbrach den frischen Mageninhalt vor ihre Füße. Ei, wie erleichtert sie sich gleich fühlte! Und gleich zweifach! Sie hatte sich nämlich nicht nur der Scheußlichkeiten aus dem Bistro *Zur Johanna der Wahnsinnigen, Königin von Kastilien* entledigt, sondern sich zugleich auch davon überzeugt, dass sie schon wieder prächtig kotzen konnte, was nur eine weitere Stufe auf dem Weg zu ihrer sukzessiven Vermenschlichung war. Aber dann lehnte sie sich schon an den nächsten Baum und blickte zwischen den Baumkronen hindurch zum Himmel. Und sie blickte noch eine Weile verwirrt dorthin, bevor bei ihr abermals der Groschen fiel. Sie stand ja gar nicht am Rand eines Waldes, sondern am Rand einer Wiese, und was sie bisher versehentlich für Bäume gehalten hatte, waren höchstwahrscheinlich Wiesenlieschgras und Wiesenfuchsschwanz und andere Gräser. Und das ganz oben, über dem Stahlnetz gegen das Ungeziefer, war nicht der Himmel, sondern eine hohe, himmelhohe Zimmerdecke und auf diese Decke waren Wolken und Wölkchen gemalt. Und wie es dann aus ihnen regnen würde, war eine Frage, mit der sie sich einstweilen nicht herumzuschlagen gedachte.

Zirka vierzehn Tage später wurde Katka endlich zur königlichen Audienz vorgelassen.

„Sie müssen ihn entschuldigen, an all dem ist nur die Situation schuld, in der wir uns alle hier befinden."

„Muss ich?", regte sich Katka auf. „Ich hatte erwartet, einen Bodyguard zum Schutz zu haben, und nicht, dass er mich zu vergewaltigen versucht."

„Seien Sie bitte nicht so zimperlich. Es ist doch gar nichts passiert."

„Weil ich mich erfolgreich wehren konnte."

„Hätte er es gewollt, dann hätten Sie sich seiner nicht erwehrt."

„Mögen Eure Majestät verzeihen, aber was soll dieses Gerede!"

„Das meinen wir auch. Lassen wir das. Den Bodyguard haben wir Ihnen entzogen. Und er wird mit zwei Tagen Pranger am Tycho-de-Brahe-Platz bestraft."

Die Ähnlichkeit zwischen ihm und Rudolf II. war so auffällig, dass es Katka überhaupt keine Schwierigkeiten bereitete, ihm zu huldigen wie einem Kaiser und König, obwohl sie bereits wusste, dass, sobald seine menschliche Zeit abgelaufen wäre, aus der nächsten Generation wieder ein weiterer Rudolf II. ausgesucht werden würde und dann aus noch einer weiteren Generation wieder der nächste und immer so weiter, eine nie endende Kette von Rudolfs II. Die Sache hatte allerdings einen Haken und deswegen war sie jetzt nicht nur zum Kaiser beordert, sondern im Grunde auch in dieses Land gebracht worden.

„Wir wollen Ihnen jetzt erklären, in was für einer Situation wir uns hier befinden. Es gibt hier nämlich, um es so zu sagen, einen Haken. Unsere demografische Kurve geht in diesen Jahrzehnten rasant hinunter, weil Frauen im reproduktiven Alter in den vergangenen fünfzig Jahren bei uns markant weniger geworden sind. Etwas Hässliches geschieht. Und eine Begleiterscheinung ist auch, dass unsere Männer so geil sind, dass sie, wie unser braves Volk sagt, sogar einen Turnbock bespringen würden. Daher bringen Sie bitte auch dem Verhalten Ihres Bodyguards, der die außergewöhnliche Gunst, die Sie ihm zuteil werden ließen, irgendwie falsch verstanden hat, Verständnis entgegen.“

„Also nichts für ungut, Eure Majestät, aber was Sie außergewöhnliche Gunst zu nennen belieben, sind nur allgemeine Freundlichkeiten gewesen, die wohl kaum das Signal zu einer Vergewaltigung sein sollten.“

„Andere Länder, andere Sitten“, lächelte der Kaiser und König.

„O tempora! O mores!", gab Katka den Ball weiter. Nach einer kleinen Pause jedoch beschloss sie noch etwas hinzuzufügen: „Es wäre mir lieb, Eure Majestät, wenn Sie den Bodyguard von dieser Strafe freisprechen würden. Ich verspüre ihm gegenüber kein Rachebedürfnis."

„Das ist zwar nett von Ihnen", räumte der Kaiser und König ein, „aber Ihr Body, so haben Sie ihn doch genannt, nicht wahr, nun, Ihr Body freut sich schon auf den Pranger wie ein Hengst auf die Stute. Schlagen Sie ihm das, bitte, nicht ab."

Sie saßen nicht im Thronsaal, sondern in einem kleinen Salon in bequemen Lombardischen Armstühlen. Sie hatten einander noch viel zu sagen. Und so warfen sie eine Münze. Und der Doppeladler fiel. Sodass der König zu erzählen anhob.

Rudolf II. war dafür berühmt, Astrologen, Alchemisten, Okkultisten und Esoteriker in großer Dichte am königlichen Hof zu versammeln. Neben so bedeutenden Alchemisten wie Hieronymo Scotto und John Dee es waren, wirkte hier einige Zeit sogar der legendäre Niederländer Vondel van Thijm, der später in Leiden unter äußerst merkwürdigen Umständen ums Leben gekommen ist. Aber noch bevor das geschah, hatte er auf Wunsch des Kaisers dessen alten Traum verwirklicht. Rudolf II. nämlich ließ sich aus verschiedenen Ständen und Professionen sorgfältig zweihundert seiner Untertanen aussuchen, hundert Männer und hundert Frauen im Alter zwischen fünfzehn und fünfundzwanzig. Ein Auswahlkriterium sollte außerdem auch sein, dass die Betreffenden niemanden haben durften, der sie vermissen würde. Deswegen dauerte die Auswahl sehr, sehr lange und der seiner reizbaren Melancholie verfallene Monarch stampfte bereits ungeduldig mit den Füßen. Es sah aus, als würde dem Warten kein Ende sein, weil sie über vier Jahre lang nach ihnen suchten und sie an einem Ort sammelten. Wobei die, die sie am Anfang als Fünfzehnjährige genommen hatten, in den vier Jahren schon neunzehn geworden waren, sodass sie von Neuem nach Fünfzehnjährigen suchen mussten, während die, die sie am Anfang als Fünfundzwanzigjährige genommen hatten, bereits das verlangte Alterslimit überschritten hatten und eliminiert und ersetzt werden mussten. Und als die verlangte Anzahl endlich beisammen war, führten sie sie ihm in einer langen Reihe, die von der königlichen Küche bis zur Gemäldegalerie reichte, vor. Durch den kleinen Abstand zwischen einem jeden hatte sich die Reihe nämlich verlängert. Dann riefen sie endlich van Thijm herbei und der verkleinerte sie auf des Kaisers Wunsch und des Hechtes Gebell auf die Größe von Zinnsoldaten. Dadurch schrumpfte die Reihe und fand problemlos Platz auf Rudolfs Regententisch. Später reservierte der Kaiser und König für sie einen geheimen und dabei hinlänglich würdigen Ort auf der Prager Burg und dort lebten sie als eine Art Königreich innerhalb des Königreichs. Der Kaiser griff auf keinerlei Weise mehr nachteilig in ihr Leben ein, er überließ sie ihrem Schicksal, nachdem er noch dafür gesorgt hatte, dass dieses Mikrokönigreich einen viel höheren Lebensstandard als sein Makrokönigreich hatte. Bis zu des Kaisers Tod lernten sie alles, was sie für ein selbstständiges Leben benötigten, und pflanzten sich auch fort und wurden zu einem im wahrsten Sinne des Wortes eigenständigen und mündigen Volk. Gleich nach dem Ableben des Kaisers beschlossen sie desgleichen, auch die äußere Struktur der Gesellschaft, aus der sie hervorgegangen waren, zu übernehmen, was in erster Linie bedeutete, aus ihrer Mitte einen Kaiser auszuwählen, tunlichst so identisch wie möglich mit dem, der gerade im Audienzsaal auf der Bahre lag. Und so machten sie die Herrschaft Rudolfs II. unsterblich, weil nach jedem weiteren Tod eines Rudolfs, wie wir jetzt bereits wissen, aus der folgenden Generation immer ein neuer, wenn auch miniaturisierter und dabei hinsichtlich der physischen Scheußlichkeit wieder mit dem ursprünglichen Herrscher immer möglichst identischer Rudolf II. hervorging. Praktische Probleme vermeiden konnten sie natürlich nicht, aber die lernten sie zu meistern, und was sie nicht meisterten, damit lernten sie sich abzufinden. Und auch größere Lebensräume fanden sie sich mit der Zeit und alles, was beachtenswert war, übernahmen sie aus der Makrostruktur in ihre Mikrostruktur. Sodass sie, als die Zeit dafür reif war, von Kienspänen und Petroleumlampen auf Gaslampen und von da dann auf elektrische Glühbirnen übergingen und vom Wurfzabelspiel auf Kugelspiele und Billard und weiter auf Computerspiele, und es existierte keine Erfindung in der Makrowelt, die sie nicht geschickt kopiert und in ihre Mikrowelt miniaturisiert hätten. Und durch dieses geschickte und witzige Kopieren aus der Makrowelt, dadurch, dass sie einfach nur die technischen und wissenschaftlichen Entdeckungen übernahmen, sparten sie Zeit, riesige Mengen Zeit und die investierten sie in ihre eigene Forschung, die in eine gänzlich andere, nämliche spirituelle und metaphysische Richtung ging und ihnen dadurch Möglichkeiten eröffnete, von denen die Menschen in der Makrowelt nur träumen konnten. Und zu Beginn des zwanzigsten Jahrhunderts beschlossen sie das bereits zu laute und verkehrsreiche Prag zu verlassen, das ihrem in erster Linie auf spirituelle Güter konzentrierten Leben nicht gut bekam. Nach langem Sondieren fiel die Wahl schließlich auf Brünn, genau, sie entschieden sich für Brünn, eine zu jener Zeit noch sehr ruhige und verschlafene Stadt.

„Wir wollten auch weiterhin die Nähe der intellektuellen Welt nicht missen, gleichzeitig aber ein friedliches Leben in einer gewissen provinziellen Verschlafenheit führen. Brünn erschien unter diesem Gesichtspunkt fast ideal. Der Umzug damals war zwar recht anspruchsvoll, lag aber noch durchaus in unseren Möglichkeiten. Wir gehören nämlich schon lange zu den höchst entwickelten Völkern in der ganzen Geschichte, das kleinste Volk zwar, aber dafür mit einem riesigen spirituellen Potential, und wir rücken systematisch immer weiter vor. Aber dann passierte, was passiert ist. Während wir geistig immer weiter streben und reifen, sind wir biologisch irgendwie stecken geblieben."

„Aber was vermag da eine einzige schwache Frau ?"

„Hat vielleicht wer behauptet, dass wir nur bei Ihnen bleiben müssen? Auf die gleiche Weise werden wir uns sukzessive eine ganze Legion Frauen aus eurer Makrowelt herüberschaffen. Und an Ihnen wollten wir es für den Anfang testen."

„Ach so, da haben Eure Majestät mir wirklich eine Freude bereitet. Leider hat sich ein dummer Fehler eingeschlichen. Sie haben sich gleich am Anfang geirrt, einen gewaltigen Schnitzer gemacht", korrigierte ihn Katka. „Ich kann keine Kinder gebären, ich bin nur eine leere Hülle. In meinem Fall haben Sie sich die Mühe umsonst gemacht."

Der Kaiser schaute Katka jetzt einigermaßen verwirrt an. Die allerdings begrüßte das nur. Weil es bedeutete, dass jetzt sie an der Reihe war, ihre Geschichte zu erzählen.

Und so legte sie los und brauchte ganz schön lange. Sie erzählte nämlich nicht nur von ihrer Rückkehr aus Prag nach Brünn und von der erregten Debatte im November im Haus der Kunst, sondern auch von den *Fallstricken* und vom Sportlehrer Zdeněk Šťastný und von dem Abendessen und dann auch vom Frühstück in seiner Wohnung am Mendel und auch von der Pension *Jenewein* und von Adam Dvojbradý und vom Restaurant *Wohlleben* und von Zdeněks Fitnessclub und schließlich vom Rollstuhlfahrer Zbyněk und dem strohdummen fickenden Beamten und vom Kameramann vom Brünner Fernsehen und auch von den zwei Killern, die die Mutter des Rollstuhlfahrers später angeheuert hatte. Und zwischendurch erhob sich der Kaiser einmal und machte ein paar tappende Schritte. „Lassen Sie sich nicht stören, erzählen Sie weiter, wir hören Ihnen zu, uns ist bloß das Bein ein wenig eingeschlafen, aber kein Problem, wir werden hier jetzt kurz herumspazieren." Und Seine Majestät umrundete ein paar Mal den Salon, zuerst im Uhrzeigersinn und dann wieder – wohl damit ihr nicht schwindlig wurde – gegen den Uhrzeigersinn.

Und nachdem Katka ihre Schilderung damit beendet hatte, wie die Feministinnen sie zehn Jahre nach ihrem Tod zu ihrer Heiligen und Märtyrerin machten, schwieg Rudolf II. eine Weile und fuhr sich mit der Hand durch seinen Vollbart und erzeugte auf diese Weise statische Elektrizität, sodass es in dem kleinen Salon gewaltig knisterte und Funken sprühten. Dann äußerte er sich endlich: „Aber was Sie mir da jetzt erzählt haben, das hat's hier doch schon mal gegeben. Wir haben vor kurzem eine DVD angeschaut, einen Film vom Regisseur, wie heißt der schnell – " und Rudolf II. schnipste mit den Fingern – „und da haben wir's, Roman Polanski, *Bitter Moon*! Dort hat die ihn doch zuerst zum Krüppel gemacht, und als er schon im Rollstuhl saß, da hat sie ihn noch damit gequält, dass sie vor seinen Augen mit anderen kopuliert hat, nicht?"

„Also seien Sie mir nicht böse, Eure Majestät, aber Sie haben das überhaupt nicht verstanden. Das ist doch eine ganz andere Geschichte! Sie alle führt nur mein unglücklicher Rollstuhlfahrer in die Irre. Das ist aber, als würde jemand Ihr Königreich auch einfach damit abtun, das hätt's hier ja schon mal gegeben, das sei doch wieder nur irgend so ein Liliputzeug."

„Und sind wir am Ende nicht nur irgend so ein Liliputkönigreich?"

„Aber wirklich nicht, Eure Majestät. Sie sind eine völlig andere Story!"

„Ähm, puh, echt? Na gut", sprach der König.

Und der Kaiser erhob sich aufs Neue und drehte zwei Runden im Salon und blieb kurz vor einem Bild von Bartholomäus Spranger stehen: Ein großer zotteliger Hund leckte dort den Hintern einer auf allen vieren knienden Schönen ab. „Wissen Sie, wir haben noch so eine Idee. Die Zahl der Frauen ist bei uns erbärmlich zurückgegangen, und dass Sie bloß so eine leere Hülle sind, würde letztlich gar nicht so stören. Wie wir Ihnen schon erzählten, es gibt hier ganze Herden geiler Mannsbilder …"

„Sie meinen, mich in ein Puff stecken?"

„Na na, wir nennen das hier nicht so."

„Und wie nennen das Eure Majestät, wenn ich wissen dürfte?"

„Illusionshäuser, na ja, Illusionshäuser nennen wir das. Aber vergessen Sie es", winkte nun wieder der Kaiser ab, „das war nur so eine Idee. Also Sie glauben, dass ihr gegenwärtiges Leben, oder was das ist, das Leben einer leeren Hülle, bloß die Strafe dafür ist, was Sie im vorhergehenden Leben angestellt haben?"

„Genau das weiß ich eben nicht. Ich wüsste es aber sehr gerne und glaubte ein wenig, dass Sie hier es vielleicht wissen könnten."

„Warum gerade wir? Also da muss ich Sie enttäuschen. Nein, wirklich nicht, wir wissen das hier auch nicht."

Und er drehte noch eine Runde durch den Salon, streckte sich und machte zwei Kniebeugen, oder wenigstens das, wovon er meinte, es könnten vielleicht Kniebeugen sein, und setzte sich wieder in den Lombardischen Lehnstuhl.

„Na nichts, bringen wir Sie halt wieder zurück. Wenn Sie hier zu nichts gut sind. Wenn wir uns also geirrt und, wie Sie sagen, einen Schnitzer gemacht haben. Wir schicken Sie stante pede, sozusagen postwendend, zurück in Ihre Makrowelt."

„Ich hätte da vielleicht noch eine Frage."

„Na bitte", hielt er Katka das Ohr hin.

„Euer Königreich, sollte das wirklich alles in allem … in drei vergitterten Stockwerken eines alten Mietshauses am Rand von Brünn, in Komárov …"

„Jetzt wissen wir wirklich nicht, wovon Sie reden. Wir würden sagen, Sie fantasieren bereits ein wenig, oder? Aber das macht nichts, kein Wort mehr, wir machen Schluss. Und keine Angst, wir beabsichtigen nicht, Sie mit leeren Händen zu entlassen. Wir geben Ihnen ein kleines Präsent auf die Reise mit. Und jetzt hören Sie gut zu. Was Sie uns über die Schriftstellerin Katka Káníčková erzählt haben, hat einen hässlichen Fehler. Es ist uns, nicht böse sein, fast schon zu realistisch vorgekommen. Und das könnten Sie als Schriftstellerin verstehen. Der Realismus ist doch, wie wir beide wissen, nur das geschmacklose Produkt fauler Gehirne. Deswegen werden wir was damit tun. Dieses Bild, will heißen der Gobelin im *Wohlleben*, der Faun mit der Nymphe, gell, also dieser Gobelin wird in Ihrer Geschichte gleichsam lebendig werden. Es wird dort was passieren. Das heißt wenigstens ab und zu und nur für manche, für Ihren Sportlehrer Zděněček Šťastný zum Beispiel, was sagen Sie dazu? Der Faun wird eine Zeitlang auf dem Ast sitzen und Flöte spielen und dann wieder die Flöte ins Gras werfen und vor der Nymphe knien, die Hand und am Ende auch den Kopf in ihrem Schoß. Das wird Ihnen gefallen. Die Geschichte der Schriftstellerin Káníčková wird dann nicht mehr so widerlich realistisch sein. So, das geben wir Ihnen als Gastgeschenk mit auf die Reise. Das liegt in unserer Macht."

Und da sprang Katka auf wie von einer Tarantel gestochen: „Also Sie können da eingreifen! Sie können meine Geschichte ändern! Dieser Gobelin ist mir egal! Auf den pfeif ich! Ich bräuchte was ganz anderes verändert! Verstehen Sie, Eure Majestät, das ist jetzt eine Gelegenheit, die ich beim Schwanz packen muss!"

„Aber, Mädel, am Schwanz packen Sie, wen Sie wollen, aber das mit dem Gobelin ist bereits veranlasst worden. Das ändern wir nicht mehr. Und Kompliment, aber mehr können wir für Sie nicht mehr tun. Und morgen kehren Sie wieder in Ihr irdisches Paradies, in Ihre Heimat zurück." Und die miniaturgroße Kopie Rudolfs II. erhob sich aufs Neue, aber diesmal nur mehr zum Zeichen, dass die Audienz beendet sei.

Es wurde dunkel vor dem Fenster, aber auch ein wenig in Katkas Seele. Es war ja alles so schnell gekommen. Sie bereitete sich auf die Rückkehr vor und es war schwer zu sagen, ob glücklich oder unglücklich. Sie hatte Gründe für beides. Aber sie war natürlich ziemlich neugierig, wie sie dorthin zurückgebracht würde. Weil sie die Reise in Rudolfs Mikrokönigreich damals irgendwie in großer Konfusion absolviert hatte. Und Konfusion ist bekanntlich kein sehr aufmerksamer Beobachter. Sodass sie die Herreise nicht richtig zur Kenntnis genommen hatte. Nur dass sie diesmal nicht einmal die kleinste Chance bekam, ihre Reise zurück auch nur irgendwie zur Kenntnis zu nehmen.

Sie unterhielten sich erst gar nicht mit ihr. Obwohl sie das allerdings sehr gut verstand. Sie hätte jeglichen Schwur vor ihnen ablegen können, Sicherheit hätten sie keine gehabt. Sie wusste ja schon davon: von den drei vergitterten Stockwerken in dem alten Mietshaus in Komárov! Sie hätten riskiert, dass sie sich zum Beispiel auch gegen ihren Willen irgendwo versprechen oder was ausplaudern würde. Deswegen verpassen sie ihr eine Injektion, die sie nicht nur betäuben, sondern auch schlichtweg alles über sie aus ihrem Gedächtnis löschen würde. Die Rudolfs Mikrokönigreich auslöscht! Und es wird sein, als wäre sie nie dort gewesen.

Bevor das jedoch stattfinden sollte, bevor sie ihr diese Injektion verpassen würden, hatte sie sich ausbedungen, noch einmal auf ein Mittagessen am Philipp-der-Schöne-Platz im Bistro *Zur Johanna der Wahnsinnigen, Königin von Kastilien* einkehren zu dürfen. Und hier wird sie sich dann absichtlich mit Hefeknödeln vollstopfen (die sind harmlos, sie sind nur aus Mehl, genauso wie die Knödel in der Makrowelt), sodass sie, wenn sie sie aus der Mikrowelt in die Makrowelt zurückverfrachten werden, sauschwer für sie sein wird! So.

(Eine kurze Abschweifung beziehungsweise ein Traum, den Katka hatte, als sie aus der Mikrowelt in die Makrowelt zurückversetzt wurde, und in dem der Autor seiner Heldin begegnete

Katka: Was ist? Wo bin ich?

Autor: Wo solltest du sein? In deinem Traum. Du schläfst. Das hier träumst du nur.

Katka: Warum duzen Sie mich? Hab ich mit Ihnen vielleicht Einhörner –

Autor: Genau (ich lache), wir haben miteinander Einhörner gehütet.

Katka: Wie bitte?

Autor: Ich bin hier, um dir zu erzählen, wofür Bobin keine Zeit mehr gehabt hat.

Katka: Aha. Also da bin ich neugierig.

Autor: Vor allem, Zbyněks Selbstmord ist nicht deine größte Sünde. Ein Selbstmord ist immer eine Kurzschlusshandlung: Hätte er nicht gerade Rohypnol zur Hand gehabt, dann wäre einen Moment später schon alles anders gewesen. Und außerdem hatte er für seinen Selbstmord natürlich mehrere Beweggründe. Du hast einen Anteil daran, aber dein Kardinaldelikt liegt woanders. Weißt du, du bist der vermessensten Versuchung unterlegen. Du hast dich entschieden, dein Schreiben allem Anderem überzuordnen, deinem und fremdem Schmerz, deinem und fremdem Leben. Die Vision der nächtlichen Sonne hat dich angezogen. Die Vision der Überquerung des Sees im Schein der Nachtsonne. Aber am Ufer wären blinde Vögel über dich hergefallen und hätten dir die Augen ausgehackt. Weil die Literatur der Weg durch ein Blindenlabyrinth ist.

Katka: Ich weiß, der Weg der blinden Lichtsucher.

Autor: Aber für die Geschichte gilt auch, dass sie ein sehr guter Diener und ein schlechter Herr ist. Wenn du für Geld schreibst, dann leistet dir die Geschichte gute Dienste, du ordnest dein Talent der Außenwelt, der Wirklichkeit, dem Leben unter. Und nur so soll es sein! Doch wehe, du strebst höher: schlimm, schlimm, wenn dein Leben Geschichten dient. Was jetzt mit dir geschieht, ist die Strafe für deine blasphemische Vermessenheit: Du bist jetzt verzaubert in Geschichten, das ist deine Falle, das ist deine Hölle, Schwesterchen.

Katka: Warum nennst du mich Schwesterchen?

Autor: Das ist was für ein längeres Gespräch. Auch ich bin derselben Versuchung unterlegen. Auch mich hat die Vision der nächtlichen Sonne angezogen. Auch ich habe mein Schreiben allem Anderem übergeordnet. Ich habe mein Leben für Geschichten verkauft.

Katka: Ich bin echt deine Schwester?

Autor: Meine leibliche Schwester, Katka.

Katka: Also haben wir zusammen Einhörner gehütet?

Autor: Ja sicher haben wir das. Ach (er kommt ins Träumen), wo sind die Zeiten, wo wir zusammen Einhörner gehütet haben … aber genug. Deine REM-Phase endet. Bald wirst du in der nächsten Geschichte erwachen. Herzlich willkommen zurück in der Hölle, Schwesterchen.

Katka: Und weißt du, was du mich kannst, Brüderchen?)

SECHSTES KAPITEL

Sie erwachte auf einer Bank im Park. Das heißt, es weckte sie jemand, den sie sich dezidiert nicht als Seelenhirten ausgesucht hätte. Es tagte, der Himmel ging von einem dunkleren Bleigrau zu einem helleren und noch helleren Grau über, aber Katka war nicht recht in der Stimmung, diese sophistische Verwandlung gebührend zu würdigen, weil ihr ganz gemein kalt war. Eigentlich konnte sie sich gar nicht vorstellen, wie sie in dieser Kälte überhaupt hatte einschlafen können, sie zitterte ja so stark, dass auch die Parkbank ihr Zittern teilte.

„Erschrecken Sie nicht", bat sie der, der sie geweckt und dadurch möglicherweise vor einer Unterkühlung bewahrt hatte. Allerdings war ihr Erschrecken sicher berechtigt, weil er wie ein Greif aussah, ja er war ein Greif: die vordere Körperhälfte ein riesiger Adler, die hintere ein Löwe. Da hab ich mich aber wieder in die Nesseln gesetzt, dachte sie, ohne dabei jedoch die geringste Spur von Erschrecken zu verzeichnen.

„Ursprünglich hab ich geglaubt, jemand hat im Park eine Leiche abgelegt", bekannte er. „So sind Sie mir vorgekommen, als ich Sie von oben erblickte. Erst als ich mich herunterließ und Ihren Kopf berührte – und ich liebe es sehr, die Köpfe Lebender und Toter zu berühren – begannen Sie vor Kälte zu zittern. Doch bevor ich weitere unerlässliche Schritte setze, gestatten Sie mir mich Ihnen in aller Eile vorzustellen: Ich heiße Egon Treblík und bin Inhaber einer Tischlerei und eines Begräbnisstudios. Und

206

jetzt werden Sie einen weiteren Grund sich zu erschrecken haben: Ich werde meine großen Flügel öffnen."

„Aber ich erschrecke mich überhaupt nicht vor Ihnen, Herr Treblík. Ob Sie jetzt einen Regenschirm aufspannen oder die Flügel spannen, ist mir egal."

Er breitete die Schwingen aus.

„Und jetzt nehme ich Sie in die Arme und fliege mit Ihnen irgendwohin ins Warme."

Sie setzte sich auf und schüttelte den Kopf. „Nicht nötig. Es reicht die Richtung anzugeben und ich begleite Sie."

Augenblicklich gewann sie Respekt in seinen Augen. Der Greif nickte (Treblík nickte) und flog bis zur Krone der nächsten Kastanie hoch, um dort auf Katka zu warten. Und er harrte aus, unmerklich die großen Flügel bewegend, was genügte, dass er wie ein an der Verkehrsinsel einer Straßenbahnhaltestelle wartender Passant in der Luft stand. Sie stellte sich auf die Bank, wippte auf den Fußspitzen und wippte noch einmal und ein weiteres Mal, aber es funktionierte irgendwie nicht. Sie stand nur tatenlos da und zitterte weiter vor Kälte. Er wartete noch ein Weilchen, um nicht an ihre Empfindlichkeit zu rühren, um ihre Eitelkeit nicht zu verletzen, spürte aber schon die ersten Strahlen der aufgehenden Sonne im Rücken: zu lange zuwarten konnte er wieder nicht, und so ließ er sich hinab.

„Machen Sie sich nichts draus, auch das passiert manchmal. Vielleicht kommt es von der Kälte."

Und er presste sie an seinen teils von Federn und teils von Fell bedeckten Körper, und es würgte sie leicht von dem feinen, an den Federn haftenden Staub und auch vom wilden Raubtiergeruch, und sie flogen über den Park in der Mitte des Mährischen Platzes, jenen Park, aus dem man erst vor kurzem die Statuengruppe *Die Kommunisten* entfernt hatte, und sie stiegen immer höher, während der Platz unter ihnen sich zu Ansichtskartengröße verkleinerte, bis die Sankt-Thomas-Kirche fast Platz gefunden hätte in Katkas Hand. Und sogar so hoch stiegen sie, dass sie den verschlafenen Passanten, sofern sie überhaupt die Köpfe zum sich aufhellenden Himmel hoben, vorkamen wie nur ein Staubkorn auf der Netzhaut. Aber sie fühlte sich in seinen, fast wollte sie sagen mütterlichen, Armen höchst sicher.

„Dort", zeigte er, „ist schon Řečkovice und in Kürze werden Sie zwei dunkle, von einem hellen Freiraum getrennte Rechtecke erblicken, und das werden meine Tischlerwerkstatt und mein Begräbnisstudio sein und zwischen ihnen ein großer, ursprünglich zu einer Pfarre gehörender Garten. Ja, in diesem Augenblick sollten Sie es schon sehen. Und jetzt", ersuchte er sie, „atmen Sie tief ein und halten Sie sich fest, wir werden mächtig an Geschwindigkeit zulegen, damit uns vor der Landung niemand sieht." Und sie gingen in den freien Fall über, den er noch beträchtlich beschleunigte, und erst kurz vor der Landung begann er zu bremsen und dann setzten sie im ehemaligen Pfarrgarten weich auf.

Der große Garten, in dessen Schoß sie gelandet waren, duftete noch vom Altweibersommer, aber im Gras fingen schon die Birnen zu faulen an, die jemand nicht rechtzeitig hatte aufklauben können. Es war ein kalter Morgen

Ende September, so einer aber, der noch, wenn es drauf ankam, in einen warmen, von der Sonne bewirtschafteten Tag übergehen kann. Egon Treblík ließ Katka aus seinen Armen plumpsen und sie fiel zwischen die faulenden Birnen und begann sofort wieder vor Kälte zu zittern. Treblíks auf der rechten und linken Seite seines Vogelkopfes über dem Schnabel sitzende Augen beobachteten sie eine Zeitlang interessiert, als würden sie abwägen, ob er ihr mit diesem Schnabel den Garaus machen sollte. Rechtzeitig aber fing er sich und half ihr auf die Beine und führte sie in eine kleine warme Küche, wo er gleich Tee mit Honig zubereitete, eine große Henkeltasse mit heißem Tee, die sie mit beiden Händen umfing und langsam daraus schlürfend festhielt. Und da passierte es leider. Wohl vom Honigduft angelockt flog eine Wespe herbei, die dort irgendwo in einem warmen Winkel ihr Leben fristete. Katka warf sich schnell unter den Tisch und es war unmöglich, sie von dort wegzubekommen. Erst als Egon Treblík die Wespe mit seinem Schnabel an die Wand nagelte und sie mit einem Stückchen Mauerputz gierig schluckte, kroch sie vorsichtig ein Stück weit heraus und schaute bezaubert auf die entzückende Delle in der Mauer. Aber der Schnabel wartete, oder tat, als würde er darauf warten, von ihr jetzt vielleicht eine Erklärung zu bekommen, warum sie so erschrocken war und warum sie sich vor einem nichtsnutzigen Insekt fürchtete. Sie konnte nicht antworten. Sich selbst ein Rätsel, wusste sie mit Sicherheit nur, dass sie sich, würde im nächsten Moment noch eine zweite oder dritte Wespe auftauchen, schnell wieder irgendwohin werfen würde.

Der zweite Tag des Aufenthalts.

Als Treblík ganz bekleckert mit Holzspänen aus der Tischlerwerkstatt zurückkehrte, ertappte er Katka im Garten, wie sie dort sinnlos im Gras herumhopste: die Arme seitwärts hochhob, nach vor streckte, nach hinten stieß, sich um die eigene Achse drehte. „Es geht nicht", gab sie zu. „Ich kann nicht mehr fliegen. Und vielleicht hab ich es nie gekonnt und hatte nur einen Traum."

„Also, was ist, haben Sie über mein Angebot nachgedacht? Sie würden sich rasch einarbeiten in die Tischlerei und ich brauche hier dringend eine Hilfskraft. Fremde kann ich hier nicht, verstehen Sie, beschäftigen und so lastet alles auf mir und meinem Sohn."

„Ja bin ich denn keine Fremde? Wir kennen uns doch noch keine dreißig Stunden."

„Setzen Sie sich", zeigte er auf einen Holzklotz und rollte sich selbst einen heran. Die Sonne legte sich gerade richtig ins Zeug, als hätte sie schon ganz vergessen, dass bereits Ende September war. Sie machte eine Handbewegung in Richtung der Wespen, die um die im Gras verfaulenden Birnen torkelten. „Ich denke, ich beginne mich schon an dieses Ungeziefer zu gewöhnen. Ich finde immer noch keine Erklärung, warum mich diese Wespe so erschreckt hat, aber es geht schon weg." Und sie setzte sich auf den Holzklotz.

„Das sehe ich gern. Seien wir doch offen, möglicherweise sind Sie auch ein wenig so ein Ungeheuer gewesen wie ich, Sie haben ja vielleicht fliegen können und sich vor Ungeziefer gefürchtet,."

„Verzeihen Sie, aber Sie sind überhaupt kein Ungeheuer. Wenigstens empfinde ich es so."

„Braves Mädchen, aber bemühen Sie sich nicht, mir zu schmeicheln. Sie würden dadurch nichts gewinnen. Ich bin nämlich schon auf Ihrer Seite."

„Kann sein, dass ich Ihr Angebot annehme, weil ich nirgendwohin mehr zurückkehren kann. Sie finden das vielleicht lustig, vor ein paar Tagen hab ich nämlich in irgendeinem Squat am anderen Ende von Brünn, in Komárov, eine wilde Hochzeit gehabt. Aber wahrscheinlich haben sie mich dort rausgeschmissen oder ich bin selbst abgehauen, ich weiß es nicht. Es ist peinlich, aber was dort mit mir passiert ist, was mich von dort vertrieben hat, daran kann ich mich ums Verrecken nicht erinnern. Sicher weiß ich nur, dass ich dort nicht mehr hingehöre. Es sieht aus, als hätte ich ein Blackout von einem der Tage nach meiner Hochzeit bis zu dem Augenblick, da Sie mich auf der Parkbank gefunden haben."

„Moment, Mädel, damit wir uns nicht blamieren. Sie haben keine Hochzeit haben können vor ein paar Tagen in einem Squat in Komárov. Dort gibt's schon eine Zeitlang keine Squatter mehr. Der Bau des Zentrums Süd wird dort vorbereitet, und deswegen haben sie dort die alten Häuser geräumt und abgerissen. Und jetzt erinnere ich mich, irgendwann voriges Jahr Ende des Sommers oder vielleicht sogar um diese Zeit hat's dort ein großes Tamtam gegeben um den Abriss so eines uralten Hauses, wo sich im obersten Stockwerk irgendwelche Musiker als Squatter eingenistet hatten. Also Obdachlose, die die verschiedensten Instrumente spielten. Sogar irgendeine

Trommlerin war dabei. Und die ist aus Protest aufs Dach geklettert, um ihrem Squat von dort den Todesmarsch zu trommeln, aber das Dach war rutschig, sie fiel hinunter und war tot. Zufällig hab ich mir ihren komischen Namen gemerkt. Das kann man nicht vergessen: Sie hat Adidaska geheißen."

Katka sprang auf und stieß mit dem Fuß zornig den Holzklotz weg: „Wenn Sie das für sehr witzig halten –"

Der Greif betrachtete sie aufmerksam. Dann erhob er sich und ging näher, um ihr väterlich den Flügel auf die Schultern zu legen. Aber sie riss sich los.

„Liebe Dame, hier stimmt was nicht. Sie haben auf der Parkbank doch nicht ein ganzes Jahr verschlafen. Jetzt ist Ende September neunzehnhundertzweiundneunzig, der Aufbau des Kapitalismus in unserem schönen Land macht erfreuliche Fortschritte, die erste Welle der Kuponprivatisierung hat schon stattgefunden …"

„Es reicht", schnitt sie ihm das Wort ab. Sie drehte sich flink wie ein Kreisel um und humpelte, sie hatte sich die große Zehe an dem Holzklotz gestoßen, längs der Heckenrosen, die noch voller Hagenbutten waren und rot loderten wie Katkas Zorn, zum Gartentor. Aber der Greif verstand, was sie vorhatte, und überholte sie. Sie hörte ihn hinter ihrem Rücken, wie er mit den Flügeln platschte, und dann rauschte er bereits über ihren Kopf hinweg und fuhr ihr mit dem hinunterhängenden Löwenschwanz durchs Haar (die Frage, was die stolzen Greife bewegt, mit hängenden Schwänzen zu fliegen und sie nicht aufgerichtet wie Kater zu tragen und zum Steuern zu verwenden, schoss mir jetzt durch den Kopf, obwohl ich glaubte, nur voll auf meinen Zorn konzentriert zu sein) und dann landete er vor dem Tor, das er mit seinen ausgebreiteten Flügeln als Ganzes bedeckte, um damit *No pasarán!* kundzutun.

„Machen Sie keinen Blödsinn, Katka. Ich bin wirklich auf Ihrer Seite. Und das, was Ihnen vorläufig unverständlich erscheinen mag, werden wir bald klären. Überstürzen Sie bitte nichts, damit auch ich nichts überstürzen muss."

Der dritte Tag des Aufenthalts.

Katka erwachte in etwas, was sie gleichzeitig an eine Mönchszelle, aber auch an ein Mädchenboudoir erinnerte, obwohl diese zwei Vorstellungen unvereinbar sind. Während sie in der ersten Nacht bei den Treblíks auf der Couch im Wohnzimmer übernachtete, hatte ihr der Greif nun schon ein Zimmer zugewiesen, in dem sie sich nach Lust und Laune häuslich niederlassen durfte. Es erinnerte sie auch dadurch an eine Mönchszelle, weil es dort nur Bett, Tisch, Stuhl, Schrank und ansonsten nackte Mauern gab. Etwas Mädchenhaftes war hier aber gegenwärtig in dem eigenartigen Gefühl von Zerbrechlichkeit, das jedoch an kein Detail gebunden war, sondern dem Gesamteindruck innewohnte, der sich Katkas bemächtigte, sobald sie die Schwelle überschritten hatte. Vermutlich kam es allerdings auch nur davon, dass dieser Raum, dieses Mädchenschlafzimmer, der Tochter des Greifs gehört hatte.

„Die wird leider nie mehr zurückkommen", sagte der Greif still. „Ihre Krankheit erfordert ständige Hospitalisierung." Sonst fiel über diese Krankheit aber kein Wort mehr.

Der Sohn des Greifs, Tom, den sein Vater Guj nannte, war ein hoch aufgeschossener und schon auf den ersten Blick ungemein sympathischer junger Mann, und Katka zweifelte nicht daran, dass die Frauen sich nicht nur einmal um ihn gerauft hatten wie Doggen um einen Auerochsenknochen. Und es war übrigens auch abzulesen aus jeder Bewegung und aus seinem selbstbewussten Lächeln, mit dem er Katka gleich bedachte. Er erwartete sie unten beim Frühstück.

„Vater ist schon in die Garage gegangen, um den Wagen herauszuholen. Sie fahren gleich los. Wenn Sie hier mit Holz arbeiten sollen, müssen Sie sich vorher mit den Bäumen anfreunden. Oberhalb der Brünner Talsperre gibt es so ein Wäldchen, wir nennen es Schwarzwald, es ist ein Mischwald, wo es sozusagen unter einem Dach alle Bäume, sämtliche Laub- und Nadelbäume gibt."

„Mit dem Auto? Und warum fliegen wir nicht? In Luftlinie wäre das sicher –"

„Das meinen Sie aber nicht im Ernst! Stellen Sie sich nur vor, Katka, wie Sie auf Vaters Löwenrücken sitzen und jetzt in voller Beleuchtung des Sonnenreflektors über ganz Brünn fliegen und die Augen aller dreihundertzweiundneunzigtausend Bürger, die sich dort unten den Hals nach Ihnen verrenken –"

Katka nickte, aber erst als sie das schmale, jedoch hohe Tor öffnete, wurde ihr bewusst, welch hohe Umzäunung den ehemaligen Pfarrgarten umgab und ihn von der restlichen Welt abtrennte, ein strenges Ghetto oder die Burg des Unsterblichen Koschtschei. Vor dem Zaun stand ein

Wagen, ein spezieller Geländemazda, aber so sehr sie sich auch die Augen ausschaute, vom Greif fehlte jede Spur.

„Heiliger Strohsack, Katka, was glotzen Sie herum, hier bin ich, kommen Sie näher."

Sie ging zum Wagen und dort erblickte sie ihn. Er lag auf dem Boden, teils unter den Sitz gequetscht, teils vor ihm, kunstvoll verdreht wie diese lange, am Ende gespaltene Schlangenzunge in den Mündern von Dämonen.

„Setzen Sie sich ans Volant. Ich sag Ihnen den Weg an."

Klar, der Greif wollte nicht gesehen werden. Also setzte sie sich ans Volant, stellte aber gleich fest, dass es nicht anders ging als mit den Füssen auf seinem Kopf.

„Herr Treblík, ich steh ja auf Ihrem Kopf."

„Wie lange wollen Sie noch herumquasseln? Fahren wir!"

Sie war, wie ich schon sagte, erst den dritten Tag hier, hatte sich aber fast schon eingewöhnt und eigentlich sollte sie nichts mehr überraschen. Und los ging die Fahrt. Der Greif erteilte ihr von unten klare Anweisungen, seine direktive Stimme floss unter ihren Beinen hervor. Sehen konnte er nichts, weil sie mit einem Fuß auf seinem linken Auge stand und das zweite hatte er an die Gummimatte auf dem Wagenboden gepresst, dennoch sagte er ihr ganz genau den Weg an.

Sie fuhren durch die Prumperk zum Palackýplatz und gelangten via Hapalova in die Hradecká und anschließend schossen sie unverständlicherweise ins Stadtzentrum, statt die Abkürzung über Žabovřesky zu nehmen, aus der Straße Pod kaštany schwenkten sie in die Veveří ein und über den Konečný- und den Žerotínplatz jagten sie immer weiter quer durch die Stadt und dann endlich schon raus aus der Stadt, bis nach Bystrc und hier knapp vor der Talsperre bogen sie auf der Rakovecká ins Katzental ein und dort ging's dann wiederum zur Hirschenkehle, und von dort fuhr der Mazda schon bergauf durch den Wald, marterte sich über Waldsteige, zwängte, ja biss sich manchmal buchstäblich durch, ständig dirigiert von der bereits etwas krächzenden Stimme des Greifs, bis sie endlich am Ziel waren. Schau an, der Schwarzwald, in dem es angeblich sämtliche Bäume gibt, die unsere geliebte Heimat auf ihrem malerischen Rücken trägt.

Katka steht neben dem Mazda und atmet jetzt tief den Waldduft ein, zu dem – jeder nach seinem Temperament – alle Bäume beisteuerten, unterdessen kraxelt der Greif, ganz zerknautscht, aus dem Wagen, und als Katka, ihm zu helfen gewillt, zu ihm hinspringt, stößt er sie mürrisch weg und steht auch schon auf dem Boden, tritt von einer Adlerklaue auf die andere, lockert die Federn und reibt sich mit dem rechten Flügel das linke Auge, das die gute Kati ihm fast ausgetreten hätte.

Und dann stürzen sie sich schon in den Hochwald. Und Egon Treblík stellt seine Schätze vor. „Ja, richtig, das ist eine Ulme. Schon sehr rar bei uns. Aber ich habe hier, Katka, ein ganzes Regiment davon. Nein, besser, eine ganze Division! Sehen Sie, sie bilden eine dicht belaubte Schanze. Fassen Sie ruhig den Stamm an. Und hier brechen Sie sich ein Stück Rinde ab, so und jetzt berühren Sie es mit den Lippen und der Zungenspitze und riechen Sie auch daran. Wenn Sie mit Holz arbeiten möchten, müssen Sie die Bäume perfekt kennen und zwar, ich bitte darum, viel gründlicher und viel besser als alle Ihre Liebhaber. Darauf, liebste Katka, werde und muss ich bestehen. Zum Ulmenholz sagt man auch böhmisches Mahagoni. Wussten Sie das? Ideal für Möbel. Ich allerdings erzeuge aus Ulmen auch die schönsten, aber zugleich luxuriösesten, teuersten Särge."

Er führte sie weiter auf einer Art freigehacktem Weg, wo er mit seinem Sohn wahrscheinlich die gefällten Stämme schleppte. Sie verstand, dass vielleicht niemand außer Treblík von diesen Holzschätzen wusste. Und unter Umständen hatte sich an diese Orte schon hundert Jahre niemand anders verirrt. Aber dann erblickte sie schon ein ins Gras geworfenes Präservativ. Auch der Greif hatte es entdeckt. Und widerwillig stach er mit einer Kralle hinein, so wie Parkwächter auf das Bajonett an ihren Stöcken Papier und anderen Unrat aufspießen.

„Und da sehen Sie her, wie diese Linde es verstanden hat, sich Raum zu erobern. Nicht geneigt, sich mit den Umstehenden abzuquetschen. Und sie hat Recht. Sie ist ja auch die First Lady unserer Bäume. Und haben Sie eine Ahnung, was ich mit der Linde gemein habe?"

Sie schüttelte den Kopf.

„Wie Sie wissen, ist sie unser Nationalbaum. Aber vielleicht haben Sie noch nicht realisiert, dass ich unser Wappentier bin. Halb Löwe, halb Adler, ein böhmisch-mährischer siamesischer Zwilling!" Er lachte. „Ein qualitätsvolles und zugleich anziehend zartes Holz. Das genaue Gegenteil unseres Nationalcharakters, der wenig qualitätsvoll und zugleich unangenehm vernagelt ist: Bevor bei einem Landsmann der Groschen fällt, ist immer schon alles im Arsch ... Lindenholz muss man vorm Holzwurm schützen und überhaupt vor so manchem, ich aber würde es mit dieser Zartheit wieder nicht so übertreiben. Sehen Sie, die bunt bemalten Lindenstatuen in unseren Kirchen haben ganze Jahrhunderte überstanden, nicht? Ich fertige Lindensärge grundsätzlich nur für Sokolmitglieder oder für unsere Piloten von der Westfront. Man muss Patriot sein, auch wenn man nur ein Greif ist."

Sie pirschten sich weiter vor und ein Eichelhäher, ein aufgebrachtes Exemplar mit einem hübschen weißlichen Schopf, begleitete sie durch den Wald. Einem Adler mit Löwenhintern und einer waschechten Femme fatale den Begleitschutz zu machen, war doch eine ziemlich anspruchsvolle Aufgabe.

Eine wirklich große lebendige Baumbank, ja, eine Schatzkammer, ein Baumthesaurus, und ab und zu hielt der Greif, ihre Aufmerksamkeit auf einzelne Kostbarkeiten lenkend, Katka mit der Klaue fest und veranlasste sie, den Kopf zurückzubeugen und in die Kronen zu schauen und ein abgebröckeltes Stück Rinde zwischen den Fingern zu zerreiben und aus dem Gras und Moos Schließfrüchte aufzuheben und die Kerne herauszulösen, das Blatt eines Baums zwischen Zeige- und Mittelfinger durchzuziehen, mit den Armen den Umfang einer mächtigen Schwarzpappel abzumessen und zum ersten Mal Bekanntschaft zu schließen mit einer sogenannten Rosskastanie und ihr ein bewunderungsvolles Kompliment zu machen.

„Und hier, schauen Sie wieder, eine echt herrliche alte Eiche. Die Deutschen sind auch stolz auf ihren Nationalbaum, *von einem Streiche fällt keine Eiche* brüsten sie sich. Wenn wir so eine alte stattliche Eiche fällen, verwenden wir aus Hochachtung vor ihr keine Motorsäge, sondern ich komme schon zeitig am Morgen mit meinem Sohn, wir kerben sie ein mit riesigen Äxten und knien uns mit Handsägen vor sie hin und arbeiten um sie umzuhauen bitte den ganzen Tag und erst bei Einbruch der Dämmerung gelingt es uns, sie hinzustrecken. Und dann schlagen wir hier ein Zelt auf, übernachten und am nächsten Tag, und wieder bis in die Dämmerung, bearbeiten wir den gefällten Stamm, damit wir ihn abtransportieren können."

Und jetzt lehnte sich der Greif mit dem Rücken an diesen Baum, wie um die Erschöpfung des den ganzen Tag dauernden Fällens der Eiche anzudeuten. Dann öffnete er wieder ein wenig den Fächer des Adlergefieders und klappte zuerst einige Male müßig den Schnabel auf und zu und dann sagte er: „Und eigentlich hab ich von was ganz anderem reden wollen, Katka."

Sie erschrak, weil sie gleich erriet, was jetzt folgen könnte. Aber ich, verflixt noch mal, möchte nicht über was ganz anderes reden! Warum beichten mir, Herrgott noch mal, die Leute, den Greif davon nicht ausgenommen, so gern? Sollte ich, verdammt, nicht schon ein Kollar anlegen und mir eine Tonsur zulegen? Aber der Greif hatte schon begonnen, es war nicht mehr zu stoppen. (Und ehrlich gesagt, dafür, was sie früher alles Zdeněk, diesem Fitnessmenschen, gebeichtet hatte, musste nun zur Revanche auch sie manchmal den Kopf hinhalten.)

„Unter Umständen, unter Umständen hat sich sehr, sehr viel früher eine der Frauen in meiner genealogischen

Kette einmal mit einem Ungeheuer eingelassen, sich etwas mit einem Monster angefangen", fing der Greif zu erzählen an, „aber in allen nachfolgenden Generationen ist das verborgen geblieben, der Samen des Untiers hatte sich halt eingenistet, gab sich aber nicht zu erkennen, kam die ganze lange Zeit nicht ans Licht, er rückte nur jahrhundertelang weiter vor und so wurden ständig nur ganz unauffällige Leute geboren, wie meine Eltern zum Beispiel, nicht das geringste Anzeichen von etwas Ungewöhnlichem, und dann plötzlich hat ein Uterus ein kapitales Ungeheuer ausgespuckt!" Aber während er redete und redete, schweifte Katka kurz in eine Erinnerung ab. Irgendwo in einem anderen Leben, das sie jetzt nur sah, wie wenn man in alten Alben blättert, hatte der Blitz eingeschlagen in einen Baum: hatte ihn gespalten und eine Hälfte verbrannt. Es war ein Apfelbaum, den Katkas Vater an dem Tag, als sie geboren wurde, gepflanzt hatte. Als sie nach Hause kam, führte ihre Mutter sie zu dem gespaltenen Baum. Eine Weile standen sie still vor ihm. Sie hatte eine enganliegende schwarze elastische Hose an, mit Lederstreifen an der Innenseite der Schenkel, ein schwarzes Top mit an den Ärmeln eingeschnittenen Löchern und darüber ein Sakko und dazu am Hals als Schmuckstück einen starken roten Draht.

„Kati, du bist nicht glücklich dort, gell?"

„Wo dort? In Brünn? In der Ehe mit Kvaš? In seiner Dozentenwohnung? Glücklich sein, Mami, das ist doch nur Blabla. Ich bin jetzt eine erfolgreiche Schriftstellerin, hab ein halbes Jahr in New York gelebt, im berühmten

Chelsea Hotel, und eine meiner Erzählungen wird grad von den Franzosen verfilmt …"

Dann sagten sie nichts mehr. Und gleich darauf fuhr sie wieder fort. Als Ausrede gebrauchte sie, sie würde noch heute in Brünn ein wichtiges Arbeitstreffen haben.

„Aber Sie hören mir gar nicht zu, Katka, wer weiß, wo Sie sich mit Ihren Gedanken herumtreiben, und dabei könnte Sie das, was ich Ihnen erzähle, als ehemalige Schriftstellerin interessieren. Weil es überhaupt nicht so war, dass ich schon als Ungeheuer zur Welt gekommen wäre. Ich weiß, vor kurzem habe ich behauptet, es wäre so gewesen, aber da habe ich mich ein wenig ungenau, kurz gefasst, ausgedrückt. Es steckte nämlich immer schon in mir, ist aber erst viel später an die Oberfläche gedrungen. Das heißt etwas ziemlich bald und der Rest erst viel, viel später. Als ich zwei Jahre alt war und meine Mutter mich einmal in der Babywanne gewaschen hat, stellte sie plötzlich fest, dass mir, siehe da, in der rechten Achselhöhle ein Adlerfederchen hervorgewachsen war. Sie holte eine Schere, ritsch, ratsch!, und lief, um es Vater zu zeigen. Sie bewahrten es im Geschirrschrank in einem Töpfchen zusammen mit anderen Schätzen auf. Bloß kam wöchentlich ein weiteres Federchen hinzu, bis alle Töpfchen im Geschirrschrank davon voll waren. Ansonsten fiel dann aber lange nichts Besonderes mehr vor. Mein Leben verlief völlig normal, es war lange Zeit so wenig interessant und außergewöhnlich, als dass es eine Erwähnung verdient hätte. Mein Vater, ein namhafter Augenarzt, wollte, dass ich auch Medizin studiere, mich hat allerdings immer nur der Pechgeruch des Holzes angezogen. Nach dem Fall des kommunistischen Regimes privatisierte ich meine Tischlerwerkstatt und nahm ein Begräbnisstudio dazu, um mir für meine Truhen nur die feinste Kundschaft aussuchen zu können. Das heißt, um es zu präzisieren, ich war es, der sie privatisierte, und alle dazu nötigen Behördengänge hat mein Sohn erledigt, weil ich mich in meinem Aufzug, so als Monster, nicht mehr in der Öffentlichkeit zeigen konnte. Allerdings hab ich jetzt, wie Sie sehen, ein Stück übersprungen und muss wieder zurückkehren. Also, kurz nach meiner Hochzeit ist das, was so lange zum Stillstand gekommen war, wieder erwacht und hat sich von neuem in Gang gesetzt. Und das geschah dann schon jede Nacht, direkt vor den Augen meiner guten Frau. Binnen zwei Jahren war mein Körper zur Hälfte von Federn überwachsen, meine Arme wurden zu Flügeln, die Füße haben sich in Adlerklauen verwandelt und auch einen kapitalen Löwenarsch samt einem Löwenschwanz hab ich mir eingehandelt. Meine gute Frau konnte diesen dramatischen Prozess am Ende akzeptieren. Sie hat dann in der Öffentlichkeit die Werkstatt repräsentiert, in der ich, vor den Augen ihrer Kunden verborgen, fleißig gearbeitet habe. Schlimmer ist, dass es, wenn es bisher vielleicht gar kein Erbfehler war, nun bereits zu einem wurde. Mein Sohn ist völlig in Ordnung, aber bei unserer Tochter hat dieses böse Gen schon wieder zu arbeiten begonnen. Und diesmal hat es die Form einer seelischen Störung. Schon in der Kindheit begann sie Stimmen zu hören, die sie zur Selbstzerstörung anstifteten und immer häufiger zum Vorschein kamen, und ihr Einfallsreichtum bei den Selbstmordversuchen ist immer perfekter geworden. Bis uns nichts anderes übrig blieb, als sie psychiatrischer Betreuung anzuvertrauen. Nur ein speziell geschultes und von uns hoch dotiertes Krankenhauspersonal ist im Stande sie zu behüten und ihre immer sophistischeren Selbstmordgelüste zu überwachen. Und während meine Frau meine Verwandlung zu einem Monster ganz gut verkraftet hat, hat das, was unsere Tochter ereilte, ihr Immunsystem ruiniert. Vor zwei Jahren ist sie an einer Lungenentzündung gestorben."

Sie schritten wieder ein Stück weiter, diesmal zu einer Lichtung von den Ausmaßen eines größeren Konferenztisches. Und der Greif zeigte auf den runden Ausschnitt des Himmels zwischen den Baumkronen:

„Sehen Sie, es wird schon bald dunkel. Machen wir uns an die Arbeit. Sie kehren zum Mazda zurück, machen den Kofferraum auf und dort finden Sie ein Zelt, Schlafsäcke, Isomatten und auch einen kleinen zusammenklappbaren Wagen, den Sie mit dem Ganzen beladen. Ich führe hier unterdessen eine heikle Operation durch: Ich werde ein paar Dutzend Zecken aufpicken, die sonst in der Nacht über Sie herfallen würden. Wir werden hier übernachten und zeitig am Morgen kommt mein Sohn und bringt uns Proviant und Äxte und Sägen und mit denen nehmen wir uns eine Hainbuche und eine Buche vor.

Und so geschah es auch. Sie stellten das Zelt auf und warteten die ersten Sterne gar nicht mehr ab. Doch während es Katka lange nicht einzuschlafen gelang, fiel der Greif sofort in einen Schlaf tief wie eine Löwengrube und gab einen röchelnden, von seinem an beiden Seiten mit Flötenlöchern versehenen Schnabel modulierten Ton von sich, sodass er sich mitunter in ein nachgerade virtuoses Musikinstrument verwandelte. Katka hingegen fand, so viel Musik müsse es hier wieder nicht geben. Sie kroch aus dem Zelt und saß einige Zeit auf dem umgedrehten kleinen Wagen. Es war eine klare Nacht am Ende des Indianersommers, doch sie war außer Stande, sie auszukosten, weil sie schon bald vor Kälte zu zittern anfing. Klar, sie spürte ja schon seit längerem wieder alle Temperaturunterschiede, was ihr im Squat noch Schwierigkeiten bereitet hatte, ob sie das im Moment allerdings gar so sehr freute …? Sie kehrte ins Zelt zurück und dort hatte sich der Greif in der Zwischenzeit auf den Bauch gedreht und war entweder tot oder hatte schon zu konzertieren vergessen.

Das zweite Jahr des Aufenthalts.

Es stellte sich heraus, dass Katka nicht die geschickteste Tischlerin war und vermutlich auch nie zu einer werden würde. Und daher stellte sie nur Holzdübel für Bretterverbindungen her und auch Leim kochte sie und beim Hobeln hatte sie nur die Grobverarbeitung über und Löcher in Hartholz bohrte sie vor, hauptsächlich jedoch kümmerte sie sich um die Zwischenmahlzeiten und die Mittag- und Abendessen kochte sie und auch Administratives erledigte sie und dabei war sie wirklich spitze, ja, und mit den Kunden verhandelte sie. Aber ihre Freizeit verbrachte sie immer mehr mit Tom.

Er fand immer Zeit für sie, obwohl er, ach der lockige Blondkopf mit den blauen Augen, eine Menge Liebesabenteuer hatte. Doch keines davon nahm er ernst, wovon auch zeugte, dass er Katka mit den Erzählungen über diese Mädelchen erheiterte. Sie verstand, dass sie bei ihm eigentlich seine kranke Schwester vertrat, die er dabei aber keineswegs vernachlässigte. Jede Woche am Besuchstag, am Freitag, fuhr er zu ihr in die Irrenanstalt. Und jedes Mal vergewisserte er sich dabei aufs Neue, dass gut gesorgt war für sie, alle dort mochten sie sehr und bewachten sie vor ihren selbstzerstörerischen Tendenzen. Allerdings warfen Treblíks Tischlerwerkstatt und Treblíks Begräbnisstudio für den Chefarzt in dem Irrenhaus auch sehr fette Zehenten ab.

„Ich sitze immer zwei Stunden bei ihr und halte sie an der Hand, aber meine Schwester spricht kein Wort, die Krankheit hat ihr in den letzten Jahren auch die Sprache genommen."

Doch um nicht zu sehr abzuschweifen. Wir waren dabei, dass Katka bereits immer mehr Zeit mit Tom verbrachte. Sie ging mit ihm ins Kino, ins Theater, in Konzerte und außerdem oft auch wohin zum Abendessen oder in eine Weinstube. Entschieden konnte sie sich nicht beschweren, bei den Treblíks vielleicht als Dienstmädchen oder Ähnliches angesehen zu werden. Einmal kehrten sie so von irgendeiner Vernissage im Haus der Herren von Kunštát heim und hatten das Auto am Šilingerplatz geparkt. Es war einer dieser zauberhaften Sommerabende und daher erwogen sie gerade, noch nicht nach Hause zu fahren und sich noch was zu gönnen, als Katka sie zuerst hörte und daraufhin sofort auch erblickte. Sie saßen dort in der Unterführung, wo sie sich früher auch immer mit Čib oder Frišauf aufgehalten hatte, und sie sangen jetzt ebenso falsch und gleich miserabel englisch wie einst sie:

ein Duett von Frank Sinatra und seiner Tochter. Und auch ihre Trommel erkannte sie gleich. Sie hatte ja einige Zeit mit ihr verbracht und sie so richtig ausgekostet, wenn sie sie am Rücken tragen oder am Bauch schleppen musste. Sie war jetzt nur etwas verbeulter, wie sonst, war sie doch mit Adidaska von dem Dach gefallen. Sie stand eine Weile dort und betrachtete die zwei: Sie waren ihr gänzlich unbekannt, sie gehörten nicht zu ihrem ehemaligen Squat, sondern hatten von ihm nur diese berühmte Trommel geerbt und das Repertoire. Tom gab Katka einen Stoß, als Aufforderung weiterzugehen, weil ihm schon die Ohren weh taten. Sie öffnete ihre Geldbörse und legte zwei Hunderter in die Schachtel dort und die fremde Trommlerin zwinkerte ihr zu und entfesselte dann einen Trommelwirbel.

Aber gleich am nächsten Tag passierte etwas Außerordentliches. Auch wenn es Katka gar nicht so sehr überraschte. Sie unterschied ja seit langem wieder zwischen Wärme und Kälte, empfand von neuem Schmerz und auch ihre netten Verstopfungen und die herrlichen Durchfälle waren zurückgekehrt und auch kotzen konnte sie wieder prächtig, sodass sie, als sie sich bei der Herstellung der Holzdübel für Bretterverbindungen wie schon oft in den Finger schnitt, diesmal dabei aber auch Blut hervorspritzte, es einfach als etwas hinnahm, was heute oder morgen hatte kommen müssen. Nichtsdestotrotz, liebe Damen, wenn ihr nach so langer Zeit wieder euer Blut seht, dann fasziniert euch das doch ein wenig, denn Blut ist dicker als Wasser. Sie hob die Hand und schaute zu, wie ihr das Blut herunterrann und dann, das kleine Luder, eilig im Ärmel verschwand, sie kostete es sogar mit der Zungenspitze, sei gegrüßt, alter Freund, und erst dann erhob sie sich und eilte ins Bad. Unterwegs jedoch begegnete sie dem Greif. Der aber sperrte vor lauter Überraschung den Schnabel so weit auf, dass sie sah, was sie vielleicht nicht hätte sehen sollen, dass er nämlich an der Wurzel seiner langen schmalen Zunge zwei kleine Warzen hatte. Na was, hab sie ruhig, ich gehe weiter.

„Also du blutest schon!", hauchte er dann genauso wie eine besorgte Mama, die bei ihrer Tochter die erste Menstruation feststellt. Und sofort nahm er sie unter einen seiner Flügel und führte sie ins Badezimmer und überwachte dort, ob sie die Wunde auch gut versorgte.

Aber gleich darauf trug sich zu, dass sie, als sie danach ihre Arbeit an den Dübeln fortsetzte, aus dem kleinen Vorhaus hörte, wie der Greif dort zu Thomas sagte „Es ist soweit, sie blutet schon!" und wie Thomas darauf antwortete „Scheiße, da dürfen wir nicht zögern!" (Oder hatte ich mich, das Ohr ziemlich ungeschickt ans Gehäuse der Geschichte gelegt, verhört und die ursprünglich unschuldigen Sätze dadurch mit diesem bedrohlichen Inhalt versehen?) Doch dann ging die Tür auf, und das schauen wir uns jetzt an, Tom schlüpfte herein, ging zu Katka und nahm eines ihrer frischen Erzeugnisse in die Hand, drehte es zwischen den Fingern und sagte dann mit Wohlgefallen: „Das ist aber wirklich ein famoser Dübel!" Seine Blicke jedoch glitten schon schamlos über Katkas verbundenen Daumen.

An diesem Tag aßen sie früh zu Abend. Huhn in Rostsauce. (Ach ja, Tom war nämlich noch am frühen Abend extra zu dem Bauernhof in Mokrá Hora gefahren und hatte von dort höllisch göttliche Hühnchen mitgebracht, sie selbst abgestochen, in einer Schüssel das Blut aufgefangen und es mit einer Spur Essig vermischt und daraus dann diese Blutsauce zubereitet. Tom ist ein exzellenter, und ich wollte fast schon sagen famoser Koch, verkniff es mir dann aber. Jede, die ihn ergattert hätte, hätte zu Hause einen Schatz gehabt.) Nach dem Abendessen schauten sie sich nur die Fernsehnachrichten an (wie immer stolzierte dort ein gewisser Václav Klaus herum) und dann drehte der Greif energisch den Fernseher ab und scheuchte alle in die Heia, weil, wie er sagte, „Morgen früh, in aller Herrgottsfrüh, fahren wir zum Holzfällen in den Schwarzwald, um eine große Fichte und einen großen Nussbaum zu fällen und zu bearbeiten." Was allerdings nur eine faustdicke Lüge war: Am Morgen fand keine Fahrt in den Schwarzwald statt, dafür jedoch stattete noch am selben Abend, ungefähr eine Stunde nach dem Schlafengehen, Tom Katka einen Besuch ab. Und das, bitteschön, im Zimmer seiner Schwester, in das er, seit sie dort ihr Lager aufgeschlagen hatte, am Abend noch nie den Fuß gesetzt hatte, und schon gar nicht ohne anzuklopfen. Und er schneite dort leise, strahlend über das ganze Gesicht, hinein, als ob er Katka ich weiß nicht was für ein Geschenk bringen würde. Und tatsächlich – ohne dass sie desgleichen erwartet hätte, er hatte sich bisher zu ihr ja immer nur wie zu einer Schwester verhalten –

legte er sich zärtlich neben sie, knöpfte sich die Hose auf und packte sein Geschenk aus.

Und es soll nicht unerwähnt bleiben, dass Katka im Großen und Ganzen nichts dagegen eingewendet hätte, eher im Gegenteil sozusagen, doch als er in sie hineinglitt und sie dabei ständig fragte, ob sie schon was spüre und ob sie schon wisse, dass sie ihn dort habe, forderte sie ihn auf, so nett zu sein und die Klappe zu halten. Das war aber auch schon das letzte, wozu sie sich noch aufschwingen konnte. Dann stöhnte sie nur mehr. (Ach, ihr Laternen des Himmelreiches, wie super ich schon wieder bumsen kann! Nicht nur wunderschön zu kotzen und zwischen Warm und Kalt zu unterscheiden und zwischen Schmerz und Schmerzlosigkeit und wieder meine Durchfälle und Verstopfungen auszukosten und auch sehr hübsch zu bluten bin ich wieder im Stande, sondern auch wunderbar bumsen kann ich schon wieder!)

„Gut?", wollte Tom nachher wissen. Und zufrieden mit dem Ergebnis seines Tests (weil es sich ja, wie wir schon wissen, vor allem um einen Test gehandelt hatte), packte er sein Geschenk wieder ein und verschwand genauso leise, wie er aufgetaucht war.

Wie bereits gesagt, am Morgen fand keine Fahrt in den Schwarzwald statt. Aber gleich nach dem festlichen Frühstück (gewöhnlich kochte Katka, doch das gestrige Abendessen und das heutige Frühstück hatte Tom zubereitet) setzten Vater und Sohn Katka vor den Bildschirm. Und Tom legte eine Videokassette in den Kassettenrecorder ein. Und so sah sie sie zum ersten Mal. (Nirgendwo im Haus gab es nämlich eine Fotografie von ihr, es war mit ihr wie mit der verwunschenen Jungfrau, deren Bild mit einem schwarzen Schleier verhängt ist.) Auffällig ähnlich ihrem bezaubernden Bruder, eigentlich eine Replik von ihm, nur einen Grad schöner noch. Sie überquerte jetzt auf dem Bildschirm eine lebhafte Kreuzung in einer Stadt und an einer langen Hundeleine, die sie ums Handgelenk gewickelt hatte, liefen ihr auf allen vieren vier Typen mit Krawatte nach.

„Meine Schwester ist Dichterin und eine berühmte Performerin. Noch bevor sie völlig ihrer Krankheit verfiel, bereiste sie mit ihren Performances halb Europa." Und er legte die zweite Kassette ein. Hier standen in einer Auslage irgendwelche Schaufensterschränke mit der Aufschrift UNDERWEAR. Ihr schöner Kopf zog die Passanten an: Sie blieben einen Moment stehen oder drehten sich wenigstens beim Gehen kurz um. Da jedoch hatte sie schon die Lippen ans Glas gepresst und provozierte die Vorübergehenden. Und Katka guckte nun doch etwas überrascht, dass nicht nur Männer, sondern auch Frauen diese Lippen durch das Glas leidenschaftlich küssten. Und schließlich die dritte Kassette. Ein großes, aus Balken gezimmertes Kreuz, an eine rohe Backsteinmauer gelehnt: der Brünner Zentralschlachthof. Toms Schwester war bekleidet mit einer Kuhhautimitation und an diese Balken gebunden. Nur ihr eigenes Gesicht hatte sie, das hier jedoch eine besonders betörende und aufreizende Schönheit ausstrahlte, vielleicht gerade durch den Kontrast zu diesem Kuhkörper und auch zu den Kuhhufen, in denen ihre ans Kreuz geschlagenen Arme und Beine endeten. Sie rief einen einzigen Satz, den sie aber dauernd klanglich variierte, ungefähr so: Eli, Eli, lama sabachthani, Kali, Kali, dama savakani, Cveli, Cveli, hama matazani, Kveli Kveli, tara latapani, Meli, Meli, vara labakani, Rari, Rari, bara vakahani, Deli, Deli, sama naradani …

Dann machte Tom den Bildschirm aus und nahm Katka an der Hand und draußen wartete diesmal ein Volvo, er setzte sich ans Volant und drückte Katka einen kleinen Band der Gedichte seiner Schwester in die Hand, dessen Frontispiz eine Fotografie von ihr zierte. „Bestimmt weißt du, wer Sylvia Plath gewesen ist. Nur mit der kannst du meine Schwester vergleichen."

Sie fuhren über Královo Pole und durchs Stadtzentrum hinauf zum Krematorium und weiter nach Bohunice, wo zwischen dem großen Gebäude des Brünner Gefängnisses und dem noch größeren Gebäude des neuen Fakultätskrankenhauses das bescheidenere Gebäude der psychiatrischen Klinik auftauchte. Er parkte auf dem Gelände vor dem Irrenhaus, nahm Katka den Gedichtband seiner Schwester aus der Hand, steckte ihn ins Handschuhfach, bedeutete ihr mit einem Nicken auszusteigen, und dann betraten sie einen schotterbestreuten schmalen Weg.

In der Pförtnerstube wollte sie jemand zurückhalten, heute sei kein Besuchstag, aber Tom brachte ihn mit einem Fünfhundertkronenschein zum Schweigen. Und sie fuhren mit dem Aufzug nach oben und standen vor der geschlossenen Abteilung der Psychiatrie. Tom läutete. Ein Krankenhausangestellter im weißen Kittel öffnete und Tom erklärte, er wolle seine Schwester besuchen, aber der Mann lehnte es ab, ihn einzulassen. „Jeder, der an einem anderen als am Besuchstag kommen möchte, muss sich einige Stunden im Voraus anmelden. Das haben Sie nicht getan, also kann auch ich nichts für Sie tun." Tom ersuchte ihn gesittet, ja bettelte vielleicht sogar förmlich, ob er dieses eine Mal nicht eine Ausnahme machen könne. Und außerdem zeigte er ihm einen Tausendkronenschein, doch der Angestellte tat, als sähe er ihn nicht. Tom ersuchte ihn neuerlich gesittet, und hielt jetzt schon zwei Tausendkronenscheine in der Hand. Aus irgendeinem rätselhaften Grund jedoch erwies sich der Bursche als unbestechlich. Und anstatt diese hohe Immunität gegenüber Korruption zu schätzen, witterte Tom berechtigterweise irgendeine Gemeinheit dahinter. Er verstaute also die Geldscheine und stieß, als wäre er schon im Gehen, Katka schnell weg, damit sie ihm nicht im Weg stand und sprang in die Luft, wo er sich um hundertachtzig Grad drehte und dabei das linke Bein nach vor schnellen ließ und den Angestellten gegen den Kopf trat. Dann schaute er sich im Flur um und verstaute den Mann flott hinter einem Vorhang zwischen Schmutzwäschepaketen. Sie gingen durch den Flur, aber nach ein paar Schritten sah Tom sich um, zischte und kehrte zurück, weil unter dem Vorhang die Spitze eines Schuhs von dem Angestellten hervorragte.

Sie wanderten durch die von Grabesstille umringten Krankenhausräume. Auf der linken Seite erstreckte sich eine Reihe von Türen, mit Gucklöchern in Form runder Schiffsluken versehene Zimmer. Dann begegneten sie unterwegs noch jemandem vom Pflegepersonal. Tom grüßte höflich und Katka machte eine kleine Verbeugung, wie sie das eben kann. Sie hielten erst vor der vorletzten Tür. Tom schaute durch die Schiffsluke und wich augenblicklich entsetzt zurück. Dann trat er wieder vor das Fensterchen und Katka sah, wie seine Hand sich schnell zur Faust ballte, das heißt beide sich ballten und sich dann wieder langsam öffneten. Er machte die Tür auf und Katka bekam so die Chance, sich davon zu überzeugen, was ihn so aufgebracht hatte. Dieses Krankenhauszimmer war nur so eine kleine Koje mit zwei Betten. Auf einem saß eine Greisin und blickte sie mit Gassenjungenaugen an. Auf dem zweiten festgebunden lag Toms Schwester, ein breites Pflaster auf den Mund geklatscht. Katka kam das zwar wieder wie eine ihrer bezaubernden Performances vor, aber auch so konnte sie Tom verstehen. Also deswegen hätte sich Tom an einem anderen Tag als am Besuchstag einige Stunden im Voraus anmelden müssen und so also kümmerte sich das Personal um die Sicherheit seiner Schwester in Toms Abwesenheit!

Tom kniete sich neben den Kopf seiner Schwester, zog vorsichtig das Pflaster von ihrem Mund, umfing kurz zärtlich ihren Kopf und berührte dann die verknoteten Stricke an ihren Händen und suchte was in den Hosentaschen und fand es nicht. Doch da reichte ihm Katka schon ein Springmesser. Er blickte sie überrascht an, sagte aber nichts, ließ die Klinge hervorschnellen und durchschnitt seiner Schwester die Fesseln an den Händen und ließ sich zu ihren Füßen nieder.

Sie setzte sich auf und versuchte aufzutreten. Doch die steif gewordenen Beine versagten ihr gleich den Dienst. Tom klappte das Messer zu, gab es Katka zurück und nahm seine anmutige Schwester in die Arme. Das jedoch schien die Greisin auf dem Nachbarsbett nicht ertragen zu können. Zwar stand sie in der Ernährungskette wahrscheinlich an der untergeordnetsten Stelle, aber den Abgang eines so appetitlichen Bissens bedauerte sie trotzdem.

„Katka, hol ihre Sachen aus dem Schrank."

„Ich weiß nicht, wo ihre Sachen sind."

„Dann pfeif drauf." Und er drehte sich zur Tür um. Dort jedoch stand schon der Angestellte im weißen Kittel. Jener, den Tom zur Schmutzwäsche verfrachtet hatte. Und neben ihm ein zweiter.

„Legen Sie augenblicklich die Patientin wieder auf das Bett zurück."

„Gehen Sie aus dem Weg. Wir sind hier fertig."

„Darüber entscheidet der Arzt und nicht Sie." Aber es blieb nur bei einer verbalen Demonstration, sie machten Tom flink Platz. Nur dass er einen Revers unterschreiben müsse, weil er die Patientin auf eigene Gefahr nach Hause mitnahm, riefen sie ihm nach.

Tom setzte zum Tor zurück und wendete, um hinausfahren zu können, fragte vorher jedoch noch Katka, wozu sie dieses gefährliche Springmesser besäße.

„Gegen Fliegen und anderes Ungeziefer", antwortete sie prompt. Aber kaum hatte sie das gesagt, wurde ihr sofort bewusst, was für einen Blödsinn sie da von sich gab. Tom jedoch fragte nicht weiter. Wahrscheinlich hatte er noch die Geschichte mit der Wespe, die Katkas Eintritt in ihr Leben begleitet hatte, lebhaft in Erinnerung. Es galt zwar schon längst nicht mehr, aber dennoch waren in ihr noch irgendwelche nichtige Residuen geblieben, die allerdings manchmal hervorschnellten wie die Klinge des Springmessers. Ein riesiger Molkereitankwagen mit dem Bild eines halbnackten Topmodels mit einem Glas Milch in der Hand fuhr an ihnen vorbei. Dann jedoch bog der Tankwagen zum Gebäude der Haftanstalt Bohunice ab, wo aus den vergitterten Fenstern schon alle gierig nach ihm Ausschau hielten, während Tom mit seiner Schwester und Katka in die Stadt weiterfuhr.

Jetzt schauten der Greif und Tom darauf, dass das Schwesterchen ja keine Gelegenheit zum Selbstmord bekäme. Sie mussten sie täglich vierundzwanzig Stunden überwachen, weil die Stimmen, die sie anstifteten, keine Ruhe kannten und zum Beispiel auch nicht wussten, was Schlaf ist. Aber schon am dritten Tag nach der Entführung der Schwester aus der Klapsmühle nahmen Vater und Sohn Katka in die Mangel. Und sie gingen direkt zur Sache, weil für lange Umschweife keine Zeit mehr war.

„Jetzt, wo Sie schon wieder bluten und Sie schon wieder hübsche Orgasmen haben, sind Sie schon wieder ein vollwertiges menschliches Wesen", lobte sie der Greif. „Also willkommen zurück unter den Menschen." Und familiär stupste er Katka mit seinem Schnabel.

„Gleichzeitig aber ist noch eine gewisse Spur Körperlosigkeit in dir", erklärte Tom.

„Und deswegen sind Sie genau an dieser magischen Grenze zwischen Welt und Unterwelt, die uns gewöhnlichen Menschen", fuhr der Greif fort, „nicht zugänglich ist."

„Das Wasser im Fluss der Zeit fließt ständig ab und morgen könnte es schon zu spät sein. Morgen könnte diese Grenze, diese Grenzlinie schon verteufelt weit weg von dir sein", warnte Tom.

„Und damit auch die Fähigkeit, in die Unterwelt hinabzusteigen und Toms Schwesterchen aus der Gefangenschaft der Stimmen zu befreien", betonte der Greif.

„Was?!", explodierte Katka, als sie das endlich kapierte. „Wiederholt das noch einmal! Oder lieber gleich zweimal! So amüsiert hab ich mich schon lange nicht!"

Sie verstummten und schauten sich an.

„Ich befürchte", sagte der Vater leise, „so leicht wird das nicht gehen."

„Ich hab nie behauptet, dass es leicht gehen wird, aber es geht", versicherte ihm sein Sohn. „Es geht und es wird gehen!" Und dann erhob er sich schon und stellte sich ihr in den Weg: „Wohin denn? Lauf nicht weg, Katka, wir sind noch nicht fertig."

Sie hätten gerne noch nicht Schluss gemacht, aber Katka war der Meinung, sie wäre schon fertig. Bloß entschied hier der Standpunkt der beiden und nicht der von Katka. Und so mussten sie zu brachialer Gewalt greifen. Der Vater betäubte sie leicht mit einem Schnabelhieb, und dabei hatte Katka diesen Schnabel noch vor kurzem für ein virtuoses Musikinstrument gehalten! Nun, jeder kann sich irren, Kameradin. Und sie betteten sie in einen Ahornsarg, das sollte ihr Taxi in die Unterwelt sein. Als sie aber wieder zu sich kam, brachte sie noch den Einwand vor, sie würden ihr weismachen wollen, sie würde in die Unterwelt hinabsteigen und dort einen Streit mit den

Stimmen führen, in Wirklichkeit jedoch würden diese Stimmen, diese gierigen Schakale, sie, kaum dass sie aufgetaucht wäre, in Stücke reißen. Warum sie ihr nicht offen sagen würden, dass sie den Stimmen geopfert werden sollte? Dass sie sie den Stimmen als blutiges Opfer für das Schwesterchen anbieten würden?

„Na perfekt, wenn du's hören willst, sagen wir's dir klipp und klar: Du wirst für das Schwesterchen geopfert werden. Du dienst uns als Opfer für das Schwesterchen. Zu diesem Zweck haben wir dich hier von Anfang an herangezogen."

„Darf ich noch eine Frage stellen?"

„Sicher", stimmte Tom zu.

„Als ihr Kinder gewesen seid, hast du da, Tom, mit deinem Schwesterchen Einhörner gehütet?"

„Wie, verdammt noch mal, kannst du das wissen?" (Pause) „Richtig, meine Schwester und ich haben immer Einhörner gehütet. Sonst noch was?"

„Nein, nichts mehr. Es gibt nichts mehr, wonach ich fragen wollte."

Und dann verpassten sie ihr eine Injektion, um es ihr leichter zu machen. Die Wirkung jedoch setzte nur langsam ein. Und der Stoff, den sie ihr injizierten, setzte gleichzeitig zwei Prozesse in Gang. Er machte sie zwar bewegungslos, gleichzeitig aber begann langsam, Zentimeter um Zentimeter ihr Gedächtnis zu erwachen. Sie erinnerte sich bereits, wie sie sie in Rudolfs Liliputkönigreich auch für was benutzen wollten, sie dann aber, als sie feststellten, dass sie zu nichts zu verwenden war, dem Greif zuspielten. Und der hatte bestimmt von Anfang an genau gewusst, wozu sie ihm dienen würde. Er hatte nur geduldig gewartet, bis sie reif dafür wäre.

Schon schlugen sie den Deckel zu und trugen sie irgendwohin weg. Von der Tischlerwerkstatt über den ehemaligen Pfarrgarten zum Begräbnisstudio. Jetzt war einer der Träger gestolpert. Und Regen setzte ein. Katka hört noch, wie die Tropfen auf den Deckel trommelten. (Ich hatte einen eigenen Bodyguard und der lud mich zum Mittagessen ins Bistro *Zur Johanna der Wahnsinnigen, Königin von Kastilien* ein. Wir wohnten im Hochzeitszimmer, weil Šimon der King war und das ganze Squat dort nach seiner Pfeife tanzte. Aber nein, es war anders, wir wohnten an der Ecke der Křenová, über einem Antiquitätenladen, und der über mich alles wusste und es mir nicht verraten wollte, kam durch einen Sturz aufs Straßenpflaster um. So wie diese Trommlerin Adidaska, die meine Trommel übernahm, als ich es schon ablehnte zu trommeln.)

Auf einmal kam ihr das alles urkomisch vor und sie versuchte in Lachen auszubrechen. Sie war allerdings schon steif geworden. Aber wie wenn ein riesiger Fisch im Netz zappelt, bis er dieses Netz zerrissen hat, begann sie am Ende doch zu lachen: Ich hab's gewusst! Einhörner! Sie haben Einhörner gehütet! Und sie lachte so sehr, dass die Träger ganz schön zu tun hatten, um diesen zappelnden Sarg nicht fallen zu lassen.

Der Zug fährt im Brünner Bahnhof ein. Ich schaue zu, wie ein Peloton auf Rollschuhen über den Bahnsteig fegt und anmutig eine Familie mit Koffern und Rucksäcken umkreist und in Richtung Bahnsteig fünf verschwindet. Und die ungefähr zehn Jungs und Mädchen haben Trikoloren auf ihren Mänteln. Ich steige mit einer schweren schwarzen Tasche aus, dem einzigen Gepäck, das ich, wenn ich die blauen Flecken auf dem ganzen Körper nicht mitrechne, aus Prag mitführe. Mir bleiben neun Minuten, um in den Personenzug nach Vyškov umzusteigen. Er sollte von Bahnsteig vier abfahren, aber ich will das noch auf der Tafel in der Halle überprüfen. Und dort begegne ich Jitka, deren Kavalier aus Olmütz soeben angekommen ist. Ich will sie nicht stören und vor allem will ich den Zug nach Vyškov erreichen.

„Später hast du keinen mehr?"

„Klar fährt noch einer. In zwei Stunden."

„Dann geh doch mit uns. Ich bin nur kurz raus aus dem Haus der Kunst. Wir sitzen dort und stellen Vermutungen an, wie alles ausgehen wird. Und du bist jetzt aus Prag gekommen, und wie ich sehe, haben dich dort die Bullen verprügelt. Du bist eine authentische Augenzeugin. Komm für anderthalb Stunden mit und den Zug erwischst du dann immer noch."

Wir sitzen auf allem, was hier aufzutreiben war, auf Bänken, Stühlen, Kisten, zusammengepfercht in dem Raum, in dem im Haus der Kunst immer das Theater an der Schnur spielt. Aber ich bin dort die Einzige, die noch vor ein paar Stunden in Prag gewesen ist. Und so stelle ich mich hin und sage etwas und jemand richtet einen Bühnenscheinwerfer auf mich, auf mein Gesicht mit einem Pflaster und mit blauen Flecken. Und dann bricht wieder ein Streit aus. Die Dinge haben sich in Bewegung gesetzt, aber uns ist klar, dass sie alles wieder gerne rückgängig machen würden, mit den Bullen, der Armee, den Arbeitermilizen. Es geht jetzt nur darum, ob sie den Mut dafür haben werden.

„Aber Vorsicht, aufgepasst, Ratten haben einen Wahnsinnsmut, wenn man sie in die Ecke treibt …"

Ich will noch etwas sagen, bin in dem Geschrei, das jetzt ausbricht, aber nicht mehr zu hören, daher setze ich mich wieder. Wir alle wissen: Die Karten sind schon ausgeteilt, aber keiner weiß noch genau, wie.

Wir gehen sehr spät auseinander, kurz vor Mitternacht. Vergebens schaue ich mich nach Jitka und ihrem Liebhaber um. Also sind die zwei schon gegangen, um sich anderen Wonnen hinzugeben als Vermutungen anzustellen, was uns in allernächster Zukunft erwartet. Draußen ist es Nacht und bitterkalt und alle Züge in meine Richtung sind jetzt schon fort. Die auf dem Platz vor dem Haus der Kunst geparkten Autos fahren jedes woandershin los und nur mehr ein letztes ist übrig. Ich riskier es und laufe hin.

„Jungs, nehmt mich mit."

„Und wo willst du hin? Wir fahren jetzt zum Mendel."

Ich nicke, dorthin wolle ich auch. Es überrascht sie keineswegs. Der Mendel ist jetzt offensichtlich das Ziel aller herumstreunenden Nachtkatzen.

Wir halten am unteren Ende der Úvoz-Straße, in der Nähe der gotischen Kathedrale. Der Fahrer fährt weiter nach Tišnov, was nicht meine Richtung ist, also häng ich mich an seinen Passagier dran, der offensichtlich am Mendel wohnt. Aus dem Gespräch im Auto weiß ich, dass er Sportlehrer ist, er heißt Zdeněk und ist ganz sympathisch. Und so dränge ich mich ihm für den Abend und die Nacht auf.

Seine Familie, Frau und Tochter, haben bei den Spätnachrichten vom Wiener Fernsehen und von Radio Free Europe auf ihn gewartet. Alle waren äußerst entgegenkommend, gaben mir zu essen und ließen mich im ehemaligen Kinderzimmer übernachten, und am Morgen frühstückte ich mit ihnen Brot mit Aufstrich, kernweich gekochte Eier und Kaffee. Und dann benützte ich ihr Telefon und rief Klofáč an, dessen Bruder Assistent an der Uni ist. Er sagte mir, bei ihnen in der Fakultät hätten sie sicher jetzt andere Sorgen, als sich debütierenden Schriftstellerinnen zu widmen, versprach aber trotzdem, das Manuskript meines Buches weiterzuleiten. Also schaute ich noch, bevor ich wieder nach Vyškov aufbrach, bei ihm vorbei, vertraute ihm die *Fallstricke* an und wies ihn darauf hin, dass ich keine Kopie davon besäße. Als ich das Buch nämlich im November in definitive Form gebracht hatte, war kein Durchschlagpapier mehr aufzutreiben gewesen: Zu der Zeit schrieb gerade die ganze Nation etwas fleißig ab. Klofáč gab mir die Telefonnummer von seinem Bruder in der Fakultät und ich fuhr nach Vyškov.

Mama hatte gewusst, dass ich zurückkommen würde, ich hatte ihr aus Prag geschrieben, aber trotzdem sah sie aus, als könne sie es nicht glauben.

„Es ist echt aus zwischen uns beiden. Das ist ein dummer Brutalo. Ich hab mich aus dem Staub gemacht und will nichts mehr von ihm hören. Mami, lassen wir das."

Ich bezog das Zimmer, in dem in den letzten Jahren Papa gewohnt hatte, und bemerkte mit Entsetzen, wie meine Ungeduld mich schier wahnsinnig machte. Am liebsten hätte ich diesen Bruder von Klofáč gleich am nächsten Tag angerufen. Mama bemühte sich schon, mich nicht mehr auszufragen, konnte sich aber genauso wenig beherrschen, wie ich meine Ungeduld beherrschte. Wie lange kann dieser beschissene Assistent wohl dafür brauchen, meine hundertsechzig Seiten zu lesen?! Ja, leicht mal hundert Jahre, weil jetzt immer wichtigere Dinge auf der Tagesordnung sein werden, als sich irgendwelches Geschwafel von mir reinzuziehen!

Ich musste mich mit etwas beschäftigen. Obwohl ich Weihnachtsgeschenke immer erst in der letzten Woche, wenn nicht gar am letzten Tag, kaufe, nahm ich das diesmal als Vorwand und fuhr nach Brünn. Und was meint ihr, was ich dort tat? Ich klapperte alle Läden rund um die Fakultät ab! Am Ende kaufte ich Mama eines dieser innovativen Bügeleisen mit Thermostat und Wasserreservoir, das für das Einspritzen der ganzen Wäsche und auch noch zum Einsegnen der Gräber teurer Verblichener reichen wird. Ich hatte mich damit ruiniert und mir wurde klar, dass es zwecklos war, mir neuerlich was einzureden. Ich werde wieder sehr gern zu meiner heiß geliebten Lehrtätigkeit zurückkehren. Trösten kann ich mich wahrscheinlich nur damit, dass, falls sich die Genossen verpissen werden, es dann doch eine ein wenig andere Lehrtätigkeit sein wird.

Aber am dritten Tag hielt ich es nicht mehr aus und pilgerte zur Post, um in der Fakultät anzurufen.

Erst hob lange keiner ab, also ging ich sechsmal um die Post sowie die angrenzenden Gebäude herum und versuchte es dann von Neuem.

„Sie sind Kateřina Káníčková? Ich hab es schon gestern ganz gelesen und jetzt macht es die Runde in der Fakultät. Keine Angst, es wird ihm nichts passieren, wir haben es nämlich schon kopiert: nur die Kopien sind im Umlauf. Sie haben Recht, für Literatur ist jetzt nicht wirklich die richtige Zeit, nur ist Ihr Buch viel mehr als Literatur … Sie haben darin bereits den Rubikon überschritten, an dessen Ufer wir erst stehen. Dozent Kvaš möchte auch mit Ihnen reden. Wo sind Sie? Von wo aus rufen Sie an? Bitte kommen Sie so schnell wie möglich! Wir alle sind hier neugierig auf Sie …"

Ich trat aus der Post, als wär mir der Heilige Geist erschienen, um es halbwegs gepflegt auszudrücken. In Wirklichkeit aber wie ordentlich besoffen! Die Leute schauten sich nach mir um, aber sie waren mir scheißegal. Natürlich hatte ich gleich gewusst, dass ich etwas Außergewöhnliches geschrieben hatte, aber ich war mir nicht sicher gewesen, ob das auch jemand anders als ich entdecken würde. So ein Interesse allerdings hatte ich doch nicht erwartet. Ich stiefelte jetzt irgendwohin, wohin wusste ich nicht, in meinem Kopf kurvte wie auf einer Kreuzung mit mehreren Ebenen alles Mögliche auf einmal herum, fuhr, hupte, kollidierte, und dann sehe ich plötzlich, dass ich die Sochorova lang gehe und immer weiter und weiter bis vor die Stadt. Und ich ging mit einer Art merkwürdiger Gewissheit, ohne auch nur zu ahnen, was das Ziel dieser Gewissheit war. Bis ich vor einer großen Müllhalde stehen blieb. Und aus einem unerklärlichen Grund stand ich eine Weile wie angewurzelt vor ihr da.

Die Müllhalde wurde zwar weit sichtbar vom Schild *Müll abladen verboten!* beherrscht, aber das nahm keiner zur Kenntnis und unter einer dünnen Schneeschicht türmten sich Berge von alten Fernsehern, kaputte Waschmaschinen und Kühlschränke, aber auch verrostete Motoren und selbstverständlich Herden von Töpfen und jede Menge zerrupfter Matratzen und Eisenskelette von wer weiß was. Und dann erblickte ich unter all dem etwas Überraschendes. Eine Trommel. Eine große, aber zweifellos schön alte, verbeulte Trommel, die sich vielleicht noch an die Anfänge von Olympic und all jener ersten, wilden Rockbands erinnerte.

Mühsam schob ich irgend so eine Eisenkiste, die mir im Weg stand, weg und schlug mich durch ein Gässchen zwischen Fernsehern und Töpfen bis zu der Trommel durch. Ich versuchte sie aufzuheben, sie war kalt und nass, sie entglitt mir dauernd. Und sie war auch beinahe größer als ich, und als ich mit ihr die Deponie verlassen wollte, konnte ich nicht sehen, was mir vor die Füße kam, und fiel hin und die Trommel erdröhnte. Ich stand auf, packte sie aufs Neue und stolperte mit ihr vor die Müllhalde hinaus. Mir war überhaupt nicht klar, warum ich mich verdammt noch mal mit ihr abschleppe. Wozu ich eine Trommel brauche, das soll mir mal wer erklären. Ich schaue mich um und warte auf eine Antwort, aber niemand macht sich die Mühe, mir drauf zu antworten. Na gut, weiter geht's.

Und als ich sie von der Deponie bis zu mir heimtrug, schmiss es mich noch dreimal aufs Glatteis. Das hatte mir noch gefehlt. Oder etwa doch? Sie am Rücken zu tragen, wäre viel besser gewesen, weil man auf den Weg gesehen hätte und nicht mit ihr in frisch gegrabene Künetten gefallen und über die ausgestreckten Beine von Straßenrowdys gestolpert wäre. Für eine Trommel wie die wäre ein Geschirr nötig, um sie sich schön auf den Rücken zu werfen und mit ihr durch die Gegend ziehen zu können.

Ich werde weder eine Rock- noch eine Heavy-Metal-Band gründen und weiß auch von keinem, der hier eine gründen würde, also nehme ich sie jetzt gleich mit nach Brünn. Aber ich ließ sie lieber im Vorraum stehen wie einen Verehrer, mit dem ich mich nicht so gerne brüsten würde, und borgte mir von Mama zwei Hunderter und griff mir wieder die Trommel und stieg mit ihr vorsichtig die neun Stufen bei uns hinunter, und die Bushaltestelle ist gleich um die Ecke.

Aber im Autobus musste ich für die Trommel zahlen wie für einen Hund oder einen dressierten Affen. Aber nicht einmal ein dressierter Affe hätte ein so lebhaftes

Interesse hervorgerufen: Schließlich fuhr ich mit der Trommel ja in eine Stadt, wo gerade ein gewaltiges menschliches Orchester auf den Plätzen ein großartiges Konzert zu spielen begann, wie du's nicht so bald wo zu hören bekommst. Aber trotzdem wusste ich immer noch nicht, wo und wie ich sie unterbringen sollte.

Zuerst jedoch eilte ich zur Fakultät, was mir die Trommel absolut nicht verargen konnte. Und als ich sie in den zweiten Stock hinaufschleppte und dort auf Oberassistent Klofáč in der Tür seines Arbeitszimmers stieß, glotzte er nicht schlecht angesichts dieser Trommlerin, die sich ihm in den Weg stellte.

„Sie wünschen? Was? Oh, entschuldigen Sie, also Sie sind das? Es tut mir sehr leid, dass mir das nicht gleich aufgegangen ist … Kommen Sie schnell weiter. Sie können sich nicht vorstellen, wie sehr mich Ihr Buch aus der Bahn geworfen hat … Ich hab schon sehr lange nichts so Hinreißendes gelesen. Aber setzen Sie sich, ich bin gleich zurück."

Trotz seines jugendlichen Alters war er schon ganz schön rundlich, und so streckte er jetzt die Hand aus, stieß sich damit von der Wand ab und kollerte davon in die Tiefen des schlecht beleuchteten Ganges.

Ich trat über die Schwelle, setzte aber zuerst die Trommel ab, zu der ich bereits eine Art schwesterlicher Zuneigung verspürte, setzte sie auf einen Polstersessel vor dem Fenster. Erst dann setzte ich mich selbst in einen Lehnstuhl an einem Konferenztischchen und blickte mich um. Ein verglaster Bücherschrank und darin neben Büchern und Broschüren dicke Konvolute irgendwelcher Schriften.

Und über der Bibliothek eine lange rechteckige Fotografie der Brünner Talsperre mit den weißen und zartrosa Dreiecken der Segelschiffe im Glanz der untergehenden Sonne. Ein verzeihbarer Kitsch. Auf der gegenüberliegenden Wand dann ein Netík (einer seiner schon tausendmal gesehenen Hahnenkämpfe) und ein Kubíček (ich denke, aus dem Nymphen-Zyklus). Und auf dem Schreibtisch auch ein Häuflein irgendwelcher Schriften und daneben ein offenes Röhrchen irgendwelcher Medikamente, und als mein Blick am Tischbein hinunterglitt, da entdeckte er auf dem Fußboden eine schuldbewusst dreinschauende weiße Tablette.

Der rundliche Klofáč erschien mit einem Menschlein, dessen Augen mir gleich verrieten, dass seine Seele zerknittert war, als wäre jemand mit einem großen, fleischigen Hintern lange auf ihr gesessen. Und ich dachte mir hinzu, dass es wahrscheinlich ein Frauenhintern gewesen war. Er wurde mir als Dozent Kvaš vorgestellt und Klofáč beeilte sich sogleich, ihn mit Lob zu überschütten, dass er nämlich einer der größten Spezialisten für moderne mitteleuropäische Literatur, von Robert Musil bis zu Milan Kundera, sei. Kvaš verscheuchte das Lob mit einer abwehrenden Handbewegung, und während Klofáč Wasser für Kaffee aufsetzte, schüttete mir Kvaš sein Herz aus:

„Ich hab Ihr Buch die ganze Nacht gelesen und in der Früh bekam ich Lust, wieder zur ersten Seite zurückzukehren und von vorne anzufangen. All das, was wir jetzt leben, ist dort bereits restlos realisiert und Ihre Helden und Heldinnen werden vom wilden Strom der Freiheit, dem fantastischsten aller Flüsse, fortgerissen. Ihre *Fallstri-*

cke sind etwas zwischen hellsichtiger Prophezeiung und einem Vulkanausbruch von Schönheit."

Ich saß zwischen ihnen da und sie pumpten mich voll mit ihren Erlebnissen bei der Lektüre meines Buches und ich spürte immer mehr, sie hatten Recht, wow!, ich bin echt gut und vielleicht noch besser, nur so weiter, Burschen.

„Wir haben auch in Erwägung gezogen, dass es schon sehr bald herauskommen könnte. Wir wissen nämlich von jemandem, der ebenfalls schon ein Stück vorausschaut und vorhat, einen Privatverlag zu gründen, der prompt auf die Anforderungen des Marktes reagieren wird. Er hat sogar schon einen Namen für ihn: *Pfeffer und Salz*."

„Und was ist, wenn wir das alles wieder verlieren?", wandte ich ein. „Sie hetzen die Arbeitermilizen, die Armee auf uns …"

„Aber Blödsinn", protestierte Dozent Kvaš, dessen zerknittertes Seelchen sich in diesem Moment glücklich aufblies wie ein Jahrmarktsluftballon und zur Decke flog. „Blödsinn, wir sind hier von lauter bereits freien Ländern umgeben und unsere Armee, das sind doch keine gehorsamen Söldner, sondern unsere Kinder, und Gorbi wird dieser Jakeš-Meute nicht seinen Segen geben. Aber das Wichtigste und Vorrangigste, Ihr Buch, wir haben auf Ihr Buch gesetzt, auf die klare Prophezeiung, dass alles gut ausgeht."

„Gut und schlecht zugleich", wandte ich wieder ein. „In meinen Erzählungen ist es gut und auch schlecht ausgegangen."

„Aber das wissen wir doch: Auch die Freiheit hat ihre *Fallstricke*. Aber jetzt noch eine Frage in die Runde. Sie sind Trommlerin? Spielen Sie in irgendeiner Rockband?"

Ich lachte. „Das wohl eher nicht. Die Trommel bring ich nur wohin. Ich bin Volkschullehrerin."

„Schade", meinte Kvaš. „Wir denken nämlich bereits an Ihr Image."

„Wir denken bereits an die Kurzbio, die das Erscheinen Ihres Buches begleiten wird", ergänzte Klofáč. „Sie mit dieser Trommel für den Klappentext abzulichten, als hätten Sie in einer Heavy-Metal-Band gespielt, also das wär ein Hit und da spricht doch nichts dagegen, oder?"

„Aber um Gottes Willen, das dürfen wir nicht!", erschrak Kvaš. „Wir dürfen unsere Autorin doch nicht mit irgendeiner Lüge vorstellen! Liebe und Wahrheit müssen siegen!"

Und da erhoben wir alle drei uns bereits wie auf Befehl. Vorsicht!, wollte ich warnend ausrufen, unterließ es aber und vernahm dadurch alsgleich ein feines Knirschen, als Dozent Kvaš auf die weiße Tablette neben dem Bein von Klofáčs Schreibtisch trat.

Klofáč holte für mich den Aufzug herbei, reichte mir die Trommel hinein und hob dann die Hand hoch und spreizte die Finger zum Victoryzeichen. Ich jedoch, schon in inniger Umarmung mit meiner Trommel, konnte nicht mehr die Hand heben, daher streckte ich wenigstens die Zunge raus und führte mit meiner Zunge eine herrliche Rückwärtsrolle vor, wie es mir einst, als kleinem Mädchen, Papa beigebracht hat. Und als sich nun die Aufzugkabine langsam schloss, sah ich noch, dass Klofáč mich sofort nachzuahmen versuchte, und seine Zunge schoss zwar aus der Mundhöhle heraus wie ein Fischotter aus seiner Höhle im Fluss, aber der Rest endete in einem Fiasko.

Ich ging von der Gorki-Straße in die Jaselská runter und traf auch hier schon Leute mit Trikoloren. Aber ich musste in erster Linie auf den Weg achten bei diesem Marsch in Blindenmanier, bei dem ich, so mit der Trommel, nicht sah, was mir vor die Füße kam. Und dann wechselte ich in der Jaselská, ich weiß nicht warum, vom rechten auf den linken Gehweg. Und ging jetzt eine hohe Mauer entlang, hinter der sich ein Garten befand, der früher einmal dem Augustinerkloster gehört haben dürfte (der Name der Straße hatte vor dem kommunistischen Umsturz Augustinergasse gelautet). Aber als ich auf den rechten Gehweg zurückblickte, sah ich nun aus dem Abstand, was ich nicht sehen konnte, als ich dort mühsam dahingeschlichen war. Gleich ein Stück weiter nämlich, in einen der größeren Hauseingänge geduckt, saß auf einer auf die Treppen gelegten Decke ein bärtiger Gitarrist. Und genau in dem Moment, als ich ihn vom gegenüberliegenden Gehsteig aus anschaute, begann er zu spielen und zu singen. Ich blieb stehen und wartete, bis ein Avia-LKW mit langem Anhänger vorbeifuhr, um dann wieder demütig auf den rechten Gehweg zurückzukehren. Und es war mir dabei bewusst, wie schräg meine Art mich fortzubewegen war. Aus Furcht vor weiteren Stürzen trat ich nämlich so vorsichtig auf, dass ich mich mit der Trommel in den Armen mit dem ganzen Körper drehte, abwechselnd ein wenig nach links und dann wieder ein wenig nach rechts: Es war ohne jeden Zweifel eine Art Tanz.

Und so tanzte ich bis vor diesen Hauseingang und befand mich nun Auge in Auge mit dem Gitarristen. Und der hob den Kopf, sang den Vers zu Ende, ließ die geöffnete Hand auf den Saiten liegen und lächelte mich an. Und wartete. Ich stellte die Trommel auf den Gehweg und streifte die Tasche von der Schulter und fuhr hinein, um meine Geldbörse hervorzuholen, und leerte den Inhalt, ohne zu zögern, in die Mütze zu seinen Füßen. Er lächelte mich abermals an, wartete aber immer noch. Doch da war mir schon klar, woher der Wind wehte. Ich hob die Trommel auf und stellte sie auf die Stufe neben die Mütze.

„Super, danke, wir haben uns im Squat schon auf sie gefreut. Aber warten Sie, ich hab auch was für Sie."

Ich sträubte mich, ich wolle ganz gewiss nichts.

„Das ist ja auch nichts. Das mach ich nur so." Und er griff irgendwohin nach hinten und reichte mir irgendein uraltes, von Rost angefressenes Zigarettenetui, oder was das war. Um ihn nicht zu beleidigen, steckte ich es in die Handtasche und war schon im Weggehen, als ich hörte, wie er mir noch was sagte:

„Dir wurde eine zweite Chance gegeben. Verstehst du: eine zweite Chance! Also mach dir das nicht wieder kaputt."

Ich begriff nicht, wovon er da sprach und wieso um alles in der Welt er mich auf einmal duzte. Und deswegen trat ich einen Schritt zurück und wandte mich wieder zu ihm um. Aber da schenkte er mir keine Beachtung mehr, als hätte er nichts gesagt und als würde er mich gar nicht mehr sehen. Und er fing wieder zu singen an. Ich dachte mir was, warf den Kopf zurück und ging. Und erst als ich fast am Ende der Straße angelangt war, dämmerte mir, dass ich ihm absolut alles, was ich in der Geldbörse gehabt hatte, gegeben hatte. Na toll, also werd ich wieder per Anhalter nach Vyškov fahren.

Aber als ich zur Roten Kirche kam, wurde mir bewusst, dass ich nicht dorthin ging, wohin ich ursprünglich gewollt hatte, sondern mich jetzt von einem Menschenstrom tragen ließ, der immer mehr anschwoll, bis er in den Freiheitsplatz mündete. Aber dort konnten wir uns kaum mehr hineinzwängen. Dort war schon eine irre Menschenmenge, die sogar jede Luftblase schnell ausfüllte, und wir stellten uns auf die Zehenspitzen, um über die Trauben der Köpfe auf das große Gerüst zu sehen, auf dem unsere Revolutionsführer standen und Reden hielten.

Und am späten Abend verschlug es mich dann in die Bahnhofshalle, wo sich alle versammelten, die aus der Pampa zu der Demonstration gekommen waren und in Brünn keine Verwandten oder Bekannten hatten, bei denen sie untergekommen wären. Deswegen legten sie sich jetzt hier hin und das Bahnhofspersonal und sogar die Bullen tolerierten das diesmal. Jemand organisierte von irgendwoher Decken, dem Anschein nach einen ganzen Waggon von Decken, Kotzen, Zeltbahnen, Planen, Isomatten, und mit unserem vor Begeisterung glühenden Atem trieben wir die Temperatur in der Bahnhofshalle auf stolze zwölf Grad hinauf.

Aber kurz nach Mitternacht erwachte ich und setzte mich auf und blickte über die Köpfe dieser sich hin und her wälzenden Schläfer hinweg, die die ganz Halle bedeckten wie Krautköpfe einen großen Gemüsegarten. Und da erinnerte ich mich an das angerostete Zigarettenetui, das ich mir in der Jaselská im Tausch gegen meine Trommel eingehandelt hatte. Ich war mir sicher, es wäre leer. Doch als ich es öffnete, erblickte ich darin mit goldenen Königskrönchen bedruckte Zigaretten: das heißt immer eine mit einem goldenen und die Zigarette neben ihr dann mit einem silbernen Krönchen. Na ja, meine Marlboros wären mir lieber gewesen. Und vor allem, es gab keinen Wein dazu, ohne den mir Zigaretten nie geschmeckt hatten. Es handelte sich hier aber um eine ziemliche Ausnahmesituation: also wäre ein goldenes oder auch silbernes Krönchen jetzt wohl auch ohne Wein eine Sensation. Ich verjagte den Gedanken aber sofort wieder, weil ich weder Feuerzeug noch Streichhölzer hatte.

„Entschuldigen Sie", streckte mein Nachbar den Kopf unter der Kotze hervor, „sind das etwa ungarische Zigaretten?"

Ich zuckte mit den Schultern, ich hätte keine Ahnung, und bot ihm an, sich auch eine herauszunehmen. Er drehte sie zwischen den Fingern herum und besah sie sich in der Nachtbeleuchtung der Bahnhofshalle: „Also das sind ziemlich merkwürdige Zigaretten. Und ich stelle mir vor, sie könnten aus irgendeinem geheimen Königreich stammen", scherzte er. „Darf ich?"

„Selbstverständlich, sie gehört schon Ihnen."

Er lebte gleich mächtig auf, schüttelte eine Streichholz-schachtel und erhob sich, er würde eine auf dem Bahn-steig rauchen gehen. Aber in dem Moment kam ich gar nicht mehr nach mit dem Schauen: Immer weitere Schläfer erwachten rundherum, setzten sich auf und schauten uns gierig an. Sie hatten nämlich alle ihre Zigaretten bei der fünf Stunden dauernden Demonstration aufgeraucht. Aber dann geschah etwas Unglaubliches: Ich ging vorsichtig zwischen all den Kotzen, Decken, Isomatten und auseinandergefalteten großen Pappendeckelkartons herum, und wie ich so den anwesenden Rauchern aus diesem Etui Zigaretten anbot, verteilte ich sie, so wie Jesus Brot und Fische verteilt hatte, und sie wurden nicht weniger, bevor ich nicht den letzten Raucher gesättigt hatte.

Und dann standen wir auch schon alle auf dem Bahn-steig und qualmten und zwischen all den Bahnkabeln, elektrischen Leitungen und blinkenden Lichtern und großen und kleinen Masten und Oberleitungsdrähten stieg der Rauch auf, stieg – und jetzt erschreckt bitte nicht, jetzt schieß ich weit übers Ziel – stieg wie der Rauch von Abels Brandopfer zu den Sternen auf.

Ich ging mit Zdeněk über den Šilingerplatz, als er in der Arkade eine Trommel und eine Gitarre hörte und gleich darauf erblickte: „Guck mal, Katka, das Mädchen dort, die ist dir ja echt wie aus dem Gesicht geschnitten."

Und tatsächlich, die schwarzhaarige Trommlerin war mir mehr als ähnlich. Aber noch etwas. Ein Zweifel war ausgeschlossen: Diese an etlichen Stellen verbeulte Trommel war doch dieselbe, die ich mir – na ungefähr vor einem halben Jahr – von dieser Deponie am Stadtrand von Vyškov mitgebracht hatte! Der Gitarrist, der dort jetzt mit der Trommlerin spielte, war allerdings ein anderer als der in der Jaselská, den ich später mit dieser Trommel beschenkt hatte. Aber ganz sicher konnte ich mir dessen doch wieder nicht sein. Es ist immerhin schon ein Weilchen her, dass ich ihm diese Trommel überließ. Dass ich sie mit ihm tauschte gegen das Zigarettenetui mit den mit goldenen und silbernen Königskrönchen bedruckten Zigaretten.

Ich ging näher, die Trommlerin und ich schauten einander an, und ich wollte schon etwas sagen und auch die Trommlerin wollte schon etwas sagen, beide hatten wir jetzt das furchtbar starke Bedürfnis, etwas zu sagen, sagten jedoch nichts, weil der Gitarrist die Trommlerin anzischte und mich wiederum Zdeněk an der Hand nahm: „Stör sie nicht, sie spielen so schön. Sieht aus, als ob das deine Doppelgängerin wäre. Wusstest du, dass jeder von uns in jeder Gesellschaftsschicht einen Doppelgänger hat?"

Zdeněk legte eine Handvoll Münzen in die Mütze und wir traten ein Stück zurück und hörten noch eine Weile zu und dann setzten wir unseren Weg auch schon fort, dorthin, wohin wir ursprünglich unterwegs gewesen waren: in die Weinstube *Zur Ausgestopften Robbe.*

Und der Trommlerin ist Katka dann **nie** mehr begegnet.

Beendet am 28. Jänner 2010.

ANMERKUNG DES AUTORS

Katkas Monologe und Erklärungen über den Sinn der Literatur und über Kunst im Allgemeinen sind inspiriert von Ernesto Sábatos „Bericht über die Blinden", einem umfangreichen Kapitel seines Romans *Über Helden und Gräber.*[1] Ernesto Sábato ist Katkas, von ihr allerdings schlecht verstandenes, großes Vorbild, wie es bei solchen Idolen nicht selten passiert.

---

1 *Sobre Heroes y Tumbas* erschien 1961 in Buenos Aires, die deutsche Übersetzung von Otto Wolf 1967 in Wiesbaden.